Una APUESTA de AMOR

Una
APUESTA
de AMOR

LYNN PAINTER

Argentina • Chile • Colombia • España
Estados Unidos • México • Perú • Uruguay

Título original: *The Love Wager*
Editor original: BERKLEY ROMANCE Published by Berkley,
an imprint of Penguin Random House LLC
Traducción: Eva Pérez Muñoz

1.ª edición marzo 2024

Copyright © 2023 *by* Lynn Painter
All Rights Reserved
This edition published by arrangement with Berkley, an imprint of Penguin
Publishing Group, a division of Penguin Random House LLC
© 2024 de la traducción *by* Eva Pérez Muñoz
© 2024 *by* Urano World Spain, S.A.U.
Plaza de los Reyes Magos, 8, piso 1.º C y D – 28007 Madrid
www.titania.org
atencion@titania.org

ISBN: 978-84-19131-55-3
E-ISBN: 978-84-19936-58-5
Depósito legal: M-437-2024

Fotocomposición: Ediciones Urano, S.A.U.
Impreso por Romanyà Valls, S.A. – Verdaguer, 1 – 08786 Capellades (Barcelona)

Impreso en España – *Printed in Spain*

Para Kevin:

~~*Me encanta que siempre tengas una mochila de acampada preparada y lista para usar.*~~

~~*Gracias por no pasarte nunca a la hora de cocinarme la carne.*~~

~~*¿Te acuerdas de la vez que llevamos vodka en el tren a Nueva York?*~~

~~*Por tu habilidad para recoger cosas con los dedos de los pies.*~~

~~*Seré breve: Reparaciones del coche de Pam Anderson.*~~

~~*Porque tienes unas manos grandes, como las de los protagonistas de las novelas románticas.*~~

~~*Porque estoy convencida de que sabrías qué hacer en un apocalipsis zombi.*~~

~~*Porque sigues escogiéndome por encima de un perro.*~~

~~*Porque eres la fuerza que me impulsa.*~~

~~*Echo de menos las gorras que llevabas cuando vivíamos en Chicago.*~~

Porque eres mi oasis de felicidad.

Capítulo
UNO

Hallie

—¿Me pones un Manhattan y un *chardonnay*, por favor?

—Claro. —Hallie miró hacia atrás mientras entregaba un Crown con Coca-Cola a una de las damas de honor. Vaya, el tipo que estaba gritando su pedido por encima de una versión demasiado alta de *Electric Slide* era muy atractivo. El esmoquin tan elegante dejaba claro que era uno de los invitados a la boda, y aunque había decidido no salir con nadie durante una temporada, no pudo evitar fijarse en esos hoyuelos encantadores y ese rostro digno de una estrella de Hollywood. —¿Lo quieres con *bourbon*?

El hombre se apoyó en la barra con los antebrazos y se inclinó un poco más hacia delante justo cuando el nivel de ruido en el salón de baile del hotel llegaba a su punto álgido.

—Con *whisky*, por favor.

—Bien. —Metió la mano en el cubo de plástico gris con hielo y sacó una botella de *chardonnay* de California. —¿Le añado un toque amargo de naranja?

Los hoyuelos del hombre se acentuaron. Alzó las cejas y la miró con los ojos... ¿azules?... Sí, eran azules, entrecerrados.

—¿Es posible añadir eso?

—Sí. —Hallie sirvió el *chardonnay* en una copa y la colocó frente a él—. Y te va a encantar, a menos que seas imbécil.

Él se rio.

—No me suelo considerar un imbécil, así que adelante con ello.

Hallie empezó a prepararle la bebida. Tenía la sensación de que lo conocía. Le sonaba de algo. No exactamente su cara, pero sí su voz, lo alto que era, esos ojos con un brillo travieso que sugerían que estaba dispuesto a participar en cualquier aventura.

Lo miró con más detenimiento mientras las luces de discoteca de la pista de baile iluminaban su pelo oscuro. Intentó recordar, agitando la coctelera y colando el Manhattan en un vaso. «Piensa, piensa, piensa». Justo cuando se dio cuenta, él estaba mirando hacia la mesa principal.

—¡Ya sé de qué me suenas!

El hombre se volvió hacia ella.

—¿Qué?

El volumen era tan ensordecedor que Hallie tuvo que acercarse un poco más a él.

—Eres Jack, ¿verdad? —preguntó con una sonrisa—. Soy Hallie. La que te ha vendido…

—¡Es verdad! —repuso él sonriendo, pero entonces puso su mano sobre la de ella, la miró fijamente y se inclinó sobre ella—. Mira, Hallie, será mejor que no menciones…

—¡Ay, Dios mío! —Una rubia apareció de repente al lado de Jack (¿de dónde había salido?) y miró a Hallie con sospecha—. ¿En serio, Jack? ¿La camarera?

—Soy barman —la corrigió Hallie, sin tener ni idea de por qué se sentía obligada a hacerlo o qué narices le pasaba a Super Rubia.

—Me dejas sola diez minutos, en la boda de tu hermana, ¡por el amor de Dios!, ¿para ligar con la camarera?

—Oye, te aseguro que aquí nadie ha ligado con nadie —intervino Hallie, consciente de que la voz elevada de la mujer estaba llamando mucho la atención—. Y soy barman, no cama…

—¿Por qué no te callas? —ordenó Super Rubia con voz nasal y subiendo el tono al final, como si fuera una Kardashian.

—Haz el favor de calmarte, Vanessa —dijo Jack entre dientes, mirando por encima de la cabeza de su acompañante mientras intentaba que se tranquilizara—. Ni siquiera la conozco…

—¡Te he visto! —exclamó prácticamente gritando Super Rubia, cuyo nombre, por lo visto, era Vanessa. El DJ eligió ese momento para cambiar la canción a *Endless Love*, que no ayudó en nada a suavizar ese acceso de ira. «¿Por qué nunca ponen la dichosa Macarena cuando más la necesitas?»—. Te estabas inclinando sobre ella, sujetándole la mano. ¿Desde cuándo…?

—Vamos, Van, no es…

—¿Desde cuándo? —chilló ella.

Hallie vio cómo Jack tensaba la mandíbula, como si hubiera apretado los dientes.

—Desde esta mañana.

Vanessa se quedó boquiabierta.

—¿Has estado con ella esta *mañana*?

—No de *esa* forma —intervino Hallie, mirando a su alrededor, horrorizada por la insinuación. Trabajaba a tiempo parcial en Borsheim los fines de semana. Ese hombre, Jack, había entrado en la tienda esa mañana y ella le había ayudado a encontrar un anillo.

Y no cualquier anillo.

El anillo.

El anillo de «¿Quieres convertirte en mi arpía celosa por el resto de mi vida?».

—Ella me ha vendido esto. —Jack se sacó del bolsillo la caja con el anillo y prácticamente se la plantó en la cara a Super Rubia mientras hablaba entre dientes—. Te he comprado esto, Vanessa. ¡Por Dios!

La caja estaba cerrada, pero Hallie sabía que dentro había un anillo de compromiso con un diamante cuadrado impresionante. Cuando le había ayudado a buscar el anillo perfecto, le había parecido un tipo divertido y encantador, pero si creía que Vanessa era su alma gemela, estaba claro que solo pensaba con el pene.

O que era un auténtico imbécil.

—¡Oh, Dios mío! —chilló Vanessa emocionada. Su rostro se iluminó de alegría mientras miraba a Jack y se llevaba las manos al corazón—. ¿Me estás pidiendo que me case contigo?

Jack la observó detenidamente con los ojos entrecerrados durante unos segundos antes de decir:

—*Ya* no.

Vanessa dejó de sonreír.

—¿No?

—Joder, no.

Hallie soltó un resoplido muy parecido a una risa.

Un gesto con el que se ganó una mirada fulminante de Vanessa, cuyas larguísimas pestañas (tenían que ser postizas) acentuaron su desdén al sisearle:

—¿Te parece gracioso?

Hallie negó con la cabeza, pero, por alguna razón, fue incapaz de mantener una expresión seria. No paraba de oír el «Joder, no» de Jack en su cabeza y le parecía una absoluta maravilla.

Sin embargo, antes de que pudiera darse cuenta de lo que estaba pasando, Vanessa agarró la copa de *chardonnay* de la barra, giró la muñeca y le arrojó el contenido a la cara.

—¡Ay! —El chorro de vino frío le dio de lleno en el rostro, provocándole un ligero escozor en los ojos. Por suerte, al trabajar detrás de una barra, estaba rodeada de paños, y justo en ese momento, tenía uno en el hombro que usó para secarse la cara—. Oye, Van, ¿a ti qué te pasa?

—Tú me pasas…

—Lo siento muchísimo —se disculpó Jack, con expresión desolada. Le quitó el paño y empezó a secarle el cuello, lo que hizo que Vanessa abriera los ojos como platos.

—¡Por Dios! Está perfectamente —comentó Vanessa.

—Sí, estoy bien —confirmó Hallie, recuperando el paño y mirándolo desconcertada—. Por cierto, tu novia parece una bellísima persona.

Jack se acercó más, de modo que lo único que Hallie pudo ver fue su rostro preocupado y sus ojos azules.

—¿Seguro que estás bien?

—Sí. —Hallie parpadeó. Necesitaba alejarse un poco de ese hombre. Era demasiado atractivo, sobre todo cuando la miraba de ese modo. Se pasó la lengua por los labios recién salpicados de *chardonnay*—. Bueno, si te soy sincera, en realidad no lo estoy. Verás, suelo recomendar este *chardonnay* porque se supone que tiene un toque a roble con un acabado suave y cremoso, pero lo cierto es que es seco como un desierto y tiene un regusto amargo y rancio. —Jack hizo una mueca—. He estado mintiendo todo este tiempo.

A Jack le salieron arrugas en las esquinas de los ojos y empezó a temblarle la boca. Parecía que estaba a punto de reírse, pero entonces Vanessa lo agarró del brazo y su rostro adoptó una expresión de profundo disgusto. Tragó saliva, se giró y le dijo a su novia:

—Vámonos.

Ella alzó sus perfectas cejas.

—¿Nos vamos?

—Así es. Vamos.

Jack se llevó a su preciosa arpía lejos de la barra y Hallie aprovechó para limpiar un poco la superficie antes de continuar sirviendo bebidas. El altercado apenas había durado tres minutos, pero a ella le había parecido una eternidad.

—¿Qué narices ha sido eso? —preguntó Julio, el otro barman, en voz baja mientras vertía vodka en cinco vasos de chupito.

—Solo una novia celosa —explicó ella. Se dirigió al otro extremo de la barra para atender un pedido de dos *whiskies sour*—. Ni siquiera los conozco.

—¡Pero mira a quién tenemos aquí! ¡Hallie Piper!

Alzó la vista y tuvo que mirar dos veces para comprobar que era cierto. «¿En serio me vas a hacer esto, universo?».

—¿Allison Scott?

Uf. Allison. Habían ido juntas al instituto y era una de esas chicas que, en teoría, son muy simpáticas, pero que tienen un don para hacer que los demás se sientan fatal. No la había visto desde que se habían graduado, hacía ocho años, y no la había echado nada de menos.

—¡Dios mío! Eres la camarera más adorable que he visto en mi vida —exclamó Allison con una sonrisa, señalando la camiseta de tirantes negra mojada de Hallie y sus vaqueros del mismo color—. En serio, eres como una especie de barman monísima recién salida de una película.

Allison tenía un aire muy Alexis Rose, de *Schitt's Creek*.

—¿Quieres algo de beber? —preguntó Hallie con una sonrisa forzada.

—Mi novio es uno de los padrinos —respondió ella. Por lo visto no quería nada—. Y cuando ha venido corriendo para contarme que había una pelea de gatas en el bar, me he acercado a toda prisa a ver qué sucedía. Jamás me habría imaginado que tú, mi supermeticulosa y formal amiga Hallie, estarías involucrada.

«¿Me acaba de llamar "supermeticulosa"? ¡Ay, Dios mío!».

—No ha sido una pelea de gatas, más bien un malentendido entre una pareja, en el que me he visto afectada de forma indirecta.

—Sí, he llegado justo al final —señaló ella con una sonrisa lenta de satisfacción que, en cierto modo, le recordó al Grinch—. Bueno, ¿y a qué te dedicas, aparte de encargarte de la barra en las bodas? ¿Sigues con Ben?

Un hombre detrás de Allison levantó dos botellas vacías de Mich Ultra. Hallie sacó otras dos de debajo de la barra, las abrió y las dejó en la superficie mientras decía:

—No, ya no estamos juntos.

—Vaya. —Allie abrió los ojos como platos, como si Hallie acabara de confesar ser una asesina en serie por haber tenido la osadía de dejar al chico que, en su momento, fue la estrella del equipo de fútbol del instituto—. ¿Y qué tal le va a tu hermana?

Cuando Hallie oyó anunciar al DJ que iba a empezar el baile de los novios, le entraron unas ganas locas de ponerse a gritar. Como a la gente le encantaban esas ñoñerías, la barra se iba a quedar vacía durante un tiempo, permitiendo que Allison continuara con su parloteo superficial e incómodo. Durante un instante, se imaginó una lámpara de araña cayendo del techo y aplastando a su molesta examiga.

—Se ha comprometido con Riley Harper. Se casan el mes que viene. ¿Te acuerdas de él del...?

—¡Madre mía! ¡Se va a casar con Riley Harper! ¿No fue nuestro rey del baile de bienvenida?

Hallie asintió, preguntándose si era la única que no consideraba como «nuestros» a los reyes de los bailes del instituto. Para ella, el rey solo era un chico que llevaba una corona en un evento.

—Vaya, bien por ella —Allison parecía impresionada—. ¿Y a qué se dedica?

—Es ingeniera.

—¡No me lo puedo creer! —Negó con su elegante cabeza con un corte tipo bob—. Ahora sois como la madre y la hija de *Ponte en mi lugar*.

—¿Qué?

—Ya sabes, tú siempre fuiste la responsable, la que tenía todo bajo control, y Lillie era un desastre total. Ahora ella es ingeniera y se va a casar, y tú estás soltera, sirviendo copas y metiéndote en peleas —dijo con una sonrisa, como si fuera algo gracioso—. ¡Qué locura!

Allison por fin decidió pedirse una copa y dejó de torturarla. Pero, en cuanto se fue, las palabras «desastre total» empezaron a resonar en bucle en su cabeza.

¿De verdad habían cambiado tanto los roles entre su hermana y ella?

Se pasó la siguiente media hora angustiada, mientras servía bebidas en modo piloto automático y se repetía a sí misma: «Soy un desastre total». Hasta que sonó *Single Ladies* y sacó a su Beyoncé interior, empezó a sentirse mejor y a recordar que todo iba a salir bien.

Porque ella no era ningún desastre. Más bien estaba en su «invierno».

Después de que ella y Ben lo dejaran (o mejor dicho, después de que él se diera cuenta de que no la quería), Hallie había decidido afrontar esa etapa como el «invierno de sus veintitantos»; una estación fría y de letargo que desembocaría en una primavera fructífera. Se había mudado de la casa de Ben a un apartamento más barato, con una compañera de piso y, además de su trabajo habitual, había conseguido dos empleos a tiempo parcial para pagar en la mitad de tiempo sus préstamos universitarios.

Tal y como lo veía, iba a aprovechar al máximo su tiempo sin hombres. Viviría de forma austera, trabajando sin descanso. Su temporada de invierno iba a ser una época difícil, llena de días oscuros, pero pronto tendría su recompensa.

—*Tú.*

Hallie alzó la vista. Jack se estaba acercando a la barra con una expresión seria en el rostro, la corbata desatada alrededor del cuello y los ojos fijos en ella.

—¿Yo? —Miró hacia atrás para ver si se refería a alguien más.

—Sí. —Se detuvo al llegar a la barra y dijo—: Te necesito.

—¿Perdona? —Hallie ladeó la cabeza y preguntó—: ¿Y qué ha pasado con esa novia tan encantadora tuya? ¿Cómo se llamaba? ¿Van?

—Necesitamos un camarero en la parte de atrás. —Jack pasó por alto su comentario y miró directamente a Julio—: ¿Puedes prescindir de ella un rato?

Julio la miró, tratando de discernir qué opinaba ella al respecto, antes de responder:

—Sí, pero creo que la novia tenía pensado...

—Es ella la que me ha enviado. Soy su hermano.

—En primer lugar, no hables de mí como si no estuviera presente. Que tenga tetas no me incapacita para decidir por mí misma. En segundo lugar —espetó ella, bastante molesta por el evidente machismo del atractivo individuo—, no hago estriptis ni bailes sobre el regazo de nadie, así que si lo de «la parte de atrás» es una especie de código para algo turbio, no cuentes conmigo.

Aquello hizo que Jack la mirara con una sonrisa socarrona; una sonrisa con la que parecía divertido y enfadado al mismo tiempo.

—En primer lugar, me han dicho que Julio es el supervisor de banquetes, así que tus tetas no han tenido nada que ver a la hora de elegir a la persona a la que tenía que dirigirme.

—Ah —dijo Hallie.

—Y en segundo lugar —añadió—, se nota a la legua que no eres de las que se pone a bailar encima de nadie, así que te aseguro que lo de «la parte de atrás» no es un código para hacer nada raro.

Hallie se apartó los mechones de pelo que se le habían salido de la coleta, sintiéndose un poco tonta.

—Vale, bien.

—Entonces, ¿vienes conmigo?

—¿Por qué no? —Hallie salió de detrás de la barra y siguió a Jack mientras se abría paso entre la multitud de los invitados de la boda; la mayoría de los cuales le sonreían como si fuera su primo favorito, aunque él parecía ajeno a todo. Cuando llegaron a la puerta de la cocina, la abrió y la sostuvo para que ella pasara.

—Gracias. —Nada más entrar se percató de que la cocina estaba desierta—. ¿Pero…?

Se volvió hacia Jack, que había dejado caer su chaqueta sobre una caja de plátanos y estaba remangándose la camisa. La miró con una ceja enarcada y esperó a que ella hablara.

—¿No has dicho que necesitabas un camarero?

—Y lo necesito. —Se subió sin ningún esfuerzo a la encimera de acero inoxidable y se sentó con las largas piernas colgando delante de él—. Has hecho que me dejen, así que ahora te toca emborracharme.

«¿En serio?».

—Mira, no creo que seas ningún rey —ironizó ella—, y no estoy interesada en ser tu sirvienta personal. Pero gracias.

—¡Por Dios! No quiero que me sirvas —indicó Jack, señalando un lugar junto a él en la encimera—. Solo he pensado que, ya que Vanessa Robbins nos ha tirado una copa a la cara a ambos, podríamos ahogar nuestras penas en alcohol y bebernos una botella juntos.

Hallie ladeó la cabeza y miró la botella de *whisky* Crown Royal que Jack tenía al lado.

¿Por qué aquello le parecía tan sumamente tentador?

Jack

Pudo notar en la expresión de ella el momento exacto en que tomó la decisión. Fue como si toda su postura se relajara.

Y luego sonrió.

Aunque careciera de importancia, era encantadora. Una pelirroja de baja estatura con una boca bastante sarcástica. En realidad, la había recordado de la joyería, y no por su apariencia, sino por lo divertida que había sido mientras le mostraba una amplia variedad de anillos de compromiso.

Fue hacia él, se subió a la encimera, cruzó las piernas y agarró la botella.

—Antes de nada, dime por favor que *tú* la dejaste a ella y no al revés.

—Por supuesto —repuso él.

—¡Gracias a Dios! —Se mordió los labios—. Y que quede claro, yo no tuve nada que ver con vuestra ruptura.

—Bueno, si no hubieras dicho nada...

—Entonces ahora mismo estarías comprometido con una psicópata celosa. —Lo miró con los ojos verdes entornados—. Creo que me debes un agradecimiento enorme.

—¿En serio?

—Sin duda —dijo ella. Luego se llevó la botella a la boca y le dio un buen trago. Cuando terminó, se limpió los labios con el dorso de la mano—. ¿Estás haciendo que nos la bebamos a palo seco a propósito? Porque no me importa, pero como mido poco más de metro y medio, me voy a emborrachar mucho más rápido si no mezclo el *whisky* con algún refresco.

—A mí tampoco me importa —dijo él, con unas ganas enormes de sonreír.

—¿Y me vas a pagar el Uber que voy a necesitar cuando terminemos?

Jack aceptó la botella cuando ella se la ofreció y se dio cuenta de que sus dedos parecían gigantescos al lado de los de ella.

—Si hace falta, sí.

—Oh, desde luego que va a hacer falta. —Le lanzó otra sonrisa sarcástica y giró el cuerpo para quedar frente a él—. Amigo, esta noche pienso emborracharme como una cuba. Pillarme uno de esos pedos en los que no te acuerdas ni de tu madre, vomitas hasta el desayuno en el ascensor y la gente se pregunta si debe llamar o no a una ambulancia. ¿Te apuntas?

Jack dio un sorbo a la botella y dejó que el líquido le quemara por dentro, calentando el camino hacia el estómago. Ella lo observó durante todo el proceso. No sabía si era por el efecto del alcohol o no, pero, de pronto, se sintió completamente dispuesto a emborracharse con aquella camarera tan ocurrente. Se secó la boca y le devolvió la botella.

—Entonces… —preguntó ella, envolviendo sus delgados dedos alrededor de la botella— ¿te unes a la fiesta, padrino?

—Soy todo tuyo, pequeña camarera —respondió con una sonrisa.

Capítulo
DOS

Hallie

Hallie abrió los ojos y soltó un gemido.

«¡Dios mío!».

Cuando alzó el brazo y tiró de la manta que le cubría la cabeza, las sienes le palpitaban con fuerza. Al liberarse del pesado edredón, agradeció el aire fresco que le dio en la cara, pero entonces vio su aterrador reflejo en el espejo que tenía justo delante.

¿Espejo?

«Un momento. ¿Qué?».

Ahí fue cuando se dio cuenta de que no solo estaba tumbada de lado en la cama, sino que se encontraba a los pies de esta. Y que no era *su* cama, sino una cama que no conocía.

«Mierda. No, no, no, no».

A su mente empezaron a acudir un sinfín de imágenes de la noche anterior. Hizo todo lo posible por no mover el colchón mientras se incorporaba y echaba un vistazo hacia atrás. A pesar de la maraña de ropa de cama blanca, sábanas y edredones revueltos, pudo ver perfectamente un cuerpo durmiendo en la parte superior del colchón.

La cabeza parecía estar bocabajo sobre la almohada; una cabeza cubierta de un cabello oscuro y espeso que sabía de primera mano lo suave que podía llegar a ser al tocarlo. Una visión de ambos, contra la puerta de la habitación, inundó su cabeza, ella había hundido las manos en su pelo mientras él…

Uf.

«No».

Tenía que largarse de allí. Localizó sus pantalones y uno de sus zapatos junto a la puerta. El otro zapato estaba en el umbral del baño, como si se lo hubiera quitado de una patada y… Oh, sí, recordaba haberle dado una patada y haberse desprendido de los pantalones antes de que la puerta se cerrara detrás de ellos.

«Tonta, tonta, tonta».

Se movió con mucho cuidado, porque lo último que quería era despertarlo. ¿Os imagináis lo incómodo que hubiera sido eso? «Hola, ¿te acuerdas de mí? Soy la barman que te arrancó todos los botones de la camisa». No, tenía que vestirse con el mayor sigilo posible y salir de allí.

Rodó hasta el borde de la cama y cayó al suelo sobre las manos y las rodillas. Se esforzó en no pensar en lo sucia que estaba la moqueta del hotel (se imaginó pasando una luz ultravioleta por encima y viendo todo tipo de fluidos corporales y… ¡puaj!) y levantó la cabeza para asegurarse de que él seguía durmiendo.

Sí. Estaba dormido, o muerto, lo que era buena señal.

Volvió a agacharse y avanzó arrastrándose hasta sus pantalones. Imaginó que debía de estar ofreciendo todo un espectáculo, desplazándose a gatas a toda velocidad, con una camiseta de tirantes y unas bragas rosas con un estampado de ardillas. Sabía que ese sería uno de los momentos más vergonzosos de su vida, pero no tenía tiempo para detenerse y actuar con dignidad.

Cuando llegó al lugar donde estaban sus pantalones, se los puso lo más rápido y silenciosamente que pudo, sin dejar de mirar hacia la cama. «Por favor, sigue durmiendo». Luego se calzó las bailarinas mientras escudriñaba la habitación, en busca del sujetador.

¿Dónde narices estaba esa pesadilla con aros?

Miró en el cuarto de baño y después se agachó y revisó debajo de la cama, pero no lo encontró por ningún lado. Se acercó de puntillas a la cama. Seguro que estaba en algún lugar entre ese revoltijo de sábanas. Justo en ese momento, Jack hizo un ruido y se dio la vuelta, quedando bocarriba. Hallie se agachó al instante.

«¿Por qué has hecho eso, imbécil?», le chilló su cerebro. «¿Qué sentido tenía? ¿Te crees que por ir a gatas eres invisible?».

Se puso de pie de nuevo y se dio cuenta de que, aunque en cualquier otra circunstancia se habría detenido a contemplar el cuerpo de aquel hombre (ese pecho amplio, el abdomen firme y los bíceps musculosos eran de lo más tentador y, si su memoria no le fallaba, puede que la noche anterior le hubiera mordido el antebrazo), en ese momento estaba demasiado concentrada en escapar como para disfrutar de la vista.

Entrecerró los ojos e intentó vislumbrar el sujetador entre las sábanas, pero le dio la impresión de que Jack estaba respirando un poco más fuerte y no quiso arriesgarse. Murmuró un «¡Que le den!» y se dio por vencida. Buscó el bolso y salió de la habitación. Cuando la puerta se cerró con suavidad detrás de ella, soltó el aliento que había estado conteniendo. Corrió por el pasillo, consciente de la falta de sujetador. Al llegar al descansillo del ascensor, se quedó esperando, cruzando los brazos sobre el pecho. A algunas mujeres les quedaba bien eso de ir en camiseta de tirantes sin sujetador, como Kate Hudson, pero Hallie no era una de ellas.

A ella se la veía vulgar.

En ese momento, pasó una mujer del personal de limpieza con su carrito. Ojalá no hubiera visto su reflejo en el espejo de la habitación del hotel; sabía el aspecto lamentable que tenía. Mientras esperaba al ascensor, se preguntó si Jack se enfadaría por haberse marchado sin despedirse. ¿Qué era lo que solía hacerse en una situación como aquella? Nunca había tenido un rollo de una noche, no era de ese tipo de personas, de modo que no tenía ni idea de las formalidades que solían intercambiarse antes de separarse. «Quizá debería meterme en sus redes sociales y enviarle un mensaje tipo: "Gracias por el polvo alucinante…"».

Pero antes de que pudiera concluir ese pensamiento, se percató de algo crucial:

No sabía cuál era su apellido.

Las puertas del ascensor se abrieron, y mientras entraba en la reluciente cabina y pulsaba el botón del vestíbulo, fue presa de un pequeño ataque de pánico.

«¡Madre mía! ¡No me sé su apellido!».

No le costaría mucho averiguarlo (era el hermano de la novia y el día anterior había comprado un anillo en la joyería en la que trabajaba), pero esa no era la cuestión.

Cuando el ascensor sonó, avisando de que habían llegado a la planta baja, tomó una profunda bocanada de aire.

La cuestión, pensó mientras hacía el paseo de la vergüenza por el vestíbulo, despeinada y con ciertas áreas de su anatomía rebotando sin sujeción alguna, era que acababa de despertarse en la habitación de hotel de un hombre del que no conocía su nombre completo, le faltaba una prenda interior y tenía que pasar por delante de una recepción atendida por empleados que sabían que había trabajado en la boda de la noche anterior.

Sí, un desastre total y absoluto.

Y cuando Robert, el entrañable botones con aire paternal que solía mostrarle fotos de sus hijos cuanto trabajaba en alguna boda, la saludó de forma amistosa con la mano antes de bajar la vista a su pecho y apartarla a toda prisa con gesto incómodo, se dio cuenta de que había tocado fondo.

Jack

Jack entró en el restaurante del hotel, con un dolor de cabeza latente mientras se dirigía hacia la mesa enorme donde toda su familia estaba disfrutando de un *brunch* posboda. Llegaba media hora tarde y era prácticamente imposible que su madre no se diera cuenta.

—¡Jackie! —exclamó su tío con una sonrisa, levantando un *bagel* en señal de saludo.

—Buenos días, tío Gary —respondió él, intentando sonreír, aunque le costó horrores. ¿Por qué tenía que haber tanta luz en ese lugar?

—Llegas tarde, como siempre —comentó su hermano mayor, Will, con una media sonrisa mientras masticaba lo que parecían ser huevos—. ¿Has oído hablar alguna vez de las alarmas?

Jack hizo caso omiso del comentario y ocupó la silla vacía que había al lado de Colin, su mejor amigo y flamante cuñado.

—¿Dónde está Livvie? —preguntó nada más sentarse, con la garganta seca.

Colin entrecerró los ojos.

—Tienes un aspecto horrible.

—Vaya, gracias.

—Está en el bufé, sirviéndose más tortitas —indicó Colin, señalando con la cabeza en dirección a la larga fila de mesas repletas de comida.

Jack miró hacia el bufé y, efectivamente, su hermana se estaba llenando el plato.

—¡Ay, Dios! Si hay tortitas, seguro que perdéis el vuelo.

En cuanto acabaran el *brunch*, Olivia y Colin iban a subirse a un vuelo en dirección a Italia para disfrutar de una luna de miel de dos semanas.

—Es insaciable, ¿verdad? —dijo Colin con una sonrisa. Jack tenía una resaca demasiado importante y una soltería demasiado reciente como para escuchar a Colin ponerse empalagoso con su hermana. Se alegraba de que fueran felices, pero eso no significaba que tuviera que soportar todo ese rollo con el incipiente dolor de cabeza que tenía y la mudanza que se le venía encima.

—En lo que a las tortitas se refiere, sin lugar a duda. —Se levantó y fue hacia el bufé, procurando mantener la vista en el suelo para no tener que hablar con sus primos y tías. Para su gusto, había demasiados parientes rondando por el restaurante, así que cogió un plato y se dirigió directamente hacia Olivia.

—Me parece increíble —empezó ella, sabiendo que era él sin necesidad de volver la cabeza— que hayas llegado tan tarde y mamá no te haya dicho nada. Si yo me hubiera retrasado treinta *segundos*, toda la familia se habría enterado ya.

—Tienes razón. —Todo el mundo sabía que Jack era el hijo preferido de Nancy Marshall.

—Hueles a *whisky* —observó ella, mirándolo por fin—. Vaya, y parece que has dormido en un contenedor. ¿Qué narices te ha pasado?

—Nada.

—En serio —insistió su hermana, ladeando un poco la cabeza—. ¿Qué te ha pasado? Después del numerito que te montó Vanessa, desapareciste. ¿Dónde te metiste?

Si se hubiera tratado de cualquier otra persona, no habría respondido a esa pregunta; sin embargo, siempre había confiado lo suficiente en Livvie como para contarle la verdad cuando cometía un error.

—Me emborraché y he pasado la noche con la camarera.

Su hermana se quedó boquiabierta.

—Me estás tomando el pelo.

Jack se encogió de hombros.

Livvie lo miró como si acabara de decirle que le habían abducido unos alienígenas; luego le quitó el plato, lo dejó en la mesa del bufé junto al suyo, lo agarró del brazo y lo condujo a la parte trasera del restaurante.

—Livvie…

—Solo sígueme.

Se detuvo justo al lado de la puerta que daba a la cocina y lo miró.

—Jack, hace doce horas ibas a pedirle que se casara contigo. ¡Por el amor de Dios! ¿Cómo has podido acostarte con la camarera?

—¿Te refieres al acto en sí?

Su hermana soltó un resoplido de exasperación.

—No, me refiero a que sé que anoche estabas cabreado por lo de Vanessa. Lo noté en tu expresión cuando volviste del aparcamiento.

Mierda, no quería pensar en eso.

—¿Y?

—Que un rollo de una noche es una idea pésima que no va a aliviar tu soledad para nada.

—¡Por Dios! No estoy solo —protestó él.

—¿De verdad? —Livvie se cruzó de brazos y le lanzó una mirada de «No me tomes por tonta»—. ¿No precipitaste todo con Vanessa porque estabas triste y no querías quedarte solo?

—Anda, cállate, metomentodo —masculló. Pero cuando ella puso los ojos en blanco y le dio un pellizco, sonrió.

—Mira, tontorrón —dijo ella, bajando la mano y poniéndose seria—. Los dos sabemos que te gustaba tanto la idea de tener una relación estable que aceleraste todo. Me lo confesaste hace un par de semanas, en Billy's, cuando estabas borracho, ¿no te acuerdas?

Deseó con todas sus fuerzas no haberle dicho nada.

—Y sí —continuó ella—, lo tuyo con Vanessa ha terminado fatal, pero creo que ha sido para bien. —Se sacó el teléfono del bolsillo del pantalón y miró la pantalla—. Ahora eres libre y puedes encontrar a alguien con quien tengas algo en común. Alguien con quien te lo pases *bien* de verdad.

—Anoche me lo pasé muy bien con la camarera —repuso él, solo para provocarla.

—Ahórrame los detalles y deja que te pase las claves para entrar en la aplicación de citas de la que ahora eres suscriptor de pago.

—¿Cómo? —Fulminó a su hermana con la mirada—. ¿Qué has hecho?

—En realidad, nada. —Ahora fue ella la que se encogió de hombros y sonrió—. Aunque puede que, después de lo que me dijiste en Billy's, y solo por si acaso, te creara una cuenta y pagara la suscripción.

—¿Por si acaso…?

—Por si lo tuyo con Vanessa se iba al traste.

Jack suspiró.

—En vez de montar un escándalo y fingir que estás enfadado —continuó ella con cara de satisfacción—, di simplemente: «Gracias, Liv».

—Deja de entrometerte en mis asuntos, Liv —replicó él.

—Dejaré de hacerlo en cuanto *inicies sesión* en la aplicación.

Hallie

Una semana después

—Tienes que estar de broma. —Chuck pinchó una de las albóndigas suecas que tenía en el plato y la miró—. Es imposible que sucediera algo así.

—¿Qué parte es la que no te crees? —preguntó Hallie a su mejor amigo mientras mojaba una de sus patatas fritas en kétchup—. ¿La propuesta fallida de matrimonio o el polvo de una noche en el hotel después de emborracharnos?

—¿Quiere más agua? —preguntó el camarero, mirándola.

A Hallie se le pusieron rojas las mejillas mientras sus palabras quedaban suspendidas en el aire. «Polvo de una noche en el hotel después de emborracharnos».

—Eh, no, gracias.

Chuck empezó a reírse y chilló las palabras: «polvo de una noche», lo que hizo que el camarero también se riera. Cuando este se fue, Chuck respondió:

—Todo. ¿Qué probabilidades hay de que vayas a trabajar y te suceda todo eso?

Hallie se metió unas cuantas patatas en la boca.

—Me cuesta creerlo hasta a mí y ya hace una semana que sucedió.

—¿Y el tipo era atractivo? —Chuck se llevó la albóndiga a la boca—. ¿Bueno en la cama?

—Sí, era guapísimo. —Hallie recordó la cara de Jack—. Y sí, también es bueno en la cama, y contra la pared, y en el ascensor…

—Vuelve a recordarme de qué te estás quejando.

—No me estoy quejando. —Dio un sorbo a su Pepsi Light—. Solo estoy disgustada conmigo misma por ser un desastre andante. Despertarme a los pies de la cama de un desconocido fue el estímulo que necesitaba para cambiar. Ahora voy a pasar página y empezar una nueva etapa.

—¿Qué tenía de malo tu etapa anterior? —Chuck volvió a poner los ojos en blanco—. Porque a mí me parecía que todo iba sobre ruedas.

—Cuando Ben y yo lo dejamos, se suponía que todo lo que empezaría a hacer iba a ser temporal. Pero sigo viviendo como si todavía fuera una estudiante universitaria, Chuck. Necesito vivir en un apartamento de verdad, sin una compañera de piso, un corte de pelo nuevo, ropa nueva, incluso hasta una relación seria...

—¡Oh, Dios mío! —la interrumpió Chuck, con una mirada de asombro y la boca abierta, llena de trozos de albóndiga, enmarcada por el vello pelirrojo de su bigote y barba—. ¿Significa eso que por fin te vas a animar a hacerlo?

Hallie inspiró profundamente, cerró los ojos y asintió.

Desde su ruptura con Ben, Chuck había estado intentando que Hallie se uniera a Buscand0Alg0Real, la aplicación de citas donde había conocido a Jamie (su actual prometida). Estaba convencido de que la aplicación era una especie de celestina mágica y no paraba de mencionarla.

A todas horas.

Chuck nunca había tenido una relación seria hasta que conoció a Jamie. Lo sabía no solo porque era su mejor amigo, sino porque lo conocía de toda la vida; al fin y al cabo, también era su primo segundo. Era la persona más peculiar con la que se había topado nunca, pero el hecho de no encajar en los estándares convencionales le había perjudicado en su vida amorosa.

Chuck era divertido, inteligente y atractivo. Pero prefería las películas de Disney al fútbol, y los musicales de Broadway a los éxitos del momento. Era un forofo absoluto del anime y podía pasarse horas chateando con ella sobre los programas de telerrealidad del canal Bravo.

Y, sin embargo, apenas un mes después de registrarse en esa absurda aplicación, había encontrado a su alma gemela.

Porque sí, cualquiera que los hubiera visto juntos no tenía ninguna duda de que Jamie y Chuck estaban hechos el uno para el otro. Y por si fuera poco, la chica era preciosa, le encantaban las rarezas de su novio, compartía su amor por el anime y se había unido enseguida a su chat de programas de telerrealidad.

Siempre que Chuck mencionaba el asunto de la aplicación, Hallie respondía que «no estaba preparada». Solo pensar en tener una cita tras lo sucedido con Ben le revolvía el estómago. Sin embargo, en ese momento sentía una especie de desesperación que iba en aumento. Esa mañana, mientras se duchaba, se había dado cuenta de que, además de querer dar un nuevo impulso a su vida, también quería encontrar el amor.

Sí, deseaba hacer un hueco al amor en su existencia.

Puede que aquello la hiciera parecer patética, pero no quería estar sola.

—¿Puedo llamar a Jamie? —Chuck se sacó el teléfono del bolsillo—. Se va a volver loca...

—No —respondió ella, negando con la cabeza. Jamie era una versión hiperactiva de Chuck, y era imposible frenarla cuando se emocionaba—. Nada de Jamie.

—Eres consciente de que la voy a llamar en cuanto terminemos, ¿verdad?

—Sí, pero no puedo lidiar con los dos a la vez. Sois demasiado.

Chuck esbozó una sonrisa enorme antes de soltar un suspiro.

—Lo somos, ¿verdad?

—No lo he dicho como un cumplido.

—Deja de ser una gruñona pendeja. —Otra característica de Chuck era que veía un montón de programas latinoamericanos, así que soltaba la palabra «pendeja» constantemente. Se levantó y arrastró su silla alrededor de la mesa hasta sentarse justo al lado de ella—. Venga, vamos a crearte un perfil ahora mismo, así luego lo único que tienes que hacer es echar un vistazo a los hombres disponibles mientras te tomas una copa de vino.

—Haces que parezca como si estuviera yendo de compras. —Observó cómo Chuck le agarraba el móvil, introducía el PIN para acceder a su teléfono (030122) y empezaba a crearle una cuenta.

—En realidad es prácticamente lo mismo —repuso él, sin apartar la vista de la pantalla—. Solo que, en lugar de buscar el bolso perfecto, estás buscando a la única persona del universo que te hará increíblemente feliz el resto de tu vida.

—Vaya —comentó Hallie. A pesar de su tono cínico, no pudo evitar sentir cierta ilusión—. Parece pan comido.

—Calla y deja que te eche una mano.

Para cuando terminaron de cenar, Hallie tenía un perfil real en una aplicación de citas de verdad. Chuck había redactado una presentación brillante que la hacía parecer una persona divertida e inteligente y estaba deseando llegar a casa para empezar a «comprar».

Pero justo cuando Chuck aparcó frente al viejo edificio de apartamentos en el que Hallie vivía, exclamó:

—¡Ay, Dios!

—¿Qué pasa? —Hallie miró por la ventana, pero no vio nada que la alarmara.

—Creo que hasta ahora no había procesado del todo eso de que ibas a pasar página y comenzar una nueva etapa. ¿Has mencionado algo sobre vivir sola, sin Ruthie?

—Sí.

Ladeó la cabeza.

—¿Y has pensado ya en cómo se lo vas a decir?

Hallie frunció el ceño.

—Pues se lo diré sin más. Ambas somos adultas. No habrá problema.

—¿En serio? —La voz de Chuck sonó un poco más aguda.

—Sí.

—Vale.

—¡Jesús, Chuck! Deja de preocuparme. Se lo diré, lo aceptará con una sonrisa y todo irá bien.

Chuck asintió.

—Seguro que sí.

TRES

—¡Oh, menos mal que ya estás aquí! —Ruthie, su compañera de piso, se encontraba en la entrada como si la hubiera estado esperando. Llevaba un delantal con el dibujo de un torso masculino desnudo y musculoso y la frase «¿Un poco de carne?» escrita en cursiva en la entrepierna—. Acabo de hacer pan de plátano y quiero saber tu opinión. ¿Con mantequilla o sin ella?

Hallie la rodeó y entró.

—¿Quieres saber mi opinión sobre si está mejor con mantequilla o sin ella?

Ruthie soltó una carcajada.

—Quiero saber tu opinión sobre el pan. Y lo que te pregunto es si ahora lo quieres con un poco de mantequilla untada o sin ella.

En ese momento estaba llena y no le apetecía probar el pan de plátano, pero tampoco quería decepcionar a Ruthie. Sobre todo cuando estaba a punto de provocarle una decepción mayor al decirle que quería mudarse.

—Sin mantequilla, por favor.

Ruthie corrió hacia la cocina y abrió de par en par la puerta de la nevera.

—¡Ya sabes lo que opino de la mantequilla! —gritó—. Así que, salvo tus rebanadas, voy a embadurnar el resto de la barra con toda la Country Crock que me sea posible.

Hallie dejó el bolso en el suelo y se quitó los zapatos.

—Sabía que lo harías.

Ruthie Kimball era una persona de lo más inusual. Era la hermana de una de sus compañeras de trabajo de la joyería; por eso habían terminado compartiendo piso. En toda su vida no había conocido a alguien más impredecible que ella. Nunca, jamás, sabía lo que Ruthie iba a hacer, decir o pensar.

Ruthie iba en moto todo el año; daba igual que hiciera sol o nevara. Si las temperaturas eran bajo cero, se abrigaba con su cazadora acolchada antes de subirse a su «cerdo»* y recorría la ciudad como si fuera normal tener carámbanos formándose bajo la nariz.

Y sí, siempre llamaba a su moto su «cerdo».

Todo el tiempo.

A Ruthie le encantaba la repostería, pero odiaba cocinar. Tenía *piercings* por todo el cuerpo, pero lloraba como un niño pequeño cuando tenía que ponerse alguna inyección. Cuidaba de Hallie como si fuera su hermana mayor, preparándole un sinfín de postres y planchándole la ropa si la dejaba demasiado tiempo en la secadora, pero discutía a gritos con su hermana de verdad, soltándole frases por teléfono como: «Si no fuera porque tu puto trasero se cargaría mi suspensión, te atropellaría con mi cerdo», antes de lanzar el teléfono por el balcón.

Sorprendentemente, el móvil nunca estaba roto cuando iba a recuperarlo. Hallie sospechaba que se debía al césped.

Ruthie era delgada, de estatura media y llevaba la cabeza rapada al cero, porque creía que el pelo no servía para nada. Tenía unos ojos azules enormes, una cara de rasgos delicados, como la de Ariel de *La sirenita*, y formaba parte de un club de lucha supersecreto del que venía magullada más veces de las que no.

---

* «Cerdo», *hog* en inglés, es el término cariñoso con el que los propietarios y aficionados a las Harley-Davidson suelen referirse a sus motos. Esta costumbre tiene su origen en la historia del motociclismo deportivo: en la década de 1920, el equipo de carreras de Harley-Davidson tenía un cerdo como mascota y, después de cada triunfo, el piloto solía dar una vuelta de la victoria con el cerdo en la moto. Con el tiempo, el término «HOG» fue adoptado por el Harley Owners Group, un club patrocinado por Harley-Davidson para los entusiastas de la marca. De esa forma, «HOG» no solo es el acrónimo de dicho club, sino también un término emblemático que rinde homenaje a aquellos días de carreras y a la tradición que relaciona a la marca con el cerdo (N. de la T.).

El año anterior, durante un breve periodo, temió que todas esas heridas fueran producto de un maltrato y que lo del club solo fuera una excusa. Pero cuando por fin tuvo el valor de hablar del asunto, Ruthie se echó a llorar, conmovida por la preocupación de Hallie.

Y después le enseñó alrededor de cien fotos de mujeres ensangrentadas y llenas de contusiones, peleándose en lo que parecía ser un sótano.

—Aquí está. —Ruthie salió de la cocina y le entregó un plato—. La receta de mi abuela, pero con el toque especial de Ruthie.

—Ya sabes que no puedo tomar nada que lleve cannabis —dijo ella, observando el trozo de pan—. En mi trabajo nos hacen controles aleatorios a diario.

—No lleva ninguna droga, te lo prometo. El toque especial solo es una gotita de vinagre.

Hallie olió el pan antes de darle un mordisco.

—Mmm… —gimió—. ¡Está delicioso! —Y lo decía en serio.

—¡Hurra! —Ruthie hizo una pirueta y tiró la lámpara de pie. En cuanto volvió a colocarla, dijo—: Mira, tengo que echarme una siesta. He conocido a una chica llamada Bawnda que hace natación sincronizada y me ha dicho que me enseñará si no me importa currar de noche.

—¿Como que currar de noche? ¿Es un trabajo?

—¿Acaso no me has escuchado? —Ruthie sonrió y sacudió la cabeza, como si Hallie no se enterara de nada—. Esta noche voy a aprender a hacer natación sincronizada, no a trabajar, así que será mejor que me vaya a dormir ahora. Buenas noches, Halliebaba.

—Buenas noches —respondió Hallie, echando un vistazo al microondas de la cocina, cuyo reloj marcaba las siete de la tarde.

Iba a tener que postergar su charla sobre mudarse.

Chuck: Bueno, dime, ¿cómo va todo?

Hallie tomó su copa y dio un último sorbo de vino, antes de responder: «Todo bien, por ahora». Llevaba desde las ocho en la cama, navegando por la aplicación, echando un vistazo a los hombres disponibles. Estaba al tanto de los comentarios sobre lo pésimos que eran los tíos a la hora de crear perfiles. Y era cierto. Si lo que había visto hasta ese momento representaba al conjunto del sexo masculino, estaba claro que muchos de ellos creían que una foto de un hombre sosteniendo un pez era el epítome de las fotos de perfil.

Chuck: Jamie quiere saber a cuántos les has dado un «me gusta».

Soltó un resoplido y respondió:

Hallie: A ninguno todavía. Solo estoy echando un vistazo a los escaparates.

Le sorprendió lo atractivos que eran algunos. No había esperado que hubiera tantos hombres relativamente guapos. Sin embargo, ya había empezado a darse cuenta de los problemas que surgían cuando hacías una evaluación de las posibles coincidencias en la aplicación.

Hallie: Hay un chico que está bastante bien, pero lleva una gorra del revés y en casi todas las fotos sale con una cerveza en la mano.

Hay otro que es muy guapo de cara, pero el hecho de que crea que es una buena idea tener como foto de perfil una en la que sostiene por los cuernos la cabeza de un ciervo que él mismo ha cazado, me dice que no somos precisamente almas gemelas.

Cuando vio la respuesta de su amigo, puso los ojos en blanco:

Chuck: ¡Vamos, no seas cobarde y lánzate de una vez!

Iba a tomarse su tiempo. Incluso puede que tardara unos días en dar algún «me gusta». No tenía ninguna prisa…

—¡Madre mía! —Hallie entrecerró los ojos e hizo clic en el perfil. Ese hombre se parecía mucho al padrino de la boda.

Jack Marshall.

Sí.

¡Dios! Era él.

La foto era de la boda (nunca olvidaría lo bien que le quedaba ese esmoquin), por lo que debía de habérsela hecho la misma noche en la que terminó acostándose con él. Estaba sonriendo, levantando una copa de champán a modo de brindis. Era increíblemente guapo.

¡Vaya! También era arquitecto paisajista. Eso parecía… interesante.

Por alguna razón, le sorprendió encontrar a un hombre como él en la aplicación. Le había dado la impresión de ser un tipo demasiado seguro y atractivo como para estar soltero.

Y entonces lo recordó.

¡Dios santo! Ese hombre había comprado un anillo de compromiso hacía *una* semana. ¿De verdad había estado lo suficientemente enamorado como para proponerle matrimonio a su pareja hacía una semana y ahora ya estaba en una aplicación en busca de mujeres?

Estaba claro que le pasaba algo raro.

No supo qué la llevó a hacerlo, pero quiso tomarle un poco el pelo. Así que pinchó en la ventana de chat y empezó a escribir.

¡Hola, Jack! Soy Hallie, la barman de la boda de tu hermana. ¿Por qué no me has llamado? Pensaba que habíamos conectado y que me ibas a llamar. ¿Has perdido mi número?

Cuando vio los puntos suspensivos que indicaban que estaba escribiendo contuvo la respiración. ¡Vaya, le estaba respondiendo! Seguro que debía de estar alucinando por el inesperado retorno de un ligue de una noche a su vida. Aquello la hizo reír a carcajadas.

Después de unos minutos, apareció un mensaje:

Jack: Hola, Hallie. Me lo pasé genial contigo después de la boda, y tienes pinta de ser una persona muy simpática.

«¡Ay, Dios! Se piensa que voy en serio».

Hallie: Tranquilo, Jack. Solo estaba gastándote una broma. NO QUIERO SALIR CONTIGO.

Jack: Ah, vale.

Hallie: He visto tu perfil mientras buscaba a posibles almas gemelas y he pensado que estaría bien darte un susto. Nunca te di mi número, así que no esperaba que llamaras.

Vio cómo los puntos suspensivos de escritura aparecían y desaparecían… hasta que por fin:

Jack: Entonces, ¿de verdad has entrado aquí en busca del amor?

Hallie: Patético, ¿a que sí? Pero no te preocupes, no estás en mi lista.

Jack: Primero, yo estoy haciendo lo mismo, así que no, no es patético. Y segundo, me asombra que no me hayas incluido en tu lista después de la noche tan alucinante que pasamos juntos.

Jadeó y levantó la vista del teléfono, sorprendida por que hubiera sacado a colación ese asunto. Sin embargo, esbozó una sonrisa mientras le respondía.

Hallie: Estábamos tan borrachos que apenas la recuerdo.

Jack: Pero...

Soltó un pequeño chillido y golpeó el colchón con los pies, atónita porque estuvieran manteniendo esa conversación.

Hallie: ¿Pero qué? En general, estuvo bien.

En realidad, la noche había sido de lo más apasionada y satisfactoria, pero como había bebido tanto, no sabía si fiarse o no de sus recuerdos. Cuando había tanto alcohol de por medio, hasta la rana Gustavo podía parecerte espectacular.

Jack: ¿Bien? ¡Venga ya, Hal!

Por alguna razón, que abreviara su nombre de esa forma le produjo un cosquilleo en el estómago.

Hallie: No vamos a seguir hablando de esa noche. Ya te he dicho que apenas la recuerdo.

Lo que era una mentira flagrante. Recordaba cada instante de aquella noche, desde el primer beso que se dieron en la cocina, el momento en que pararon el ascensor, hasta el tacto de sus callosas palmas cuando la agarró por las caderas en la enorme cama del hotel.

Jack: ¿No quieres oír hablar del adorable sonido que haces cuando...?

Hallie: ¡DIOS, NO!

Jack: Iba a decir cuando estornudas. Por cierto, tengo tu sujetador, por si quieres recuperarlo en algún momento.

Hallie: ¿Dónde estaba?

Jack: Debajo de mí. Estuvo ahí todo el tiempo en el que estuviste gateando por la habitación.

Ahí sí que chilló de verdad, aunque no tan fuerte como para que Ruthie irrumpiera en su habitación con una de sus espadas de esgrima.

Hallie: ¿Te hiciste el dormido?

Jack: Estaba claro que querías salir de allí a toda prisa. ¿Quién era yo para interponerme en tu camino?

Se rio.

Hallie: Bueno, supongo que debo darte las gracias.

Jack: Bueno, supongo que no hay de qué.

Hallie colocó mejor los cojines de su cama y se acomodó entre ellos.

Hallie: Y dime, Jack Marshall, ¿qué buscas en esta aplicación? SOLO LA VERDAD.

En realidad no esperaba una respuesta sincera, así que sus palabras la dejaron estupefacta.

Jack: De acuerdo, solo la verdad. Lo cierto es que tengo muchos amigos y un buen trabajo, y no me cuesta salir con chicas, pero quiero encontrar a alguien que marque la diferencia en mi vida. (Añade aquí una risa por mi aparente desesperación).

A Hallie le habría emocionado aquella confesión si no fuera porque la semana anterior había estado a punto de proponerle matrimonio a su novia. Menuda prisa por tener una relación. Aun así…

Hallie: Solo la verdad. Yo también estoy buscando algo parecido.

Pero como no quería que aquello diera lugar a malentendidos, añadió:

Hallie: No contigo, que conste. Así que no te pongas nervioso otra vez.

Jack: Tranquila, no lo haré.

Hallie: Bueno, pues buena suerte en tu búsqueda de la mujer perfecta.

Jack: Buena suerte para ti también. Tu sujetador está colgado en mi espejo retrovisor por si cambias de opinión y quieres recuperarlo.

Hallie: Eres un pervertido.

Jack: O también podría quedármelo como un trofeo.

Hallie: ¿Sabes? Pareces un poco obsesionado con esa noche.

Jack: Estoy un poco obsesionado con ese ascensor.

A Hallie se le hizo un nudo en el estómago. No obstante, consiguió escribir un «Buenas noches y buena suerte, pervertido» antes de salir de la aplicación y apagar la luz. Necesitaba dormir, y mucho.

Jack

Jack miró la pantalla del teléfono, con una estúpida sonrisa en el rostro.

Apagó el ordenador (ya había trabajado lo suficiente por esa noche) y se fue a la cocina. Aunque todavía había algunas cajas dispersas por el suelo, su nueva casa empezaba a parecer un hogar. Abrió la nevera, sacó la leche y se sirvió un vaso, con Hallie aun rondando por su cabeza.

Sí, era atractiva y no podía evitar recordar una y otra vez lo que había sucedido entre ellos aquella noche, pero también parecía una persona divertida.

Y hacía mucho tiempo que no se había divertido de verdad.

No tenía ningún interés en salir con alguien con quien había tenido una aventura de una noche, y ella también había dejado muy claro que tampoco estaba por la labor, pero por alguna razón extraña, le alegró que hubiera decidido bromear con él a través de la aplicación.

Le había recordado lo importante que era tener algo de diversión en la vida.

Volvió a meter la leche en la nevera y, al cerrar la puerta, se encontró con el señor Maullagi, mirándolo con esos ojos de gato adorablemente molestos. Hacía tres días que se había convertido en el dueño de un felino, y todavía no tenía claro si había cometido o no un error colosal.

—Esto es para mí, colega —dijo, tomando el vaso—. No para ti.

El gato maulló, y ese pequeño chillido lo hizo parecer aún más pequeño e indefenso de lo que era, así que no le quedó otra opción que poner los ojos en blanco, sacudir la cabeza y dejar el vaso de leche en el suelo.

—Aquí tienes, pequeño manipulador. —Se agachó para acariciar al irritante animal mientras este empezaba a beberse la leche—. Pero es la última vez que lo consigues.

El señor Maullagi comenzó a ronronear, como si le estuviera diciendo: «Eso es lo que tú te crees».

Capítulo CUATRO

Hallie

—¿Qué te parece?

—¡Me encanta! —Hallie se miró en el espejo y sonrió. Había pedido a la peluquera que le cortara el pelo unos diez centímetros y le diera algunos reflejos. Así que ahora lucía una melena tipo *bob* a la altura de los hombros, con algunas mechas sutiles, y también se había depilado las cejas. Entre eso y la ropa que se había comprado online la noche anterior, se sentía como una «nueva» Hallie Piper.

Sí, lo estaba consiguiendo. Vaya que sí.

Se había tomado un día libre para ella, para empezar esa nueva etapa, y estaba muy contenta de haberlo hecho.

En primer lugar, había avisado a las dos empresas en las que trabajaba a tiempo parcial de que ya no iba a seguir con ellos. Ahora que solo iba a trabajar de nueve a cinco, era increíble el tiempo que iba a tener para… Bueno, para prácticamente cualquier cosa.

Después, se había pasado la mañana buscando apartamentos y, justo hacía una hora, había entregado una fianza para su nueva casa. No había tenido ninguna intención de hacerlo, ni siquiera le había dicho a Ruthie que se mudaba. Además, solo era el primer día que se había puesto a buscar en serio, pero el último edificio que había visitado era demasiado perfecto como para dejarlo pasar. Se trataba de un antiguo hospital convertido en un complejo de apartamentos de estilo moderno que estaba en el centro de la ciudad. Era absolutamente maravilloso. Contaba con vistas a la ciudad, terraza en la azotea, piscina cubierta, bar en el vestíbulo… Se había enamorado de él al instante. Era un poco más caro de lo que había pensado, y el apartamento bastante más pequeño que los otros que había visto, pero le gustaba lo suficiente como para que funcionara.

Se sentía muy adulta.

Y mientras caminaba hacia su coche, después de salir de la peluquería, se dio cuenta de que no podía dejar de sonreír. Todo estaba encajando y eso la hacía muy feliz. Ya no era un desastre total.

Esa noche, incluso tendría una cita.

Llevaba un par de días intercambiándose mensajes con Kyle a través de la aplicación. No sabía muy bien qué esperar de aquella velada. El hecho de que Kyle tuviera un trabajo y pareciera alguien bastante majo era un buen indicio. Pero sus conversaciones habían sido más bien directas y concisas. Sí, podía ser divertido. Sin embargo, sus charlas no tenían ese tipo de chispa que la hacía querer encerrarse en su habitación y chatear con él toda la noche.

Todavía.

No dejaba de recordarse aquello: aún no habían conectado de esa manera. Con un poco de suerte, cenarían juntos, compartirían algunas risas, se lo pasarían genial y, a partir de esa noche, estarían todo el rato hablando.

Una chica podía soñar, ¿verdad?

Cuando llegó a casa, le alivió comprobar que Ruthie no estaba. Su compañera de piso le había dejado una nota en la puerta: «He ido a hacer *flisping* en GD. Vuelvo mañana».

Casi nunca entendía las notas de Ruthie. No tenía ni idea de qué era «*flisping*»; seguro que implicaba estar cabeza abajo con desconocidos o algo por el estilo. Y a saber a qué se refería con «GD».

Puso un poco de música, abrió una botella de cerveza artesanal y empezó a maquillarse. Todavía le quedaban dos horas antes de encontrarse con Kyle; el tiempo perfecto para elegir la ropa que iba a ponerse, arreglarse y puede que hasta relajarse un poco antes de tener su primera cita en ochenta y cinco años.

Justo cuando estaba en el interior de su vestidor, buscando los pantalones negros que le hacían un trasero espectacular, le vibró el teléfono. Miró la pantalla y vio que se trataba de una notificación de Buscand0Alg0Real. Mientras abría la aplicación, se dio cuenta de que, en el fondo, esperaba que Kyle cancelara la cita.

La notificación (con un corazón, por supuesto) estaba en su bandeja de entrada. Pinchó en ella y se llevó una decepción al no ver el nombre de Kyle.

Era un mensaje de Jack, el tipo de la boda.

Jack: Hola, pequeña camarera. ¿Cómo va la caza?

Hallie se sentó en la repisa donde guardaba los zapatos.

Hallie: Vaya, tú sí que sabes hacer que suene romántico.

Jack: Lo siento. Déjame empezar de nuevo.
¿Has encontrado ya a un hombre en la aplicación de «Busca a tu alma gemela como si estuvieras de compras»?

Hallie: Esa es exactamente la impresión que da, ¿verdad?

Jack: Solo que en vez de una joya por 14,99 dólares, estás sopesando si sigues o no con el proceso de compra del tipo que posa con un pez recién capturado en su foto de perfil.

Soltó una carcajada.

Hallie: Mira, me encantaría seguir hablando contigo de nuestras vidas amorosas, pero esta noche tengo una cita.

Jack: ¡No me digas!

Hallie: Elegí al primer hombre que no salía con un animal muerto en su foto de perfil (y que no parecía un ogro) y tiene pinta de ser simpático.

Jack: Vaya, ¿simpático? ¿Es ahí donde pones el listón, en «simpático»?

Hallie: ¿Qué tiene de malo que sea simpático?

Jack: Nada. Estoy convencido de que no puedes VIVIR sin que un tipo «simpático» te dé duro.

Hallie: Uf, ¿puedes explicarme exactamente qué significa para ti que te «den duro»? Suena a tortura. Doloroso. Creo que no lo estás planteando bien.

Jack: HAL.

Empezó a reírse en el vestidor.

Hallie: Me estoy riendo de la expresión que has escogido. SOLO ESO.

Vio los pantalones colgados al final del perchero y regresó al dormitorio con ellos.

Jack: De acuerdo, reconozco que te «den duro» no es la mejor expresión. ¿Puedo proponer otras opciones para que me des tu opinión? Esta noche también tengo una cita y no quiero decir nada que pueda sonar ofensivo.

Hallie: ESPERA. ¿TIENES UNA CITA? ¿También a través de la aplicación? Cuéntamelo todo.

Jack: Tranquilízate. Sí, a través de la aplicación. Según su perfil, es rubia, trabaja en *marketing* y le gusta correr y que le «den duro».

Hallie: Jaja. ¿Te hace ilusión conocerla?

Jack: ¿La verdad? No mucho. Me cayó genial cuando hablamos, pero la idea de vernos por primera vez, con la expectativa de que ya tenga que haber algo romántico, me estresa un poco. Lo más importante en una primera cita es que haya química. Y es muy difícil que surja de manera natural cuando parece que estás siguiendo un guion prestablecido.

Había dado en el clavo. Esa era la razón por la que Hallie tenía la sensación de estar arreglándose para una entrevista de trabajo. Se quitó los pantalones del chándal y se puso los de vestir.

Hallie: Te entiendo perfectamente. Espero que a ambos se nos dé bien la noche.

Jack: Que Ditka te oiga. Oye, ¿y qué tal «echar un polvo»?

Hallie: Primero, no me compares a Mike Ditka, el jugador y entrenador de fútbol americano, con Dios. Y segundo, eso ni se te ocurra.

Jack: Entendido, lo marcaré como blasfemia. ¿Qué tal «empotrar»?

Hallie: Eso me suena a montar un armario.

Jack: ¿Jugar con la espada láser?

Hallie: ¿Vas a una convención de *Star Wars* o quieres acostarte con alguien?

Jack: Ya lo tengo. ¿Practicar el mete saca?

Hallie: Eres como un niño pequeño. Un crío que no va a «echar un polvo», «jugar con la espada láser», «empotrar», ni meter ni sacar nada si sueltas alguna de esas frases.

Jack: ¿Y «hacer el amor»?

Hallie: Acabo de vomitar.

Jack: VALE. Me limitaré a llevarla a cenar y a charlar con ella. Me has arruinado el plan.

Hallie: Buena suerte, Jack.

Jack: Buena suerte para ti también, pequeña camarera.

Hallie: Que sepas que nunca he sido camarera, sino barman. Pero ahora tampoco soy barman.

Jack: Para mí siempre serás mi pequeña camarera. Oye, ¿qué sucedió? ¿Te despidieron por «darle duro» al padrino de una boda en la que trabajabas?

Hallie: Voy a hacer caso omiso de ese comentario estúpido para informarte de que he dejado mis dos trabajos a tiempo parcial para ser una adulta a tiempo completo.

Jack: De modo que si quiero devolver ese anillo de compromiso...

Hallie: Tendrás que darle la lata a otra persona.

Jack: Es una pena. Te estás convirtiendo en mi persona favorita a la que dar la lata.

Hallie: Hasta luego, Jack.

Jack: Hasta luego, PC.

Hallie: ¿Ves por qué no puedes llamarme así?

Jack: Mis disculpas por dirigirme a ti como si fueras un ordenador.

Hallie: Espero que no vuelva a suceder.

Jack: Ya quisieras tú tener tanta suerte.

Jack

—¿Por qué tienes esa sonrisa de bobo? —preguntó Colin.

Jack levantó la vista de la pantalla del móvil y vio a Colin mirándolo como si hubiera perdido la cabeza.

—¿Por qué me miras como si fueras un acosador?

Colin le sacó el dedo corazón.

Jack dejó el teléfono en la mesa y dijo:

—La camarera de tu boda es muy graciosa, ya que tienes tanta curiosidad.

—¿Así que ahora te mandas mensajes con ella? —inquirió Colin, antes de agarrar una alita y clavar la vista en el televisor de la pared que había sobre la barra.

—No en el sentido que estás pensando. —Jack se acabó sus alitas mientras le contaba a Colin lo de la aplicación y las conversaciones que había tenido con Hallie—. Pero no se lo digas a Liv. No quiero que piense que es algo importante cuando no lo es.

Colin sonrió.

—Tu hermana no tiene mucho en lo que entretenerse ahora, así que esto mantendría ocupada su mente.

—Pobre Livvie —dijo Jack, riendo.

La mañana después de la boda, el conductor de Uber que debía llevar a Colin y a Olivia le atropelló por accidente el pie a su hermana. Por suerte, solo le pilló los dedos, así que no necesitó ninguna intervención quirúrgica, pero tuvieron que posponer la luna de miel porque con los dedos rotos y tan hinchados no podía siquiera calzarse.

—La he llevado a una de esas librerías enormes —le explicó Colin, con esa expresión de felicidad que siempre tenía cuando hablaba de Liv—. Así que en este momento, se encuentra en el paraíso de los libros.

—Seguro que ya ni se acuerda del pie.

—Exacto. —Colin se limpió los dedos con una servilleta y alcanzó su cerveza—. Por cierto, ¿quieres que le comente algo sobre cómo te va en la aplicación de citas?

—Mierda, ¿qué hora es? —Jack miró su reloj y murmuró—: Sí, puedes decirle que tengo una cita esta noche.

Levantó la mano y le hizo un gesto a la camarera para pedir la cuenta.

—¿Te acabas de zampar doce alitas y ahora vas a cenar? —Colin parecía impresionado y asqueado a la vez—. ¿En serio?

—Sí. —Jack se terminó lo que le quedaba del té helado. En realidad, no le apetecía nada tener esa cita. Aún se sentía fatal por lo de Vanessa, pero no porque le hubiera afectado emocionalmente la ruptura o tuviera dudas sobre seguir adelante con su vida.

No, la razón de que estuviera así era que se sentía como un completo imbécil.

Si le entristecía lo que había sucedido con Vanessa era porque se había llevado una decepción enorme al darse cuenta de que no se conocía en absoluto y que carecía de buen juicio. Había estado demasiado desesperado para ver las cosas con claridad.

Porque ¿cómo había podido pensar alguna vez que lo suyo con Van era una buena idea?

Sí, era atractiva y una persona decente (cuando no tenía un ataque de celos), pero ambos tenían intereses completamente distintos. A él le gustaban las alitas y ver el fútbol, a ella le encantaba señalar lo asquerosas que estaban las alitas y la pérdida de tiempo que era el fútbol americano. Él se había criado con tres perros y adoraba a los animales; Vanessa pensaba que los perros tenían un aliento repugnante y le había comentado en repetidas ocasiones que jamás tendría uno.

Incluso soltó un sonoro «puaj» cuando el perro de su padre le lamió la mano.

Aquello por sí solo debería haber sido la señal de alarma más grande del mundo. ¿Qué clase de monstruo podía decir «puaj» al carlino Maury?

Sin embargo, en lugar de romper con doña Odia Perros, le había comprado un anillo de diamantes. Había hecho caso omiso a todo tipo de señales más que obvias en su prisa por... Joder, ni siquiera sabía por qué se había precipitado de esa forma.

¿Y si volvía a cometer ese error? ¿Era tan patético como para aferrarse ciegamente a cualquier mujer guapa que mostrara algo de interés en él?

Alejó esos pensamientos de su mente y dijo:

—De esa forma puedo pedir algo saludable y parecer alguien responsable.

—Tienes que estar de broma.

—No. —Jack sacó su cartera y dejó un billete de veinte sobre la mesa—. Soy un genio.

—Más bien un idiota. —Colin agarró otra alita y lo miró—. Disfruta de tu cita, idiota.

Capítulo
CINCO

Hallie

Hallie entró en Charlie's y, en cuanto sus ojos se acostumbraron a la tenue iluminación del restaurante, buscó a Kyle. Lo tenía complicado, ya que solo lo había visto en las fotos de su perfil, pero como había llegado con diez minutos de antelación, puede que él todavía no estuviera allí.

—Hallie.

Se volvió al oír su nombre. Y allí estaba él.

Por suerte, su cara era la misma que la de las fotos y era un poco más alto que ella. En general, su primera impresión fue que era guapo y que tenía una sonrisa bonita. Iba vestido con una camisa y con unos vaqueros. Ninguna queja hasta ese momento.

—Hola, Kyle. —Sonrió y se colocó el bolso de mano debajo del brazo—. Encantada de conocerte… eh… ya sabes… en persona.

—Lo mismo digo. —Kyle señaló con la mano hacia el comedor—. Ya tengo una mesa allí.

—Perfecto —respondió ella y lo siguió hasta el lugar.

«Puede que esto de las citas no sea tan malo», pensó. Solo eran dos personas cenando juntas y hablando. Dos cosas que le gustaba hacer, ¿verdad? Además, esa noche se sentía bastante segura de sí misma gracias a su nuevo peinado, el maquillaje y el precioso suéter de cachemira que llevaba. Así que decidió dejarse llevar y ver qué sucedía.

Se sentó en frente de él y agarró la carta, intentando recordar de qué solían hablar dos desconocidos en una primera cita.

—Es la primera vez que vengo a este lugar, así que no me eches la culpa si la comida es una mierda —le informó Kyle, con una media sonrisa—. Aunque reconozco que huele bien.

Hallie asintió.

—Cierto.

Abrió el menú y se puso a leerlo, intentando pensar en algo que decir.

—Vaya, todo tiene una pinta estupenda.

—¡Madre mía! ¿Veinte dólares por una hamburguesa? —Kyle negó con la cabeza con gesto de desagrado—. Deben de bañar la carne en oro, ¿no crees?

Sonrió y asintió, aunque empezó a sentirse un poco nerviosa, pensando en qué debería pedir. Si veinte dólares le parecía mucho por una hamburguesa, ¿doce serían demasiado para una ensalada?

—Sí —se limitó a responder.

—No obstante, es nuestra primera cita, así que pide lo que quieras, Hal —indicó él, sonriendo.

—De acuerdo. —De pronto se sentía muy incómoda. Y no solo por su preocupación por el precio de los platos, sino también por la familiaridad con que la había llamado. Le habría gustado decirle que pagaría con gusto su comida, porque era lo que tenía pensado hacer, pero tuvo la impresión de que era el tipo de hombre que se tomaría aquello como un insulto.

—Aunque nada de bogavante, ¿eh? —añadió él con tono de broma.

En toda su vida se había estresado tanto al decidir qué pedir en un restaurante.

—Entendido.

Cuando llegó el camarero, Hallie terminó pidiendo una ensalada y unas patatas fritas, solo después de asegurarse dos veces de que no era demasiado caro.

Después de entregar la carta al camarero, tomó un sorbo del vino que Kyle había pedido antes de que ella llegara. Cuando lo miró, vio que él la estaba observando con una sonrisa divertida.

—¿Qué? —preguntó ella con otra sonrisa.

Kyle negó con la cabeza.

—¿Eso es todo lo que vas a comer? Las mujeres y sus dietas.

«Claro, Kyle, porque el régimen de las patatas fritas es la última tendencia en dietas».

Pero al final optó por responder:

—Es lo que me ha apetecido pedir.

—Muy bien, cariño —replicó él con tono burlón.

Hallie agarró de nuevo su copa de vino.

Entonces él empezó a hablarle de su trabajo. Era mecánico de motores diésel para la maquinaria de Caterpillar. Lo que le contó le resultó de lo más interesante. Tenía su punto oírlo hablar de herramientas y mecánica.

Hacía que pareciera un hombre de lo más competente.

—¿Y tú a qué te dedicas, Hal? —Kyle agarró un panecillo de la cesta que había en el centro de la mesa y metió el cuchillo en el cuenco de mantequilla—. Algo relacionado con las finanzas, ¿verdad?

Hallie asintió, agarró otro panecillo y dijo:

—Sí, soy contable en…

—¡Vaya, esto solo puede ser obra del destino! —exclamó Kyle mientras untaba mantequilla en el panecillo—. Justo estaba buscando un asesor fiscal, el mío se ha ido a vivir a Frisco y, de repente, ¡zas!, aquí estas.

«¿Desde cuándo soy asesora fiscal?», pensó ella.

Kyle dio un mordisco al panecillo, sonrió y preguntó:

—¿Cuánto cobras?

Hallie cogió un trozo de otro panecillo.

—En realidad no hago la declaración a particulares, trabajo como contable fiscal en HCC Corporation.

Kyle frunció el ceño.

—Pero sabes cómo hacerla, ¿verdad?

—Bueno, sí… —comenzó ella, pero él la interrumpió.

—Entonces te vendría bien como un ingreso extra.

No quería parecer borde, pero tampoco tenía el más mínimo interés en hacerle la declaración a nadie.

—Sí, pero ahora mismo no necesito ningún ingreso extra.

Él resopló y preguntó:

—¿Eres rica o qué?

De acuerdo, ese tono condescendiente sobraba. Hasta ahí había llegado.

—Lo suficientemente rica como para no tener que hacerle la declaración a mi cita a ciegas —soltó. Algo de lo que se arrepintió en cuanto vio cómo Kyle, en lugar de reírse, se puso rojo como un tomate.

No hace falta decir que, después de aquello, Hallie estaba abriendo la puerta de su casa a las nueve y media de la noche. Aunque, si era sincera, tampoco le importó demasiado. Desde que lo había dejado con Ben, se había vuelto una persona muy casera, así que Netflix y los pantalones de franela se habían convertido en su pasatiempo favorito.

Una hora más tarde, mientras tenía la mano metida hasta el fondo en un cuenco de palomitas, recibió una notificación de nuevos mensajes en la aplicación. «Por favor, que no sea Kyle», pensó. Temía que quisiera contactar con ella para ver si había cambiado de parecer respecto a no hacerle la declaración. Abrió la sección de mensajes y se alegró al ver que se trataba de Jack, no de Kyle.

Jack: ¿Qué tal? ¿Has encontrado a tu media naranja?

Hallie: ¡Qué va! Lo que he encontrado ha sido a un tipo que se ha cabreado cuando le he dicho que no le iba a hacer la declaración.

Jack: Vaya, lo siento, PC.

Hallie: ¿No te he dicho que no me llames así?

Jack: Sí, pero no puedo evitarlo.

Hallie: ¿Y tú qué? ¿Cómo ha ido tu cita?

Jack: No ha sido una cita, ha sido un interrogatorio.

Hallie: ¿Te ha hecho demasiadas preguntas?

Jack: NO. He sido yo quien ha hecho las preguntas: ¿a qué te dedicas?, ¿de dónde eres?, etc. Ella ha contestado a cada una y luego... no decía nada más. Simplemente me miraba a mí o a su plato.

Hallie: Entonces, ¿ha sido como si tú la estuvieras interrogando y ella...?

Jack: Y ella no tuviera ningún interés en conocerme.

Hallie: No le habrás dicho nada sobre jugar con la espada Excalibur, ¿verdad?

Jack: Era la espada láser, y no, no lo he mencionado. Aunque quizá debería haberlo hecho.

Hallie: ¿Y te habría parecido una candidata a alma gemela si hubiera mostrado interés en jugar con tu espada láser?

Jack: Para nada.

Dio un sorbo a su refresco y lo dejó en la mesa baja.

Hallie: Entonces, quizá no estás buscando tu alma gemela. Es solo una suposición, que conste.

Jack: Sí, lo estoy.

Pensó en su ex.

«¿Cómo se llamaba? ¿Cam? ¿Stran?... ¡Van! Sí, Vanessa».

En realidad no era un nombre tan absurdo, aunque todavía le costaba creer que la hubiera elegido para pedirle matrimonio. Estaba claro que Jack tenía un problema con la idea de quedarse soltero. No lo conocía, salvo por el hecho de que era tan sarcástico como ella, pero se moría de curiosidad.

> **Hallie:** De acuerdo. No te enfades, porque lo que te voy a preguntar no es con el ánimo de juzgarte, pero ACABAS de dejarlo con tu novia. ¿Cómo es posible que ya estés buscando a tu alma gemela?

> **Jack:** Me parece una pregunta razonable, así que te la voy a responder.

> **Hallie:** Vaya, gracias.

> **Jack:** Sé que suena raro, pero creo que Vanessa y yo solo nos seguíamos la corriente. A simple vista, parecía una relación seria, pero no lo era en lo que realmente importaba. ¿Tiene esto algún sentido para ti?

Le sorprendió pensar que en cierto modo sí, lo tenía.

> **Jack:** Dimos todos los pasos importantes: vivir juntos, estar a punto de comprometernos... pero no estábamos especialmente unidos en nuestro día a día.

Apoyó los pies en la mesa baja y se preguntó si Ben diría lo mismo de la relación que habían tenido.

> **Hallie:** Vamos, que en realidad erais como unos compañeros de piso que dormían juntos.

Por desgracia, esa fue una de las frases que Ben le dijo cuando rompió con ella.

> **Jack:** Por muy deprimente que parezca, lo has definido a la perfección.

Sí, era absolutamente deprimente.

Jack: Pero a pesar del error que cometí con Vanessa, tengo un sorprendente interés en encontrar a alguien.

Al leer su mensaje, se dio cuenta de que ya no tenía la misma opinión sobre Jack. Aunque todavía creía que iba un poco deprisa, la manera en que le había explicado la situación con su ex le hizo pensar que quizá ahora ya se conocía lo suficiente como para saber lo que buscaba.

Hallie: ¿Para algo más que jugar con la espada láser?

Jack: Para jugar con la espada láser & para mucho más. Quiero encontrar a la persona que me complete.

Hallie: La gente no usa el símbolo «&» lo suficiente.

Jack: Deberíamos promover más su uso.

Hallie: Sí, Hallie & Jack deberíamos usarlo más.

Jack: ¿Y qué hay de ti? ¿Qué aspiras a conseguir en un alma gemela? Si de pronto apareciera un genio llamado BuscandOAlgOReal, ¿qué querrías encontrar exactamente?

Hallie: A alguien a quien le guste más que a cualquier otra persona en el mundo.

Jack: ¿Gustar? ¿No te quedas un poco corta?

Hallie: Bueno, por supuesto que busco el amor, pero quiero pasar el resto de mi vida con mi persona favorita. La persona que me haga reír, que me entienda y que le guste cómo pienso. El romanticismo está bien, pero quiero estar con la única persona a la que, si algo me pasa (ya sea divertido, horrible o maravilloso), me muera por ir a contárselo.

Jack: Parece que quieres casarte con tu mejor amigo.

Hallie: Sí, literalmente.

Jack: Buena suerte. Es una tarea difícil.

Hallie: No más difícil que tu sueño de encontrar a la chica que te complete.

Jack: No sé por qué, pero el mío me parece más factible.

Hallie: En eso discrepamos.

Jack: ¿Quieres que hagamos una apuesta?

Dejó el cuenco ahora vacío de palomitas y agarró la manta que había en el brazo del sofá.

Hallie: ¿Sobre qué?

Jack: Sobre quién lo encuentra primero.

Hallie: ¿No te parece un poco frívolo apostar sobre algo que ambos hemos dejado claro que nos importa?

Jack: En realidad, no. Una apuesta no va a hacer que actúe de otra forma para ganar. Sigo queriendo lo mismo. La única diferencia es que, si lo consigo antes que tú, me llevo un premio.

Hallie: ¡Oh, me ENCANTAN los premios!

Jack: ¿Verdad? Apenas he empezado y ya detesto esta aplicación y las citas a ciegas. No creas que tengo muchas ganas de seguir, pero con un incentivo de por medio, y sabiendo que estoy en esto con otra persona, quizá no lo vea como una tarea interminable y deprimente.

Hallie estaba completamente de acuerdo con él. Estaba harta de las citas y solo había tenido una.

Hallie: Pero tiene que ser un incentivo que merezca la pena.

Jack: Obvio.

Empezó a pensar en qué podría querer que él pudiera proporcionarle.

Hallie: Bueno, ¿qué servicios podrías ofrecerme?

Jack: (Ejem: ascensor) ¿A qué te refieres exactamente con eso?

Puso los ojos en blanco, pero se rio. Le gustaba cómo bromeaba sobre la noche que habían pasado en el hotel; lo hacía de una manera divertida, pero sin dar la impresión de que estuviera intentando acostarse de nuevo con ella.

Hallie: Por ejemplo, yo soy contable fiscal. Si pierdo, podría hacerte la declaración. Y mi hermana se va a casar con un chico que tiene un concesionario Toyota; si te quieres comprar un Corolla nuevo, puedo conseguirte un precio especial. ¿Qué puedes hacer tú por mí?

Jack: Por favor, si alguna vez me ves queriendo comprar un Corolla, pégame un tiro, y lo de la declaración solo le puede interesar a los tontos que no saben hacerla por sí mismos. En cuanto a lo que te puedo ofrecer, soy arquitecto paisajista. Podría diseñarte un oasis en tu jardín que haría que no quieras salir de tu casa nunca más.

Hallie: Suena estupendo, pero vivo en un apartamento.

Jack: También tengo una luna de miel en París pagada.

Pudo ver los puntos suspensivos que indicaban que Jack estaba escribiendo, pero le dio igual.

Hallie: ¡Sí! Eso es lo que quiero. Si gano, me llevas a París.

No se había ido de vacaciones desde que vivía en casa de sus padres e hicieron un viaje en familia a Milwaukee. No había nada en el mundo que le apeteciera más que viajar al extranjero.

Jack: Vale, pero... no había terminado. (¿No has visto los puntos suspensivos, Piper?). Te estaba diciendo que tengo una luna de miel en París que compré para Vanessa, pero como ya no vamos a ir, te puedo dar mis puntos de aerolínea.

Hallie: Después de creer que si ganaba me iba a París, los puntos de aerolínea me parecen que son como un mero cupón. Sigue pensando.

Jack: Tengo MUCHOS puntos. Más que suficientes para que vueles gratis a donde quieras.

Hallie: Me sigue sabiendo a poco, pero vale. Los acepto. Me quedo con tus puntos.

Jack: ¿Y tú qué me das? No hay trato hasta que no me ofrezcas algo bueno.

Empezó a pensar, estrujándose el cerebro por encontrar algo que pudiera interesarle. Echó un vistazo alrededor del destartalado salón (¿tal vez un libro de fotografías de Ansel Adams para la mesa baja?), pero solo vio trastos acumulados.

Hallie: ¿Te gusta el béisbol?

Jack: Sí.

Hallie: Cuando rompí con mi ex (era un tipo horrible, así que no me juzgues), me llevé una de sus pelotas de béisbol firmadas para fastidiarle.

Jack: Eres malvada. Si te soy sincero, no me van mucho los objetos de colección firmados, pero ¿de quién es la firma?

Hallie: De los Cubs.

Jack: O sea, ¿los Cubs de Chicago? ¿Y qué jugadores de los Cubs?

Hallie: Todos los que estaban en el equipo de la Serie Mundial.

Jack: Dame un minuto.

Hallie llevó el cuenco y la lata a la cocina, los dejó en el fregadero y se fue a su cuarto. Por alguna razón, siempre se sentía más sola al estar en el salón por la noche que en el dormitorio.

Hallie: ¿Qué narices estás haciendo?

Jack: Intentando recordar cómo respirar. ¿Me estás diciendo que tienes una pelota de béisbol de la MLB firmada por todo el equipo de la Serie Mundial de 2016?

Hallie: Sí.

Jack: Estuve en el último partido de la serie con mi hermano, mi padre y mi tío Mack. Fue espectacular.

Hallie: Entonces, ¿la pelota es un buen incentivo amoroso?

Jack: Por supuesto. Joder, mi padre llorará como un bebé y me convertiré en su hijo favorito si se la regalo para Navidad.

Hallie: Así que tienes conflictos paternos. Entendido.

Jack: Muy graciosa. Esta apuesta es una pasada. Te aviso que no me voy a rendir y me voy a esforzar al máximo en las citas solo porque necesito esa pelota antes de Navidad.

Hallie: Pero si estamos en septiembre, bobo. ¿De verdad crees que para ese momento habrás encontrado al amor de tu vida?

Jack: Me voy a dejar la piel en ello. ¿Acaso los puntos de aerolínea no te motivan de la misma forma?

Hallie: No sé, supongo que sí. A ver, estoy deseando irme de vacaciones, pero como todavía tengo que cubrir el alojamiento y la manutención, lo veo como algo que tendré que posponer hasta Dios sabe cuándo.

Jack: Esto solo tendrá su gracia si pones de tu parte, Hal.

Hallie: Lo intentaré, te lo prometo.

Jack: ¿Y si incluyo cinco noches en el hotel que quieras?

Hallie: Uy, creo que tenemos un trato.

Jack: Que conste que he añadido esto último porque sé que voy a ganar.

Hallie retiró el edredón y se metió en la cama.

Jack: Oye, te paso mi número para que podamos enviarnos mensajes directamente, en lugar de usar la aplicación.

Soltó un resoplido mientras lo añadía a sus contactos.

Hallie: Estás tan obsesionado conmigo que rozas la náusea. Aquí tienes el mío.

Jack: Has tecleado el número muy rápido, Piper.

Hallie: Vaya una réplica más floja, Marshall.

El teléfono empezó a sonar, sobresaltándola, aunque enseguida se puso a reír.

—¿Por qué me has llamado? —preguntó.

—Tenía que comprobar que el número no fuera falso —respondió él.

Su cerebro reconoció al instante esa voz grave de la noche de la boda.

—Bueno, pues ahora ya sabes que no es falso.

—Cierto. —Lo oyó aclararse la garganta, como si estuviera a punto de iniciar una presentación en el trabajo—. Mira, Hal. Mi hermana me ha comentado que mañana por la noche se va a celebrar una velada de citas rápidas para jóvenes profesionales. No tenía pensado ir, pero como la dinámica del evento en cierto modo encaja con la situación en la que nos encontramos y dado que ambos estamos buscando…

—¿Me tomas el pelo? —Nunca había acudido a uno de esos eventos de citas rápidas, aunque estaba convencida de que fracasaría de manera espectacular—. Creía que ya no se hacía eso de las citas rápidas.

—Tengo un folleto —informó él.

—Eso suena a secta —replicó ella.

—Simplemente ven, no seas cobarde.

Hallie negó con la cabeza y dijo:

—Envíame una foto del folleto y dónde quedamos. Iré, pero solo porque tengo un problema con mi compañera de piso con el que ahora no quiero lidiar.

—¿Qué problema? ¿Sale de fiesta toda la noche? ¿Se come toda tu comida? ¿Hace mucho ruido cuando tiene invitados?

—No —respondió ella—. Me voy a ir a vivir sola y me da miedo decírselo porque no quiero que se sienta mal.

—¡Dios mío, Hallie! Resulta que tienes un tierno corazoncito. Jamás lo habría imaginado. Aunque también es cierto que me mordiste en el hombro con tanta fuerza que me dejaste marca, lo que podría haber contribuido a que me formara una opinión errónea de ti

Hallie abrió la boca de par en par. No sabía si pedirle que se callara o que le confirmara si realmente le había dejado marca. Al final, se limitó a decir:

—Voy a colgar ya mismo. Si quieres que vaya a lo de las citas, envíame la información.

Al otro lado de la línea, oyó su risa grave y serena.

—Ya te la he enviado, PC.

Capítulo
SEIS

Hallie empujó la puerta y salió del Starbucks, contenta de haber llegado un poco antes. La idea de tener que hablar con tanta gente en tan poco tiempo la había puesto demasiado nerviosa y necesitaba una buena dosis de cafeína para calmar sus nervios.

No iba a salir mal, ¿verdad?

Había quedado con Jack a las 7:40 p.m. frente a la cafetería. Desde allí irían andando dos calles hasta llegar al bar donde se iba a celebrar el evento de citas rápidas. Sin embargo, antes de que le diera tiempo a seguir preocupándose por lo que le iba a deparar la noche, lo vio llegar, acercándose con pasos largos.

En el momento en que puso sus ojos en él, se dio cuenta de que era más atractivo de lo que recordaba.

Alto, moreno y guapo. Sí, eso ya lo sabía. Pero había algo en su rostro que irradiaba picardía. Sus ojos reflejaron una gran expectación mientras escudriñaba la entrada, lo más probable buscándola a ella, y cuando por fin la reconoció, se arrugaron en las esquinas y sonrió.

¡Dios! Era guapísimo.

Tanto, que dejaba al resto de los humanos a la altura del betún.

Menos mal que solo era su compañero de andanzas, porque tenía la clase de rostro que deja tras de sí una estela de corazones rotos y alguna que otra prenda interior a su paso.

—Vaya. Estás deslumbrante, pequeña camarera. —Lo vio fijarse en el suéter negro y los vaqueros que llevaba, pero no tuvo la sensación de que la estuviera juzgando, sino que le estaba haciendo un cumplido sincero, como si de verdad creyera que estaba guapa esa noche.

Puso los ojos en blanco y respondió:

—Solo crees que estoy buena porque nos acostamos.

Jack arqueó una ceja.

—¿Eso es posible?

Se encogió de hombros mientras se preguntaba qué rutina de entrenamiento conseguía que alguien tuviera un pecho tan amplio. Muchos hombres tenían pectorales, pero Jack, con ese jersey negro con cuello en forma de V y la camisa Oxford debajo parecía un deportista profesional. Como si acabara de salir de la ducha y estuviera listo para dar una rueda de prensa después de un partido.

Durante un microsegundo, se distrajo con su nuez de Adán y el recuerdo de su lengua en ese cuello.

—Creo que se debe a un instinto biológico y algo primigenio —explicó ella. Dio un sorbo a su café para recobrar la compostura—. Tu cerebro sabe que has copulado con una mujer en particular, así que ahora tu ego se asegura de que la veas atractiva.

Su comentario hizo que a Jack se le marcaran los hoyuelos.

—¿Esta es la excusa que te pones a ti misma por encontrarme tremendamente atractivo? ¿Que solo crees que estoy bueno porque echamos un polvo?

—En primer lugar, tu atractivo me resulta tremendamente indiferente. Si te soy sincera, me duelen los ojos cuando te miro.

—Eso ha dolido —ironizó él, metiéndose las manos en los bolsillos del pantalón.

—Sí, eres horroroso.

—Me lo dicen a menudo.

—No me sorprende. Y en segundo lugar, no tiene nada de atractivo que un hombre diga «echar un polvo». Es poco elegante. Mejor deja que las damas escojamos nuestras propias expresiones impactantes y dedícate a ser encantador.

—Lo haré mejor. ¿Nos vamos?

Hallie asintió y empezaron a andar calle abajo. Captó un aroma a colonia (o a jabón o a algo masculino), pero cuando estaba intentando identificar el olor, él la sacó de sus cavilaciones.

—Y bueno, ¿has ensayado tus respuestas?

—¿Qué respuestas?

—Tus respuestas para las citas rápidas. —Le dio un codazo en el brazo y añadió—: Te van a hacer muchas preguntas en poco tiempo, así que más te vale estar preparada.

—Mierda, no he ensayado nada. Hagamos un simulacro ahora mismo.

Jack se aclaró la garganta, modificó su voz y preguntó:

—Y dime, Hallie, ¿qué sueles hacer en tu tiempo libre?

Hallie lo miró a la cara y se quedó en blanco.

—Pues… mmm… leo un montón y…

Jack hizo una mueca.

—Eres la chica más aburrida de la historia. Inténtalo de nuevo.

—Veo la tele… —Sí, efectivamente era la chica más aburrida del mundo—. Me gusta correr y no hay nada que me emocione más que ver una maratón de *New Girl*.

—Vamos, PC, pon un poco de tu parte. No sé, al menos finge tener acento. Eso siempre añade un toque de emoción a las cosas.

—Está bien. —Se quedó pensativa un momento antes de soltar con un lastimoso acento latino—. Hago ropa para crías de ardilla, *¿ya tú sabe?*

—¿En serio haces eso?

—Por supuesto que no, *¿ya tú sabe?*

—Los latinos no dicen «ya tú sabe» en cada frase.

—¿Estás seguro, *ya tú sabe?*

—Para ya.

—De acuerdo. —Carraspeó antes de susurrar un último «Ya tú sabe».

—Por cierto, aunque hicieras ropa para ardillas, solo sería interesante si incluyera pantalones cortos.

—¿En mí o en las ardillas?

Jack puso los ojos en blanco.

—En las ardillas, por supuesto.

—Claro.

—Bueno —continuó él—, espero que no te hagan esa pregunta. ¿Qué tal esta otra?: ¿A qué te dedicas?

Al llegar a la esquina, se detuvieron, esperando a que cambiara el semáforo.

—Soy contable fiscal. ¿Y tú?

—Taxidermista aficionado.

Hallie se volvió y lo miró. Había algo en ese destello burlón en sus ojos que le recordó a Chris Evans; ambos tenían ese aire de ser personas a los que se les daba de maravilla gastar bromas. Fingió tener acento británico y replicó:

—Me parece sumamente *interesting*. ¿Desde cuándo lo haces?

—Desde que me dijeron que ser un embalsamador aficionado es ilegal.

—Bueno, eso es ciertamente alarmante, *my dear*, pero...

—No. —Jack le puso su enorme mano en la boca, se acercó a ella y le pidió—: Olvídate de los acentos.

Hallie se limitó a mirarlo, parpadeando.

—¿De acuerdo? —insistió él, sin apartar la mano, mientras esbozaba una sonrisa traviesa digna del villano de una película.

Hallie asintió.

—Jamás me imaginé que alguien pudiera ser tan malo imitando acentos —concluyó él, retirando por fin la mano—. Después de oír esas voces, mi visión del mundo ha cambiado.

—Soy buenísima fingiendo el acento irlandés, así que tú te lo pierdes al interrumpirme.

—Puedo vivir con eso.

Cuando por fin llegaron al bar, Hallie volvió a ponerse nerviosa. Jack abrió la puerta y ella se arregló un poco el pelo con la mano. Mientras él la esperaba, sosteniéndole la puerta, la observó con una sonrisa tranquila y confiada.

—¿Preparada para una maratón de citas exprés, Piper?

—Supongo —respondió ella. Cuando el ruido del bar la envolvió, se le hizo un nudo en el estómago—. Pero no me dejes tirada si conoces a alguien con quien conectes, ¿vale?

Jack la miró con ojos entrecerrados y suavizó la sonrisa en un gesto que no logró identificar.

—Vale.

En cuanto accedieron al interior, una mujer empezó a hablar por un micrófono, explicando cómo se iba a desarrollar el evento. Comentó que se trataba de unas citas rápidas «típicas», es decir, cinco minutos por encuentro con una campana que indicaba cuándo pasar a la siguiente persona. A cada uno se le entregó una libreta con la frase de «El amor llega cuando menos te lo esperas» (¡puaj!) y un lápiz para que apuntaran el nombre y los datos de las citas con las que tuvieran más conexión, para así poder contactar con ellas después del evento.

—Las damas se sentarán en las mesas de allí. —La mujer señaló hacia un lado de la sala donde había una fila de mesas—. Y los caballeros serán los que vayan rotando.

—¿Por qué? —preguntó Hallie, sin intención de interrumpir—. Anoche leí un artículo en el que, según unos investigadores, el género que permanece sentado en este tipo de eventos tiende a ser más selectivo, mientras que la persona que se acerca a hablar muestra una actitud más abierta.

La mujer no perdió en ningún momento la sonrisa, aunque sus ojos no la reflejaron en absoluto.

—Bueno, teniendo en cuenta que vas a estar sentada, eso es algo que juega a tu favor, ¿no crees?

Hallie puso los ojos en blanco.

—Sin ánimo de ofender, ¿no os parece algo bastante machista tener a las mujeres esperando en fila a sus pretendientes? ¿Es que no hemos avanzado nada en todos estos años?

Cuando oyó el resoplido de Jack se dio cuenta de que quizá habría sido mejor mantener su enorme bocaza cerrada.

Jack

No pudo evitar sonreír de oreja a oreja cuando todos los asistentes miraron a Hallie como si hubiera propuesto que participaran en las citas desnudos o algo parecido. Seguro que creían que era una feminista radical, pero lo de ese artículo había despertado su curiosidad y quería saber más sobre él.

Además, a Hallie no le faltaba razón.

—Entiendo lo que planteas —dijo la encargada del evento—, pero así es como suelen organizarse las citas rápidas. Puedo trasladar tus sugerencias a la dirección y…

Jack levantó la mano y dijo:

—La mujer rara tiene razón. Me gustaría estar sentado. Podríamos hacer un sorteo y decidir quién se sienta y quién rota, así «modernizaríamos» esto un poco.

En realidad, le daba igual la logística del asunto, pero no quería que marginaran a Hallie por haber tenido una idea original e inteligente.

—Pues… —comentó la encargada, visiblemente exasperada mientras miraba alrededor del bar— supongo que podríamos intentar algo diferente.

—A eso se le llama «tener una mentalidad avanzada» —aseguró él. La encargada le sonrió como si acabara de regalarle un ramo de rosas.

—Sí, gracias —dijo Hallie, provocando que la sonrisa de la mujer vacilara y la mirara como si deseara que el techo se le cayera encima.

—Pero ¿cómo emparejaremos a los hombres y a las mujeres cuando suene la campana? —Se notaba que la mujer estaba perdiendo la paciencia poco a poco. Recorrió la sala con la mirada y añadió—: No va a funcionar.

—Podemos asignar un número a cada uno —sugirió una rubia—, y cuando suene la campana, cada persona pasa al número que sigue al suyo.

—No, eso es demasiado complicado y se supone que tenemos que empezar en dos minutos —replicó la encargada, acercándose el micrófono a la boca. En ese momento, ya estaba prácticamente gritando—. Nos ceñiremos al plan original. Lo siento.

Hallie lo miró y él no pudo evitar sonreír.

—Gracias por intentarlo —murmuró ella.

—Vaya una mierda —susurró él—. Ahora me va a tocar ir de mesa en mesa.

Hallie se rio.

Lo que hizo que se ganara una mirada aún más furibunda de la encargada y dijera:

—Puede que consigamos que lo de los números funcione. Dadme cinco minutos.

Hallie miró a la chica que tenía a su izquierda y le sonrió, pero ella se limitó a poner los ojos en blanco como si pensara que Hallie era imbécil. Luego saludó con la mano a la chica de su derecha, que le respondió con un seco «hola».

—Esto está yendo de fábula. —La oyó decirse a sí misma, en voz baja.

¿Era normal que se estuviera divirtiendo tanto solo observando a Hallie ser ella misma?

—Eres toda una alborotadora.

—Debería haberme quedado callada.

—No, esto está siendo muy entretenido —comentó él—. Y lo que has dicho tiene sentido. ¿Por qué tienen que ser las mujeres las que escojan sentadas? Yo también quiero estar sentado en mi trono y que sean ellas las que vengan a mí, como el rey que soy.

—Eso no era lo que estaba pidiendo —se rio ella, mirando al techo.

«¡Dios! Me encanta su risa».

—¡Atención todo el mundo! —gritó la encargada a través del micrófono con voz tensa—. Vamos con retraso, pero creo que ya lo hemos resuelto. —Les explicó con rapidez el sistema de numeración y cómo iba a funcionar y luego gritó los números que determinaban quién se sentaba y quién iba a rotar.

Al final, a Hallie le tocó estar sentada.

Y también a Jack, que ocupó la mesa justo al lado de la de ella. La observó guardar el bolso debajo de la mesa pequeña, echarse el pelo hacia atrás y enderezarse en la silla antes de tomar una profunda bocanada de aire. Se la veía nerviosa. No supo por qué, pero de pronto sintió el impulso de estirar el brazo y darle un apretón en la mano para tranquilizarla.

Hallie

—¿A que no te atreves a hablar fingiendo un acento? —la retó Jack, mirándola de soslayo.

—No vas a conseguir la pelota de béisbol, así que déjalo ya.

—Ya lo veremos —replicó él.

Antes de que pudiera prepararse mentalmente, sonó la campana. Respiró hondo y un hombre se sentó frente a ella. No estaba mal de cara y era rubio, con el pelo rizado. Mientras le sonreía e intentaba pensar en algo que decir, él se adelantó:

—Hola, soy Blayne.

—Yo, Hallie.

—¡Dios! Como una de las gemelas de *Tú a Londres y yo a California*. Me encantaba esa peli de pequeño.

Hizo todo lo posible por no torcer el gesto.

—A mí también.

—Y bueno, ¿a qué te dedicas, Hal? —Blayne sonrió y apoyó la barbilla en la mano—. Confiésame todo sobre Hallie McHallizuela.

—De eso nada. —Soltó una risa forzada mientras intentaba pensar en una respuesta—. Soy contable fiscal, pero empieza tú. Háblame un poco de ti, Blayne.

—Soy asesor financiero y vivo en Westfield. Me gusta el senderismo, acampar, todo lo que tenga que ver con la naturaleza y, ahora mismo, estoy muy enganchado al yoga. ¿Te gusta el yoga?

Hallie ladeó la cabeza e intentó imaginárselo practicando yoga. Sí, no le costaba nada visualizarlo.

—Lo he probado un par de veces.

Esa debió de ser la señal que él estaba esperando para dedicar el resto de su microcita a explicarle todos los pormenores de la clase de yoga que impartía en un centro comercial. Incluso le ofreció un código de descuento para amigos y familiares. Y así, mientras Blayne seguía describiéndole todas las bondades del yoga, se dio cuenta de que acudir a una cita rápida podía ser una buena estrategia para promocionarse.

Miró de reojo a su derecha. Vaya, la cita de Jack era impresionante. La chica estaba sonriendo y hablando, y a él se le veía absolutamente embelesado con ella. Tuvo un ligero ataque de pánico y se preguntó si habría encontrado ya a su media naranja.

Cuando sonó la campana, exhaló un suspiro. No sabía si estaba aliviada porque hubiera terminado la primera cita o nerviosa porque empezaba la siguiente.

—Tu primera cita parecía un tipo estupendo —comentó Jack en voz baja. Cuando ella lo miró, él esbozó una media sonrisa—. Me juego el cuello a que los fines de semana se recoge el pelo en un moño.

—Blayne ha sido majo —susurró ella.

—¿Blayne? —Jack puso los ojos en blanco—. Pensaba que Duckie ya había dejado claro lo absurdo que es ese nombre.

—Buena alusión a *La chica de rosa* —repuso Hallie, enderezándose al ver que un hombre empezaba a acercarse a su mesa. Luego dijo por lo bajo—: Por cierto, tu parecías estar encantado con tu cita.

—¡Qué va! Esa chica me ha contado que el único motivo por el que ha venido aquí esta noche es porque se ha propuesto casarse el año que viene.

—Entonces es perfecta para ti —comentó ella antes de sonreír a su siguiente cita y presentarse—: Hola, soy Hallie.

Oyó murmurar un «no» a Jack antes de que se pusiera a hablar con su siguiente cita.

—Yo, Thomas —dijo su nuevo candidato—. ¿Cómo te ha ido en la primera cita?

Aquello la hizo sonreír y relajarse un poco.

—Bien. ¿Y a ti?

Thomas tenía un pelo bonito y una dentadura perfecta, y llevaba una camisa de Dolce & Gabbana que Hallie no tenía claro si jugaba a su favor o en su contra. No tenía ni idea de cómo esperaba que respondiera, pero entonces él se inclinó un poco hacia delante, bajó la voz y empezó a criticar sin compasión a su cita anterior.

Por lo visto, la pobre chica tenía los dientes torcidos, las puntas abiertas, llevaba un perfume demasiado fuerte y había tenido el descaro de hablar de sus series favoritas.

—Si no tienes nada mejor de qué hablar que tu obsesión por *You* de Netflix, quizá deberías quedarte en casa, ¿no crees? —preguntó él.

Hallie entrecerró los ojos y esperó a que Thomas le confesara que estaba bromeando, porque nadie podía ser tan desagradable, ¿verdad?

Sin embargo, al ver que no lo hacía, señaló:

—En realidad, yo también estoy obsesionada con Joe Goldberg. No me puedo creer que tú no lo estés, Thomas.

Él se rio, pero luego ladeó la cabeza.

—Es una broma, ¿verdad?

—Para nada. Ojalá tuviera más tiempo para ver la televisión. Y también más tiempo para hablar sobre ello.

Thomas parpadeó a toda prisa, se rascó la cabeza y luego dijo:

—¿Sabes qué? Voy a tomar algo antes de que suene la campana.

—Adiós, Thomas.

«Y… primera cita que se va al traste». Hallie lo observó levantarse e irse al bar, mientras se preguntaba si su interacción sería material para futuras anécdotas de Thomas sobre citas desastrosas. Se cruzó de brazos y echó un vistazo a su derecha. Le sorprendió ver que Jack la estaba mirando. Su cita estaba pendiente del teléfono, apoyada en el codo, como si estuviera aburrida. Alzó las cejas y gesticuló con los labios: «¿Qué le has hecho?».

Él se inclinó hacia su izquierda, acercándose un poco más a ella y respondió en voz baja:

—Hemos llegado a un acuerdo. No quiere estar aquí, solo ha venido porque se lo pidió una amiga casada, así que le he dicho que, si no le apetecía, ni siquiera teníamos que hablar.

Hallie soltó una carcajada.

—¿En serio?

—¿Y tú? ¿Qué has hecho para que tu chico se marchara antes de que suene la campana?

—¿Por qué presupones que he sido yo la culpable?

—Puedes contármelo, Hal —la instó él con tono conciliador—. ¿Qué le has dicho?

Hallie suspiró.

—Simplemente no le he caído bien.

—Imposible —repuso él con una sonrisa sarcástica.

Ella le enseñó el dedo corazón.

Y entonces sonó la campana.

Vio cómo la cita de Jack le daba las gracias y cómo ambos se despedían con una sonrisa de complicidad.

—Ya no me apetece seguir con esto —dijo Hallie en voz baja.

—A mí tampoco —coincidió él—. ¿Nos vamos? Hay un Taco Hut en la esquina y necesito un burrito. —Parecía estar diciéndolo completamente en serio.

—¿Podemos hacer eso? —inquirió ella—. ¿No descompensaremos los números?

—No —respondió Jack. Miró a la mujer que se estaba sentando frente a él mientras le murmuraba a Hallie—: Somos dos, así que seguirán siendo pares. Si estos dos no son nuestras almas gemelas, nos largamos en cuanto suene la campana.

Hallie recibió a su siguiente candidato con una amplia sonrisa, deseando acabar la cita de forma rápida e indolora.

—Hola, soy Hallie.

—Nick —se presentó él, esbozando una sonrisa muy bonita.

Era guapo; alguien que podría llegar a interesarle si la apariencia fuera lo único que importara. Iba vestido con una sudadera de los Yankees y unos vaqueros, tenía el pelo oscuro, los ojos claros y sonreía con facilidad, como si lo hiciera a menudo.

—Encantada de conocerte, Nick. ¿Qué tal te está yendo la noche?

Él la miró con cara de «Esto es absurdo» y ambos se rieron cuando ella dijo:

—Vale, entiendo. Y… bueno… ¿a qué te dedicas, Nick? Creo que esto es lo que se supone que tengo que preguntarte.

—Sí, es lo habitual, ¿verdad? —Se recostó un poco en la silla y respondió—: Pues la verdad es que no trabajo.

Hallie se rio, pero al ver que él no cambió de expresión añadió:

—Entonces… eh… ¿estás buscando trabajo?

Él negó con la cabeza.

—No, no busco trabajo. Provengo de una familia con dinero y he sabido invertirlo. Tengo lo suficiente para vivir, ¿para qué voy a querer trabajar?

—Vaya —dijo ella, sorprendida e impresionada por su honestidad. Y por su fortuna—. Así que estás llevando la vida que todos soñamos, literalmente.

—Exacto. —Se cruzó de brazos—. Ahora solo necesito casarme y tener hijos.

Hallie asintió, aunque en realidad no tenía ni idea de qué decir. Se frotó los labios y preguntó:

—Entonces, si no tienes que trabajar, ¿qué haces durante el día?

No sabía qué esperaba, pero desde luego no:

—Juego mucho al *COD* y al *Madden*.

Se rio, pero entonces lo vio fruncir el ceño, como si no entendiera qué había dicho que a ella le hiciera tanta gracia.

—Cuando no estás… viajando por todo el mundo, ¿no?

Él se encogió de hombros.

—En realidad no me gusta viajar. Soy muy casero.

Asintió, aunque no lo entendía en absoluto. Era consciente de que tenía que pasar a otra pregunta, pero necesitaba saber más.

—Entonces, cuéntame un poco como es un día normal para ti. En plan, te levantas a las nueve, ¿y…?

Nick le explicó que nunca se levantaba antes del mediodía; que le iba muy mal a su ciática. Luego se pasaba todo el día jugando a videojuegos hasta la hora de la cena. Solía ir a un restaurante y a algunos bares o discotecas si había mucho «ambiente».

—¿Y no te aburres un poco? —Hallie hizo una mueca y agregó—: A ver, seguro que no, pero me parece, no sé…

—Tengo mucho dinero, Hallie —comentó él—. Si llegase a aburrirme de mi increíble vida, que no lo haré, simplemente me conseguiré una nueva.

—¿Una vida nueva?

—Claro —dijo él, encogiéndose de hombros como si nada le importara. Algo que a ella la pareció fascinante.

—¿Y qué sueles desayunar?

Nick la miró extrañado.

—Cereales Apple Jacks.

—¿Te los sirves tú mismo o lo hace la criada?

—El cocinero —respondió él.

—¿En una copa de cristal o en un cuenco normal?

—En un cuenco normal.

Entonces sonó la campana y Nick se levantó con calma, como si no tuviera prisa. En realidad no la tenía, disponía de todo el tiempo del mundo. «Fascinante», se repitió a sí misma.

—Ha sido un placer conocerte, Nick.

Él asintió con la barbilla.

—Igualmente, Hallie.

—¿Lista?

Hallie se volvió hacia su derecha. Jack la estaba mirando con las cejas alzadas.

—Tenemos que irnos ya, antes de que…

Lo agarró del brazo y se encaminaron hacia la salida.

—Larguémonos de aquí.

Capítulo
SIETE

—Ese tipo estaba mintiendo.

—No lo creo —respondió Hallie mientras sostenía su cerveza—. No ha hablado de coches, ni de casas, ni de nada ostentoso para impresionar; simplemente ha dicho que no trabaja porque no necesita hacerlo.

—Me apuesto lo que sea a que lo vemos irse en un Kia —dijo Jack—, con el parachoques sujeto con cinta adhesiva.

Hallie se acabó la cerveza y señaló:

—Yo me apuesto lo que sea a que lo vemos marcharse en un Kia con el parachoques sujeto con cinta adhesiva y un montón de diamantes en el maletero.

Él la miró fijamente.

—¿Diamantes?

—Sí, diamantes —repitió ella con una sonrisa, sorprendida por lo bien que se lo estaba pasando. Había pensado que la noche sería un desastre, pero desde que se habían marchado de la maratón de citas y habían conseguido una mesa al aire libre en el Taco Hut, la velada había mejorado por momentos.

—Aquí tienen —anunció el camarero, dejando una cesta de tacos frente a Hallie—. Dos tacos de pollo con queso en la base para usted.

Jack la miró y negó lentamente con la cabeza, como si encontrara absurda su elección.

—Y cuatro tacos de ternera completos para usted.

En cuanto el camarero se alejó, Jack preguntó:

—¿En serio, Piper? ¿Queso en la base?

Hallie se encogió de hombros y agarró uno de sus tacos.

—Si va sobre la lechuga, no se funde. ¿Qué gracia tiene comerse el queso frío y duro?

Él la miró fijamente durante un momento antes de responder:

—No tengo ni idea.

Hacía una noche espléndida, las calles del centro bullían de actividad y ella misma se sentía bastante animada después de haberse tomado dos cervezas. Jack había resultado ser tremendamente ameno, describiendo con todo lujo de detalles las conversaciones que había mantenido con sus citas y se había reído a carcajadas cuando le había hablado del tipo que odiaba las series de televisión.

—Entonces, podemos concluir que las citas rápidas son una mierda. —Jack se bebió lo que le quedaba del tequila con hielo que se había pedido y dejó el vaso sobre la mesa con gesto dramático—. Propongo no volver a hacerlo nunca más.

—Estoy de acuerdo.

—¿Quieres otra? —preguntó.

Hallie hizo un gesto de negación.

—No, gracias. Voy a necesitar como mínimo una hora en un Starbucks para que se me pase el subidón que ya llevo con lo que he bebido.

—Menuda decepción. ¿Qué le ha pasado a la chica que se bebió conmigo una botella de Crown?

—Que tocó fondo cuando se despertó en la habitación de hotel de un desconocido.

—Vaya —repuso Jack, fingiendo sentirse ofendido—. ¿Consideras que conmigo tocaste fondo?

—No —respondió ella, riéndose—. Considero que toqué fondo con la situación.

—Bueno —dijo él, con gesto alegre—, para mí ese tocar fondo resultó ser extraordinariamente divertido.

Hallie se rio ante lo absurdo de la situación. Estar con Jack era tan distinto a estar con Ben; todo era mucho más relajado. Aunque compararlos era una tontería, ya que apenas conocía a Jack Marshall.

—De acuerdo. Jack —se aclaró la garganta y lo miró fijamente a los ojos—, solo te conozco de aquella noche desastrosa y por los mensajes que hemos intercambiado en la aplicación de citas. Pero, en realidad, no sabemos mucho más el uno del otro, ¿verdad? ¿Eres de aquí? ¿Cuántos hermanos tienes? ¿En qué consiste exactamente ser arquitecto paisajista?

—Se nota que sigues con las típicas preguntas de las citas rápidas —dijo él—. Sí, soy de aquí. Tengo una hermana, Olivia, que fue la novia de la boda de aquella noche desastrosa, y un hermano, Will. También tengo una cuñada, un cuñado que es mi mejor amigo y dos sobrinos.

—¿Y lo de tu profesión…? —Hallie se imaginaba a alguien que se dedicaba a diseñar jardines; algo que seguro que no era correcto.

—Mmm… —Jack agarró una pajita del centro de la mesa y la desenvolvió—. La explicación más sencilla es que diseño espacios al aire libre. ¿Y tú qué? ¿Ser contable fiscal es tan emocionante como parece?

—Sí, lo sé, es el trabajo que siempre escogen en las películas para mostrar lo insípida que puede ser una persona —señaló ella riendo—. ¿Quieres que el público sepa lo aburrida que fue tu cita? Solo necesitas decir que era contable. Pero a mí me encanta. Puede parecer monótono, pero hay algo tremendamente gratificante en los números y en hacer que todo cuadre.

Observó cómo Jack retorcía la pajita, tal y como solían hacer ella y sus amigos en el instituto.

—Sí, creo que es… —empezó a decir él.

—Ni se te ocurra decir que es guay. No lo es. Me gusta mi trabajo, pero no tiene nada de guay.

Jack se rio suavemente mientras sostenía la pajita, ya preparada para ser lanzada, y le hacía señas para que le diera un golpecito.

—Está bien, es aburrido.

—Oye —ella golpeó la pajita y sonrió al oír el chasquido—, que estás hablando de mi trabajo.

—Pero ¿qué quieres de mí, Hal? —Dejó caer la pajita ya inservible sobre la mesa—. ¿Siempre resulta tan complicado acertar contigo?

Hallie se recostó en la silla y estiró las piernas. Se alegró de estar disfrutando de esa agradable noche de finales de verano en lugar de haberse quedado en casa en pijama.

—¿Cuánto tiempo llevas sin pareja, PC?

Miró a Jack. Parecía igual de relajado que ella, recostado de la misma forma en su silla y observándola con una curiosidad genuina, sin juzgarla.

—Pues... —Comprobó la fecha en la que estaban en el móvil—. ¿Un año...?

—No jodas. —La miró como si acabara de decirle que en su vida anterior había sido una llama—. ¿Estás de broma?

—¿Por qué te sorprende tanto?

Aunque sabía la respuesta. Hacía menos de un mes que ese hombre había comprado un anillo de compromiso y ya estaba de nuevo en el mercado. Estaba claro que no podía estar solo.

—No me sorprende —dijo él, mirándola con el ceño ligeramente fruncido—. Pero cuando me comentaste lo de tu invierno de los veintitantos, supuse que lo habíais dejado hacía poco.

—Ah. —Tenía sentido.

—Pero... habrás salido con alguien durante ese tiempo, ¿no?

Ella se aclaró la garganta.

—¿Antes de unirme a la aplicación de citas?

Él la miró, dándole a entender que era obvio que se refería a eso.

—Pues... no.

—¡Dios mío, PC! Me estás dejando anonadado —dijo. Era evidente que jamás se había imaginado que alguien pudiera vivir sin tener una cita durante tanto tiempo.

—En realidad no es tanto tiempo —adujo ella—. Simplemente no quería precipitarme en hacer algo para lo que todavía no me sentía preparada.

—De hecho, es un una actitud sensata —afirmó él. Y parecía que lo decía en serio.

—Y *estaba* en el invierno de mis veintitantos. —Empezó a explicarle su forma de pensar y los propósitos que se había marcado el año anterior, como si sintiera la necesidad de justificarse aunque él no se lo hubiera pedido.

—Entonces pensaste que, como tu patético ex te había roto el corazón, lo mejor que podías hacer era pasar el año siguiente... ¿sumida en la miseria?

—¡Ay, Dios! Estás tergiversando las cosas a propósito. Aproveché ese horrible periodo para ahorrar y crecer como persona, para estar lista cuando llegara mi primavera.

Jack arqueó una ceja.

—¿Y ya ha llegado tu primavera?

Ladeó la cabeza y lo miró con los ojos entrecerrados.

—Es posible.

Después de eso, decidieron volver caminando a sus coches. Hallie le habló de Ruthie y a él le costó creer que pudiera existir una persona tan peculiar. Luego le comentó lo de su nuevo apartamento. Cuando le explicó en qué zona estaba, él le propuso ir andando para comprobar cómo era el barrio de noche y asegurarse de que no fuera peligroso.

En el trayecto, Jack le señaló el edificio Carson y dijo:

—Aquí es donde vivía antes.

—¿En serio? —Hallie miró el rascacielos, que era un emblema histórico de Omaha—. Es un lugar con mucha clase.

—Mi compañero de piso ganaba una pasta y me dejó vivir con él pagándole una cantidad irrisoria. Prácticamente vivía de gorra.

—Siempre he querido ver el interior del edificio. Cada vez que lo iluminaban en Navidad, me preguntaba cómo sería por dentro.

—¿Quieres entrar?

—¿Cómo?

—Vamos. —La agarró de la mano y la llevó hacia la entrada.

—Jack...

—Cállate y sígueme. —Se dirigió directamente al interfono que había junto a la puerta y pulsó un botón.

Un instante después, oyeron una voz desde el altavoz.

—¿Sí?

—Olivia, soy Jack. ¿Puedo enseñarle a Hallie vuestro apartamento?

—¿Quién es Hallie? —preguntó la voz femenina, Olivia.

—Jack, déjalo —susurró ella. De pronto se sentía como una idiota.

—La camarera de tu boda —respondió Jack.

—Espera, ¿tu compañera de citas? —inquirió Olivia. Parecía sorprendida.

—Esa misma.

—Pasad.

Cuando Jack le abrió la puerta, lo miró de reojo.

—¿Quién es esa mujer y por qué sabe quién soy yo? ¿Tan obsesionado estás conmigo?

Él le dio un ligero empujón.

—Es mi hermana, Olivia, la que me metió en la aplicación. Por eso lo sabe.

—Entonces tu hermana…

—Está casada con mi antiguo compañero de piso y mejor amigo, sí. Estuviste en su boda.

—Ah, ella era la novia. —Lo siguió al interior del edificio. La estructura de principios del siglo XX no la decepcionó. Todo estaba diseñado al detalle y muy bien conservado. Fue como adentrarse en otra época.

—Echo de menos este lugar —comentó Jack, apoyándose en la pared tras llamar a la puerta de su hermana—. Todo está en silencio.

Unos segundos después, la puerta se abrió y su hermana, a quien Hallie reconoció nada más verla, esbozó una cálida sonrisa.

—Hola. Me alegra verte completamente seca, y no empapada en vino por culpa de la novia de mi hermano.

Hallie le devolvió la sonrisa.

—Desde luego.

—¿Dónde está Col? —quiso saber Jack. La llevó dentro del apartamento mientras Olivia mantenía la puerta abierta.

—¡Colin! —gritó Olivia—. Ha venido tu amiguito a verte.

Hallie vio cómo se abría la puerta de una habitación que debía de ser un despacho. De ella salió un hombre que recordaba de la boda porque posiblemente era el hombre más atractivo que había visto en su vida. En cuanto miró a Jack, sonrió.

—¿Has venido por el partido? —El hombre fue hacia el salón y agarró el mando a distancia—. Quedan tres minutos para que termine el tiempo reglamentario.

—Me he perdido el puto partido —se lamentó Jack.

—Por cierto, esta es Hallie —intervino Olivia, que entró cojeando en la estancia—. Hallie, este es mi marido, Colin.

Él sonrió desde el otro extremo del salón.

—La camarera del banquete de boda. Encantado de conocerte.

Se sintió un poco rara por el hecho de que ambos supieran quién era, pero entonces Jack le explicó:

—Toda mi familia te considera una especie de heroína por haber puesto fin a mi relación con Vanessa.

—Pero si yo no hice nada —protestó ella.

—No hagas que se pierda la magia —se rio Olivia—. Te has convertido en una leyenda.

Antes de que a Jack le diera tiempo a enseñarle el apartamento, Olivia enlazó su brazo con el de ella y anunció:

—Nos vamos a hablar un rato a la terraza. No nos molestéis.

Jack

—¿Va a someter a Hallie a un interrogatorio? —preguntó Jack, viendo cómo Olivia cerraba la puerta corredera tras ellas.

—Es tu hermana, ¿tú qué crees?

Las miró a ambas a través del cristal.

—Tal vez debería ir con ellas.

—¿Tanto te preocupa? —Colin se bebió lo que quedaba de su cerveza de un trago—. Si es solo una amiga, ¿qué más da si Liv se pone un poco cotilla?

—¿Sabes qué? —Miró a Colin un instante—. Tienes razón. Da igual.

—Pero es guapa.

—¿Cómo?

—Tu camarera. No está nada mal, ¿no crees?

Contempló a Hallie, que estaba hablando con Olivia en la terraza.

No, no estaba nada mal.

Cuando se vieron por primera vez en la joyería, apenas se había fijado en su aspecto; seguramente eclipsado por lo sarcástica y divertida que había sido mientras le mostraba los anillos, pero ahora le parecía increíble no haberlo hecho.

Esos ojos verdes, los labios carnosos, la facilidad con la que se reía... Sí, PC era muy atractiva. A su mente acudió una imagen de ella con las bragas de ardillas y se deshizo de ella al instante. Esa prenda ridícula no debería haberle parecido sexi, pero en ella le había resultado irresistible.

«Mierda».

Era vital que se olvidara, o al menos que lo intentara, de todos los detalles sexuales de su historia. Le gustaba la relación de camaradería (¿o era amistad?) que había entre ellos y no quería que la atracción lo despistara.

«De nuevo».

Hallie

—Bueno —Olivia se sentó en una silla de la terraza, apoyó el pie en la pequeña mesa a juego y comentó—: Jack me ha contado que sois algo así como una especie de colegas de citas.

—Sí, esa es una descripción perfecta. —Hallie se sentó en la otra silla. En cuanto se dio cuenta de que Olivia no iba a someterla a un interrogatorio empezó a relajarse—. Ambos estamos intentando encontrar a alguien a través de la aplicación, así que nos dedicamos a compartir nuestras penas.

—Pero vosotros dos... no... ¿no estáis interesados el uno en el otro?

—¡Por Dios, no! —Hallie negó con la cabeza con énfasis—. Solo somos amigos. No hay nada romántico entre nosotros.

—¿Y eso lo habéis hablado entre vosotros?

—Espera, ¿crees que él podría estar interesado en mí o algo parecido? —preguntó ella—. Porque te aseguro que no es así.

—No, no, para nada —repuso Olivia—. ¿Puedo ser sincera contigo?

—Por supuesto.

—Ahora mismo, Jack está bastante confundido. Siempre ha vivido el presente, manteniendo relaciones pasajeras, sin ataduras, como si fuera un eterno adolescente. Pero el año pasado... —Olivia echó un vistazo a la puerta corredera para asegurarse de que seguían solas—. El año pasado su vida se puso patas arriba. Primero, Colin y yo nos enamoramos y nos fuimos a vivir juntos, así que, en cierto modo, perdió a su mejor amigo. Y luego, nuestro tío Mack, su pariente favorito y su héroe, falleció de repente.

Recordó que Jack le había mencionado algo sobre un partido de béisbol al que había ido con su tío Mack.

—Vaya, lo siento mucho.

—No te preocupes. Pero para Jack supuso un cambio de un día para otro. Y el hecho de que al funeral de Mack solo asistiéramos la familia directa lo dejó bastante tocado.

—¿No fue ningún amigo?

—Ninguno. —Olivia se cruzó de brazos—. Resulta increíble que un hombre que siempre fue el alma de todas las fiestas y un conquistador nato muriera solo. Ni uno solo de sus amigos o novias, y tuvo unas cuantas, se sintió lo bastante cercano a él como para asistir a su entierro. Da que pensar, ¿verdad?

—Uf —dijo Hallie.

—Sí, un «uf» enorme —coincidió Olivia—. Y fue justo en esa época cuando Jack empezó a salir con Vanessa.

—Entiendo.

—Tengo la teoría de que estaba atravesando una especie de minicrisis y se aferró a Vanessa movido por la desesperación. —Olivia negó ligeramente con la cabeza—. Se había pasado toda la vida queriendo ser como Mack, idolatrando a nuestro tío el juerguista, y entonces, de repente, se dio cuenta de que se había equivocado por completo.

—Tiene sentido —reconoció Hallie en voz baja. Aquello explicaba por qué alguien como él había estado con una persona tan desagradable como su ex. Y también por qué se había apresurado tanto a usar una aplicación para encontrar pareja.

—Pasó de ser alguien encantado con su soltería a irse a vivir con su nueva novia. Y antes de que nos diéramos cuenta, le estaba comprando un anillo y plateándose pedirle matrimonio.

Hallie todavía recordaba el hermoso y pérfido rostro de Vanessa.

—No te voy a mentir; me alegré mucho cuando rompieron. Por cierto, siento lo del vino.

—No pasa nada. —Hallie se encogió de hombros y sonrió al recordar el incidente.

—Lo inscribí en la aplicación justo después de aquello, con la esperanza de que conociera a alguna mujer agradable y sensata, que no estuviera obsesionada con pasar por el altar.

—Todo lo opuesto a Vanessa.

—Exacto —repuso Olivia—. Por eso, cuando me dijo que estaba hablando con la camarera de la boda, casi me da algo. No porque tú no seas estupenda.

Hallie soltó una risa ahogada.

—Entiendo.

—Pero me preocupa que vuelva a precipitarse —dijo Olivia—. Lo veía tan solo que me daba miedo que empezara a salir contigo por comodidad.

—Por ser la fruta del árbol más al alcance de la mano, ¿no?

—Exactamente. A ver, a veces la fruta que se tiene más al alcance es la mejor, pero otras veces conviene inspeccionar el resto del árbol para asegurarse.

Hallie asintió.

—No sé si esta analogía es perfecta o terrible.

—Es terriblemente perfecta. —Olivia se rio entre dientes—. Con Van fue todo demasiado rápido. Ni siquiera parecía que estuviera enamorado de ella; era como si estuviera forzándolo, como si quisiera hacer que encajara.

«Creo que estaba enamorado de la idea que tenía de ti, Hallie, en lugar de quién eres en realidad».

Sí, estaba familiarizada con ese concepto. Por lo visto, Ben y Jack compartían la misma forma de pensar.

—Pero ahora estoy encantada por cómo van las cosas. Mi hermano se está tomando en serio lo de la aplicación y te tiene a ti para apoyarlo. Todos salimos ganando.

—Incluso yo —dijo Hallie.

Luego Olivia se puso a contarle una anécdota muy graciosa de cuando ella y Colin empezaron a salir y cómo Jack intentó dar una paliza a su amigo. Cuando entraron, le enseñaron el apartamento y, veinte minutos después, Jack y ella estaban de nuevo en la calle.

—Espero que mi hermana no te haya sometido a un tercer grado —comentó Jack, mirándola con curiosidad.

—En absoluto. Se la ve bastante maja. Aunque... tengo que preguntarte algo y me da un poco de miedo tu respuesta.

—Oh, oh.

—Eso de comparar a Ditka con Dios, junto con la reacción que has tenido hace un momento al final de la prórroga, hace que me tema que seas seguidor de los Bears. Por favor, dime que no es verdad.

Mientras se dirigían a su nuevo apartamento, hablaron sobre fútbol americano. Hallie se llevó una decepción al descubrir que no solo era seguidor de los Bears, sino que también le gustaban los Bulls. Podía tolerar muchas tonterías, pero ¿los Chicago Bulls?

¡Venga ya!

Por suerte, ambos resultaron ser hinchas del Liverpool, así que tenían algo en común.

Al llegar a su nuevo edificio, le indicó dónde se suponía que estaba su balcón y él fingió distinguirlo entre los otros muchos que había en plena oscuridad. Sabía que era imposible, pero le gustó la idea de tener a alguien con quien imaginar cosas juntos.

Capítulo

OCHO

Jack: Buenos días, mi pequeña calculadora humana.

Hallie resopló al leer el mensaje. Un mensaje que la había despertado porque se había olvidado de silenciar las notificaciones.

Hallie: Son las 5:30 de la mañana de un domingo. ¡Que te den!

Jack: Solo quería ser el primero en desearte los buenos días.

Hallie: Gracias, capullo.

Jack: Venga, venga, no te me enfades. Por cierto, no te olvides de visitar hoy la aplicación y asegurarte una próxima cita.

Hallie recordó a sus candidatos de las citas rápidas y negó con la cabeza. Luego encendió la lámpara de la mesita y escribió:

Hallie: No me apetece nada.

Jack: Si tú vas, yo voy. Vamos a hacer esto juntos, Piper. Don Perfecto, el hombre que te quiere más que a nadie en el mundo, está ahí fuera, esperando a que le des un «me gusta».

Hallie: ¡Qué pereza! Solo aceptaría ir a otra cita si después puedo ir al Taco Hut.

Jack: Pues me parece una idea estupenda. Podemos quedar con nuestras citas en el bar donde se hizo el evento de citas rápidas y, si resultan ser un fiasco, nos consolamos con unos tacos después. Con queso en la base, por supuesto.

Hallie: Por supuesto. 😏 ¿Por qué me está pareciendo una buena idea? Estoy segura de que hay algo terrible aquí que se me está escapando.

Jack: No, no, es una idea genial. Da un «me gusta» a alguien hoy y, si te propone tener una cita, mándame un mensaje y lo organizamos.

Hallie: De acuerdo.

Jack: Esa es mi chica.

Hallie: Oye, ¿por qué has madrugado tanto?

Jack: Me gusta correr antes de trabajar.

Hallie: A mí también. Pero es DOMINGO. ¿Por qué trabajas un domingo?

Jack: Porque tengo trabajo acumulado.

Hallie: Al menos dime que no eres de los que lleva esos pantaloncitos de correr tan cortos.

Jack: Deja de intentar imaginarme enseñando mis tentadores muslos, pervertida.

Hallie: Te aseguro que no estoy haciendo ESO.

Jack: Espera, ¿me estabas pidiendo una foto? ¿Era eso lo que querías?

Hallie: Por favor, no me obligues a bloquearte.

Jack: Que tengas un buen día, PC.

Hallie salió de la cama y, como ya estaba despierta, decidió ir a correr. Mientras lo hacía, repasó lo que iba a decirle a Ruthie cuando esta volviera a casa. «Me encanta vivir contigo, pero creo que ha llegado el momento de tener mi propio espacio. Aunque podemos seguir quedando y viéndonos tanto como queramos».

Sin embargo, Ruthie no tenía intención de volver a casa ese día. Sobre las diez de la mañana, recibió un mensaje suyo en el que le decía: «Me lo estoy pasando demasiado bien como para regresar a los Estados Unidos ahora. Volveré la próxima semana». Lo curioso fue que a Hallie no le sorprendió lo más mínimo descubrir que su compañera de piso estaba fuera del país.

Después de ducharse e ir a un Starbucks, se acomodó en el sofá y empezó a navegar por la aplicación. Le llevó un rato, pero al final encontró a un chico con un perfil lo suficientemente interesante como para darle un «me gusta» e intercambiar algunos mensajes con él.

Parecía simpático, así que, cuando él le sugirió quedar a cenar y tomar algo el miércoles después del trabajo, llamó a Jack.

Contestó después del primer tono, pero por su saludo dedujo que debía de estar trabajando.

—Buenos días, soy Jack.

—Hola, soy Hallie. ¿Qué tal?

Notó la sonrisa en su voz cuando le respondió:

—No me puedo creer que me hayas llamado en vez de enviarme un mensaje, *boomer*.

—¿Tienes un momento?

—Claro.

¿Estaría en su casa o en la oficina?

—¿Sigues trabajando?

—Sí, pero ya termino.

—Bien. Bueno, un tipo de la aplicación me ha propuesto quedar a cenar. ¿Tienes a alguien para organizar una cita el miércoles a las seis y media?

—¿Quién es?

—Se llama Stephen, no caza ni pesca y es dentista. Le gusta correr, hacer maratones de series y películas en Netflix y salir de fiesta.

—Vaya, ¿dentista? Eso suma puntos.

—¿Verdad? Aunque lo más probable es que esté todo el rato preocupada por si se está fijando en mis dientes.

—Dientes y tetas, seguro que ese es el lema de Stephen.

—¡Eres un cerdo!

—No te sulfures. Que ese es el lema de Stephen, no el mío.

—¿Tienes alguna cita para el miércoles o no? —preguntó Hallie entre risas.

—En realidad tengo dos.

—¡No me lo puedo creer! —exclamó ella—. ¿Desde ayer por la noche has podido hablar con dos chicas por la aplicación lo suficiente como para que quieran tener una cita?

—En mi defensa diré que empecé a hablar con una de ellas ayer, antes del evento de citas rápidas.

Aquello la dejó pensativa. Aunque sabía que Jack no tenía por qué contarle todo lo que hacía, se sintió un poco… incómoda… por el hecho de que no se lo hubiera mencionado.

—Entonces, ¿te viene bien el miércoles?

—Sí, ese día me va perfecto.

Después de colgar, volvió a la aplicación y confirmó la cita con el dentista. Cuando terminaron de hablar, porque él tenía que ir a entrenar al equipo de fútbol infantil de su sobrina, Hallie descubrió que, para su sorpresa, estaba entusiasmada ante la perspectiva de esa cita.

Stephen parecía prometedor y, si al final resultaba ser un fracaso, siempre le quedarían los tacos.

Jack

Jack echó un vistazo al identificador de llamadas antes de llevarse el móvil al oído.

—¿Qué pasa?

—Nada —respondió Olivia, con tono confundido—. ¿Por qué?

—Porque no solemos hablar por teléfono. Me ha parecido raro que me llamaras.

—Ya, pero me muero de aburrimiento. ¿Recuerdas lo de mi pie con los dedos rotos?

—Ah, claro. —Lamentó haber respondido al teléfono. Estaba intentando terminar el trabajo que le quedaba para volver a casa y sabía que el aburrimiento de Olivia solo lo retrasaría más. Aun así, preguntó—: ¿Cómo van esos dedos?

—Menos hinchados —contestó ella—. Y algo menos morados.

—Vaya un asco.

—¿Verdad?

—Mira, Liv, estoy intentando terminar un trabajo que tengo pendiente. ¿Necesitas algo?

—¡Qué maleducado! —murmuró, y luego añadió—: Solo quería decirte que Hallie me cae muy bien. Eso es todo.

—Vale... ¿Y?

—Nada, que me alegro de que esté ahí, motivándote para encontrar pareja.

—¡Por el amor de Dios, Liv! ¿Por qué estás tan obsesionada con mi vida amorosa?

—Porque me preocupa que estés deprimido —explicó ella—. ¿Vas a demandarme por preocuparme?

—Aquella noche, en Billy's, estaba borracho. ¿Podrías olvidar lo que dije, por favor?

—Parecías tan triste y solo, Jack.

—Estaba bebido, no solo.

Se sentía como un fracasado cada vez que su hermana mencionaba el asunto. Llevaba un par de años atravesando una fase *emo* un poco extraña. Tenía amigos, compañeros de trabajo, familia, una vida llena de gente... Y, sin embargo, a menudo se sentía solo.

Incluso cuando estaba con ellos.

Mierda, esa era la definición exacta de soledad, ¿verdad?

—Vale, no estabas solo —dijo ella, con un tono que delataba que no lo creía en absoluto—. Pero prométeme que te vas a tomar en serio la aplicación y que seguirás intentándolo, aunque no te apetezca.

—Lo haré si tú prometes dejar de meterte en mi vida.

—Trato hecho —aceptó ella.

Hallie

Antes de que pudiera levantarse del sofá, le empezó a sonar el móvil.

—¿Sí?

—Hola... mmm... ¿Hallie?

—Sí, soy yo.

—Ah, genial. Soy Lydia, de la oficina de alquiler de los Commons. Hubo una confusión en la oficina y el apartamento que has alquilado ya está limpio y listo por si quieres mudarte antes.

—Vaya. —Aquello la sorprendió—. ¿Y cuánto más me costaría?

—Por eso te llamo —dijo la mujer, bajando la voz—. Cometí un error con el papeleo, así que, si quieres mudarte ya, el precio será el mismo. No empezarás a pagar el alquiler hasta el primer día del mes, tal y como está establecido en el contrato.

—Entonces, ¿puedo mudarme ya mismo y disfrutar de un par de semanas gratis? —No se lo podía creer. No había tenido mala suerte en la vida, pero tampoco podía decir que le hubiera sonreído especialmente.

—Si vienes mientras estoy trabajando, sí.

De repente, estaba tremendamente emocionada.

—¿Hasta qué hora trabajas hoy?

—Hasta las cuatro.

—¡Ay, Dios! ¡Voy para allá ahora mismo!

Corrió hacia su coche, puso la radio a todo volumen y se dirigió al centro de la ciudad, entusiasmada por ese giro inesperado de los acontecimientos. Era la primera vez que iba a vivir sola, y encima en un apartamento tan maravilloso (aunque pequeño) como ese, así que no cabía en sí de gozo ante la idea de mudarse antes de lo previsto.

Mientras abandonaba la autopista y tomaba la salida, empezó a planear la mudanza. Podría intentar trasladar todas sus cosas antes de que Ruthie volviera. Como los muebles del salón eran de su compañera de piso, no le haría ninguna faena. Así se ahorraría la incomodidad de hacer las maletas en silencio en su habitación. Y si Ruthie reaccionaba mal, con no volver por allí, lo tendría resuelto.

Cuando llegó a la oficina del complejo apartamentos, le vibró el teléfono.

Jack: Ya he perdido a una de mis dos chicas.

Se rio.

Hallie: ¿Qué has hecho?

Jack: Le dije que no me gustan los orangutanes.

Hallie: ¿En serio? ¿Y de verdad se ha enfadado por algo como eso?

Jack: Sé que es un defecto mío, pero le tengo pánico a todos los simios. Desde que vi en el programa de Oprah a una mujer a la que la había desfigurado uno, nunca volví a ser el mismo. Así que cuando ella empezó a hablarme de una reserva de orangutanes a la que quería ir, puede que le dijera algo así como: «Prefiero morirme a poner un pie en ese sitio».

Hallie: Eres un monstruo. Tengo una amiga que literalmente llora cuando ve a un orangután adorable porque le encantan. ¿Y tu comentario la ha ofendido tanto?

Jack: Mi comentario la ha indignado por completo. Se puso a darme la tabarra sobre los orangutanes (algo que me merecía) y luego comenzó a criticar a los hombres con los que no vale la pena tener una cita (lo que me pareció un golpe bajo).

Hallie: ¿Por qué me estoy partiendo de risa con esta historia?

Jack: Porque eres cruel. ¿Qué estás haciendo ahora mismo?

Hallie: Acabo de llegar al edificio donde está mi nuevo apartamento. ¡Me dejan mudarme antes!

Jack: ¿Y Ruthie?

Se rio y miró por el parabrisas. Le hizo gracia que recordara el nombre de Ruthie.

Hallie: Me envió un mensaje diciendo que no vuelve hasta la semana que viene.

Jack: Entonces, ¿te vas a ir sin más?

Hallie: No, pero ya puedo empezar a sacar mis cosas. Todo lo que hay en el salón es de ella, así que ni siquiera se dará cuenta, porque siempre tengo la puerta de mi habitación cerrada.

Jack: Avísame si necesitas que te eche una mano.

Hallie: ¿En serio?

Jack: Claro. Soy un buen tipo.

Hallie: ¿Lo eres?

Jack: A veces. Y vivo cerca.

Hallie: Pues sí, necesito que me eches una mano. Por favor, por favor, ayúdame.

Jack: ¿Cuándo?

Hallie: Ahora mismo voy a recoger las llaves. Así que si hoy tienes un rato libre, estaría genial. No tendrás una camioneta, ¿verdad?

Jack: Sí que la tengo.

Hallie: No me lo puedo creer

Jack: Pues créetelo.

Hallie: No pareces el tipo de hombre que tendría una camioneta.

Jack: ¿Me estás llamando «nenaza»?

Hallie: No. Creo que la mayoría de los hombres que tienen camionetas lo hacen para reafirmar su masculinidad. Tú me pareces alguien lo bastante seguro de su masculinidad como para conducir un Prius.

Jack: Entonces sí que me estás llamando «nenaza».

Jack: Eso está mejor, gracias. Llámame cuando termines y planeamos cómo hacerlo.

Al final el plan resultó ser algo así como «Hagámoslo ya». Después de recibir las llaves, subir corriendo a su nuevo apartamento, llamar a Jack y bailar como una loca, regresó a casa y recogió sus cosas.

Jack llegó una hora más tarde y se puso manos a la obra, llevándose su cama, la cómoda, la mesita de noche y el escritorio como si fuera Dwayne Johnson. Ella ayudó, pero ambos sabían que su papel era más de apoyo que como una igual.

Por cierto, a él le sentaba de fábula la ropa informal. Hasta ese momento, lo había visto con esmoquin, desnudo y con ropa más elegante para salir, pero ese día llevaba unos vaqueros desteñidos y una camiseta de los Cubs con aspecto de haberse usado bastante. Parecía uno de esos modelos que salían en anuncios de hombres bebiendo cerveza con sus amigos o transportando tablones en una tienda de bricolaje.

En cuanto vaciaron su habitación y llenaron por completo la parte de carga de su camioneta, lo siguió en su coche hasta el centro de la ciudad. Todavía estaba un poco aturdida por el hecho de que, solo unas horas antes, no había tenido nada previsto para ese día y, en ese momento, se estaba mudando a su nuevo apartamento, pero se sentía fenomenal.

Había llegado su primavera.

Capítulo
NUEVE

—Estás muy equivocada —dijo Jack, negando con la cabeza—. Fue la cara que puso cuando ella apareció en Pemberley con su familia. No hizo falta que pronunciara palabra alguna. Resplandecía como un tonto enamorado.

Ambos estaban tumbados bocabajo en el suelo de su nuevo apartamento (todavía no tenía sofá), viendo el final de *Orgullo y prejuicio*. Después de trasladar todas sus cosas, y como ninguno de los dos tenía otros planes, habían decidido pedir cerveza y *pizza* y ver una película.

—Vale, sí, me encanta la expresión que tiene en esa escena —reconoció ella, recordando la dulce sonrisa de Matthew Macfadyen—. Pero el *casi* beso bajo la lluvia es el mejor momento con diferencia.

—No estoy de acuerdo —señaló Jack, poniéndose de costado para mirarla—. Cuando se separan es absolutamente demoledor.

—Si no supiera la verdad, y la sé, así que no te preocupes, pensaría que eres una especie de romántico empedernido. —Hallie sonrió y lo miró; Jack Marshall era todo un enigma de hombre—. ¿Cuántas veces has visto la película, señor nada romántico?

—Por lo menos cinco, pero solo porque a Livvie le encantaba y era la que más protestaba en casa. Al final, casi siempre veíamos lo que ella quería.

—Eres un hombre muy complejo, Marshall —indicó ella.

Jack le devolvió la sonrisa.

—Lo sé —respondió él, recorriéndole la cara con los ojos azules.

Se quedaron así un instante y algo pasó entre ellos. Fue como si, de pronto, volviera cada recuerdo de la noche que habían pasado juntos, y Hallie fue plenamente consciente de ello.

—Necesito otra cerveza —dijo ella. Se puso de pie, obligándose a mantener la sonrisa, aunque en ese momento estaba bastante nerviosa—. ¿Quieres algo?

—No, en realidad, tengo que irme —respondió él. Luego se aclaró la garganta, recogió su botellín de cerveza y se levantó.

—Bueno, gracias por ayudarme con la mudanza. —Hallie fue hacia la cocina, abrió la caja de *pizza* y agarró una porción medio fría—. ¿Quieres un trozo para el camino?

—No —contestó él. Se calzó y se puso la chaqueta—. Estoy lleno, pero gracias.

En cuanto Jack se marchó y tiró la caja de *pizza*, Hallie empezó a preocuparse. Cuando se puso el pijama de franela, se preguntó si ese breve y extraño instante iba a cambiar las cosas entre ellos. No quería que eso sucediera, porque estaba encantada con la complicidad que compartían.

Le vibró el móvil y se llevó una decepción al ver que era su madre.

Mamá: ¿Has ido ya a la última prueba de tu vestido?

Sí, su madre todavía pensaba que tenía diez años.

Hallie: Sí.

Mamá: ¿Y...?

Hallie: Pues no me acuerdo. Creo que bien.

Mamá: Muy graciosa. ¿Vienes esta semana?

Su madre preparaba espaguetis con albóndigas casi todos los miércoles por la noche, y ella siempre intentaba estar allí.

Sin embargo, durante el último mes, lo había estado evitando, ya que la planificación de la boda de su hermana se había acelerado a un ritmo frenético y ese era el único tema de conversación de su madre y su hermana. Era algo que entendía, pero la conversación siempre acababa girando en torno a cómo iban a aprovechar el sitio vacío que quedaría porque Hallie no iba a llevar acompañante.

Y lo incómodo que sería para ella, teniendo en cuenta que Ben era el padrino.

Sí, su hermana se iba a casar con el mejor amigo del hombre que le había roto el corazón.

Solían bajar la voz cuando hablaban de lo último, como si aquello fuera lo peor que pudiera pasarle, así que había decidido que era mejor perderse las albóndigas a herir a un miembro de la familia.

Hallie: Tengo planes el miércoles, pero me pasaré el jueves para ver contigo *Bailando con las estrellas*.

Mamá: Espero que eliminen a Darla. Bailó fatal el chachachá.

Hallie: Devlin lo hizo todavía peor con la samba.

Mamá: Pero mereció la pena verle el trasero.

Hallie salió al balcón y tomó una profunda bocanada del fresco aire de septiembre, maravillada con la vista. Las luces de la ciudad brillaban ante ella y bajo sus pies. Después de aquello, no creía que quisiera volver a vivir en las afueras.

Le encantaba el bullicio del centro, así como la plena sensación de madurez que le daba vivir sola.

Volvió a vibrarle el teléfono; esa vez era Jack.

Jack: Oye, PC, ¿estamos bien?

Hallie: Yo sí. Estoy la mar de bien.

Jack: En serio, ¿no te ha incomodado ese momento tan raro que hemos tenido en el suelo de tu salón?

De modo que no solo le había pasado a ella. Él también lo había sentido.

Hallie: Sí. ¿Qué ha sido eso?

Jack: Yo creo que solo ha sido un instante de química natural entre dos personas jóvenes y sanas. Seguro que se ha debido a que, como nos dimos un revolcón, nuestros cuerpos ya se conocen.

Hallie: ¡Qué asco, no puedes decir eso!

Jack: Es totalmente natural tener esa sensación después de... ya sabes. Lo importante es que hemos recordado al instante que no nos gustamos de esa manera, ¿no crees?

Hallie: ¿No era eso el título de una canción? ¿No nos gustamos de esa manera?

Se rio de su propio comentario. Luego se apoyó en la barandilla del balcón y continuó.

Hallie: Bueno, por mi parte no le voy a dar importancia a ese momento, siempre y cuando tú tampoco se lo des.

Jack: Me parece bien. De hecho, nunca sucedió.

Hallie: De acuerdo.

Jack: Bueno, ¿has vuelto a hablar con el dentista?

Hallie: No desde esta mañana, cuando me dijo que tenía que irse a entrenar al equipo de fútbol de su sobrina.

Jack: Vaya, ha empezado fuerte, ¿eh?

Hallie: Sí.

Jack: ¿Funcionó?

Hallie: No estuvo mal.

En ese momento, no podía imaginarse la cara que tendría Stephen, pero sí la de Jack, así que escribió:

Hallie: Háblame de tu cita.

Jack: Se llama Carlie, da clases de Matemáticas a chicos de octavo y es pelirroja.

Hallie: ¿Es divertida?

Jack: Aún no lo sé.

Hallie: Bueno, eso es lo que veremos el miércoles, ¿no?

Jack: Exacto. Entonces, ¿nos vemos el miércoles?

Hallie: Sí.

Capítulo
DIEZ

—Hola… mmm… se supone que tengo que encontrarme aquí con alguien.

—¿Hallie? —Stephen apareció junto a la camarera, sonriendo y poniendo una mano en el brazo de esta, indicándole que era él a quien Hallie buscaba.

—Hola, Stephen.

Vaya. Era guapo. Muy guapo. Llevaba unos pantalones caqui y un suéter de cachemira negro. Tenía el pelo castaño, abundante y bien peinado, pero sin parecer excesivamente arreglado, y llevaba unas gafas que le daban un aire intelectual, como si necesitara tener un libro en la mano.

—Encantado de conocerte… por fin —dijo él, esbozando una sonrisa de lo más amable.

—Igualmente —respondió ella. No pudo evitar sonreír embelesada.

Stephen le señaló dónde estaba su mesa y ella lo siguió. Cuando llegaron, casi se tropezó al darse cuenta de que Jack estaba sentado justo en la mesa de al lado. Sus miradas se encontraron y él abrió ligeramente los ojos, demostrando que le había sorprendido tanto como a ella que estuvieran tan cerca.

Hallie recobró la compostura, se recordó que debía centrarse en Stephen y tomó asiento.

—Cuando iba a la universidad, venía casi siempre a comer aquí. —Stephen estiró el brazo para atrapar la carta—. Me alegro de que propusieras que quedásemos en este local.

—Yo también —repuso ella. Tomó la carta y se apresuró en añadir—: No la parte de la Facultad de Odontología, sino lo otro. Es la primera vez que vengo.

Él se rio.

—Entendido.

—Bueno, ¿qué me recomiendas pedir? —preguntó, mientras le echaba un vistazo a los aperitivos—. ¿Qué era lo que más te gustaba?

—El cordero con *risotto* de champiñones —respondió él. Hallie se dio cuenta de que su experiencia universitaria basada en el ramen había sido bastante más austera que la de Stephen—. Tienes que probarlo.

«Mierda». Hallie era una comensal muy selectiva. Tan selectiva, que la mayoría de los niños de ocho años tenían un paladar más amplio que el suyo. Le gustaban las hamburguesas, las tiras de pollo y, de vez en cuando, los espaguetis, pero ¿cordero? ¿Con champiñones en el *risotto*? No, gracias. Sin embargo, como ya le había pedido su opinión, tenía que hacerle caso, ¿verdad?

—Estaba pensando en pedir una hamburguesa, pero ahora... —dejó la frase en el aire, esperando que él le dijera que pidiera lo que realmente le apeteciera.

—Prueba el cordero —dijo él con una sonrisa, le quitó la carta de las manos y añadió—: No te arrepentirás. Por cierto, te he pedido una copa de *chardonnay*.

—Vale. —Hallie tomó su copa—. Gracias. Y confío en ti con lo del cordero.

—Buena chica. —Stephen se aclaró la garganta, agarró su copa de vino y preguntó—: ¿Qué tal te ha ido hoy en el trabajo? ¿Has sobrevivido a la maratón de reuniones?

Se llevó una grata sorpresa al comprobar que recordaba lo de las reuniones trimestrales a las que había estado asistiendo desde el lunes y de las que le había hablado.

—Sí, he aguantado. Es increíble lo que cuesta fingir estar interesada en una información que te resulta tremendamente aburrida.

—Me lo imagino.

—Supongo que tú también tienes que escuchar las divagaciones de muchos de tus pacientes —comentó ella.

—Sí, pero puedo meterles las manos en la boca y hacer que se callen —bromeó él.

Hallie se rio.

Echó un vistazo a la mesa de Jack, donde él y su cita parecían estar absortos en su conversación. Ella era muy atractiva y llevaba un vestido rojo monísimo, así que, salvo que fuera terriblemente aburrida, Jack había empezado con buen pie.

Volvió a mirar a Stephen, el dentista, y se sintió bastante satisfecha con el inicio de su velada.

Comenzaron a hablar de su trabajo, y él resultó ser muy interesante y divertido, compartiendo historias de terror odontológico. Ella aportó sus propias anécdotas y, para su sorpresa, se encontró relajada y a gusto.

Sí, estaba disfrutando mucho de esa cita.

Cuando llegó la comida, no le apetecía nada comer cordero o *risotto*. Aun así, empezó con la carne (algo que podía tolerar siempre que no se imaginara a pequeños corderitos esponjosos) y se dedicó a remover el *risotto* para simular que comía algo, mientras repetía varias veces: «Mmm... Esto está delicioso».

—Bueno, se supone que tenemos que hablar de nuestras experiencias amorosas, ¿no? Es lo típico en una primera cita.

Hallie dejó el tenedor y bebió un buen sorbo de vino antes de contestar:

—Mmm... Sí, eso parece.

—Solo quería decirte que estoy divorciado.

No sabía qué debía responder. No le importaba salir con alguien que estuviera divorciado, pero tampoco quería soltar ninguna trivialidad como «¡Me encantan los divorcios!». Para ella, un divorcio era igual a su ruptura, salvo por el hecho de que él había tenido una fiesta con invitados elegantes y ella no.

—Nos casamos jóvenes, supongo, y no nos dimos cuenta de que no teníamos mucho en común hasta que fue demasiado tarde.

Hallie asintió.

—Suele pasar.

—Lo más duro fue contárselo a los gemelos.

—¡Ay, Dios mío! —Hallie dejó la copa y se aclaró la garganta—. No sabía que tenías gemelos. ¿Qué edad tienen?

—Cuatro años —respondió Stephen, con una sonrisa que demostraba lo mucho que los adoraba—. Son increíbles.

—A esa edad son muy graciosos. —Le sorprendió que no hubiera incluido ese dato en su perfil. Jamás se le había ocurrido que podría conocer a alguien con hijos en la aplicación de citas. ¿Sería capaz de ser madrastra? ¡Dios! Ni siquiera quería planteárselo.

—Sí. Por fin han dejado de meterse todo en la boca y de quedarse dormidos encima de mí.

Se le cayó un poco la baba al imaginarse a ese hombre tan atractivo con dos niños pequeños durmiendo sobre él. Sí, Stephen le estaba revolucionando las hormonas.

—¿Y cómo le explicas a alguien tan pequeño que su padre y su madre se van a divorciar? —preguntó. Sus padres eran de los que seguían en lema de «No te soporto hasta que la muerte nos separe» a rajatabla.

—Mi ex y yo estábamos muy afectados cuando nos sentamos con ellos —indicó él, con la voz cargada de sentimiento—, pero fuimos sinceros y les dijimos: «Mirad, cuando os compramos y os trajimos a casa, nuestra intención era vivir juntos para siempre».

Hallie entrecerró los ojos. ¿Había dicho «compramos»?

—«Pero a veces el "fueron felices y comieron perdices" no es posible» —continuó él—. «Y no pasa nada. Os queremos a los dos, pero vamos a tener que separaros».

Hallie no podía dejar de oír en su mente la palabra «comprar» mientras él seguía hablando. Se le habían llenado los ojos de lágrimas y se le veía muy emocionado, pero a ella le estaba costando empatizar, porque estaba intentando asimilar lo que había dicho. «¡¿Compramos?!».

—Separar a los hijos nunca es lo ideal, pero nos pareció que era mucho mejor a toda una vida de interacciones forzadas que seguramente acabarían en discusiones, ¿no crees?

Hallie apretó los labios antes de preguntar:

—Entonces, ¿los gemelos son adoptados...?

Stephen sonrió con aire culpable.

—Yo no diría exactamente «adoptados», porque queríamos asegurarnos de conseguir exactamente lo que queríamos.

Hallie simplemente lo miró. Ya no se le caía ninguna baba, todo lo contrario.

—Sí, ya lo sé. Hay que adoptar. —Stephen soltó un suspiro y entrelazó las manos debajo de la barbilla—. Pero queríamos *Labradoodles* de la misma madre.

«¿Perros?». ¿Estaba hablando de sus perros? ¿De verdad había pensado que era evidente? Hallie no pudo evitar fruncir el ceño antes de decir:

—Entonces, en realidad no son gemelos.

Él la miró confundido.

—Sí lo son.

—Los perros gemelos no son muy comunes. —Sabía que estaba siendo quisquillosa, pero en ese momento estaba bastante molesta con el dentista—. Un embarazo con solo dos cachorros en la camada...

—Ah. —Él carraspeó y frunció el ceño—. Bueno, entonces son *Labradoodles* idénticos de la misma camada.

Apretó los labios y se dijo a sí misma que no era para tanto. Vale, ese hombre hablaba de sus perros como si fueran sus hijos; eso no era nada malo, ¿verdad? Al menos no era un imbécil que odiaba a los animales. Respiró hondo. «Tranquila, Hal».

—Así que cada uno se quedó con un perro cuando os separasteis, ¿no?

Stephen asintió. Se le volvieron a llenar los ojos de lágrimas.

—Uno de los motivos por los que queríamos esa raza en concreto es porque son animales muy sensibles, por eso nos resultó tan difícil decírselo.

Hallie asintió con un gesto de comprensión, aunque no le resultó fácil.

—No me lo puedo ni imaginar.

Estaba intentando conectar emocionalmente con él, ya que era una persona muy empática, pero el doctor Stephen se había puesto a llorar en plena cena porque le preocupaban las secuelas que su divorcio podía haber dejado en sus perros.

Unos perros que, hasta hacía cinco minutos, había creído que eran niños.

En cuanto él se secó los ojos y pasaron a un tema de conversación menos traumático (el nuevo cine que habían abierto en la zona oeste de la ciudad), Hallie se disculpó y fue al baño. Y mientras atravesaba el restaurante y se dirigía al pasillo que llevaba al servicio, sintió una decepción tremenda.

Porque la conversación sobre los perros, o quizá el malentendido sobre los niños, le había provocado un súbito rechazo. Esa primera atracción por el dentista se había esfumado y tenía la impresión de que era algo definitivo.

—¿Cómo te está yendo con el dentista, PC?

Se dio la vuelta, y allí estaba Jack, entrando también en el pasillo que daba a los baños. Al ver que su compañero de aventuras le sonreía, sintió cómo su propio rostro se iluminaba con una gran sonrisa.

—¡Ay, Dios! Jack, no te lo vas a creer.

Lo agarró de la manga y lo llevó hacia el baño de mujeres para que no los pudieran ver desde la zona de mesas. Luego alzó la vista hacia esos ojos azules llenos de picardía y le contó a toda prisa la conversación tan absurda que habían tenido.

—¿Crees que me estoy comportando como una bruja? ¿Él es un adorable amante de los animales y yo estoy siendo una auténtica idiota?

Jack la miró con los ojos entrecerrados y a ella le volvió a impresionar lo alto que era.

—¿Ha llamado literalmente a sus perros «hijos» o ha sido una interpretación tuya?

Hallie frunció el ceño, recordando la conversación.

—Al principio habló de los gemelos, pero luego sí, dijo sus «hijos».

—No, no te equivocas. Es una locura.

—Gracias. —Se sintió un poco mejor—. ¿Qué tal Carlie?

—Es una chica estupenda, excepto por el hecho de que quiere que la traten como a una reina.

—¿Y? —Jack parecía el tipo de persona atento y considerado con sus parejas—. ¿Tanto cuesta tratar bien a una mujer?

—No, quiere que la traten como a una auténtica reina. —Echó un vistazo por encima del hombro, como si temiera que lo descubrieran—. Busca a un hombre que la idolatre, la colme de regalos, cumpla todos sus caprichos... palabras textuales de ella... y nunca mire a otra mujer.

—Me estás tomando el pelo —dijo ella, apoyándose en la pared—. Nadie diría eso en una primera cita.

—Ha sido culpa mía. —Jack se metió las manos en los bolsillos—. Cometí el error de decirle que la mujer que me explicara claramente lo que espera de un hombre se ganaría todo mi respeto.

—Desde luego. —Hallie puso los ojos en blanco—. Tú te lo has buscado.

—¿Verdad?

—Será mejor que me vaya o Stephen va a venir a buscarme o a pensar que tengo diarrea.

—¿Quieres irte? —preguntó Jack, con un tono de preocupación que le produjo un hormigueo en el estómago.

—¿Cómo?

—¿Que si quieres dar por finalizada la cita? ¿O todavía te lo estás pensando?

Hallie se rio.

—Bueno, teniendo en cuenta que se refiere a sus perros como «los gemelos», sí, quiero irme ya. Pero no quiero ser una maleducada; Stephen es un buen tipo.

Jack se dirigió hacia la puerta del baño de hombres y dijo:

—Entendido. Parpadea tres veces cuando quieras que nos larguemos a comer tacos.

Hallie se rio por lo bajo y parpadeó tres veces de forma exagerada.

Él hizo un gesto de asentimiento con la barbilla y luego ambos entraron en sus respectivos baños. Cuando regresó a la mesa, Stephen estaba mirando su móvil.

—Lamento la tardanza —se disculpó, sintiéndose culpable—, pero mi madre me ha enviado un mensaje y es complicado de explicar.

—¿Va todo bien?

Stephen parecía realmente preocupado, y a ella le molestó sentir ese rechazo hacia él, porque ese hombre era atractivo, simpático, con una buena profesión: el partido ideal para muchas personas. También debería haber sido la cita perfecta para ella, pero no, tenía que estar obsesionado con sus perros.

Jamás se imaginó que podría desarrollar esa animadversión hacia alguien por algo como eso.

¿Acaso era un monstruo?

—Bueno, mi madre…

En ese momento, la camarera se acercó a la mesa y preguntó:

—Disculpe, ¿es usted Hallie Piper?

—Sí… ¿Qué sucede? —Hallie miró primero a Stephen, y luego a la camarera.

—Su madre ha llamado y ha dicho que su tía Helen ha vuelto a las andadas y que, para evitar que cometa el error más grande de su vida, si es que eso es posible, tiene que reunirse con ellos en diez minutos.

Hallie tragó saliva.

—¿Cómo?

—¿Era eso lo que estaba diciendo tu madre por mensaje? —preguntó Stephen.

—¿Qué? —Hallie lo miró.

—En el baño —dijo Stephen, como si estuviera esperando que ella se diera cuenta de la situación—. Dijiste que era complicado… ¿no?

—Ah. —Parpadeó e intentó comprender qué era lo que estaba sucediendo. Se había inventado una excusa con lo del mensaje de su madre. Y ahora el plan de Jack también… ¿involucraba a su madre? Hizo un gesto de asentimiento—. Sí, exacto. Es un lío. Creía que ya lo había superado, pero está claro que sigue pensando que mi tía necesita ayuda.

Puso los ojos en blanco y movió la cabeza como si todo aquello le resultara agotador.

—¿Tienes que ir con ellos? —inquirió él.

—Sería lo mejor, sí —respondió ella—. A ver, ya hemos terminado de cenar, así que prácticamente hemos acabado, ¿no?

Stephen parecía estar tratando de descifrar si estaba intentando librarse de la cita o si era cierto que tenía una tía excéntrica y una madre controladora. Al final, asintió.

—Sí, claro, es lo mejor.

Recogió el bolso antes de intercambiar el típico «Ya te llamaré», que luego casi nunca se materializaba.

—Gracias por la cena, Stephen.

—Cuando quieras repetimos —respondió él. Entones ella hizo un gesto de despedida con la mano y salió prácticamente corriendo por la puerta principal.

Cuando llegó al Taco Hut, pidió un margarita en la barra y fue directamente a la terraza trasera. Por alguna razón, sabía que Jack estaría allí, y no se equivocó. Estaba recostado en una silla, con un vaso de tequila en la mano, sonriendo con sorna mientras la observaba acercarse.

En otro momento, la manera en que la estaba mirando podría haber significado algo, pero ahora estaba convencida de que él tenía razón: solo era la química normal que existía entre dos personas que se habían acostado antes.

—Bueno, esa ha sido la llamada más rara de la historia —señaló ella.

—Por eso es la bomba —repuso él, moviendo la silla de en frente para que pudiera sentarse—. Pones una excusa tan descabellada, que a la otra persona no le queda más remedio que decir: «Deberías irte».

—No sé si calificarla como «la bomba», pero sí que es entretenida —dijo ella mientras se sentaba y daba un sorbo a su bebida—. Sé que acabamos de cenar, pero me apetece un taco.

—Ya te he pedido uno.

—¿En serio?

—Un taco de pollo con queso en la base.

Hallie casi se atraganta al reír y tragar a la vez.

—¡Te has acordado!

—¡Claro! ¿Qué gracia tiene comerse el queso frío y duro?

Le fue imposible no sonreír al ver a Jack allí sentado, pensativo, satisfecho consigo mismo y absolutamente encantador.

—Vaya, Marshall, nunca te había oído hablar con tanta sensatez.

Él alzó su vaso.

—Gracias, Piper.

Ambos se quedaron callados un instante, sonriendo ante lo absurdo de la situación.

—¿Quieres saber algo curioso? —preguntó Hallie, jugueteando con la pajita y su bebida.

—Adelante —respondió él.

—De camino aquí, me he dado cuenta de que mi cita de esta noche, aunque no haya sido el hombre ideal, me ha dado esperanzas de encontrar a don Alma Gemela.

Él ladeó un poco la cabeza.

—¿Cómo es eso?

—Porque Stephen es una buena persona. No es para mí, pero es un buen partido: tiene éxito, es simpático y atractivo. Así que, aunque no haya funcionado, sigo teniendo esperanzas. *Puede* que el siguiente Stephen sea el adecuado.

Jack asintió.

—Supongo que ese es el propósito de las citas. Encontrar a esa persona especial que es algo más que un buen candidato.

—Exacto —dijo ella, cruzándose de brazos—. Tengo la sensación de que estoy cerca.

—¡Que Ditka te oiga, Piper!

—Deberías dejar de decir eso.

Al final, terminaron cerrando el Taco Hut después de darlo todo en el juego de trivial que se celebró en el local. Hallie era una *crack* en la categoría de entretenimiento y Jack sabía un montón de historia, así que les resultó imposible marcharse yendo en primer lugar.

Cuando salieron, fueron caminando a casa; algo que a Hallie, que iba un poco achispada, le pareció la mejor ventaja de vivir en el centro.

—En serio, debería vender mi coche —comentó, disfrutando del ambiente nocturno de la ciudad, cautivada por las luces de colores, el ruido de los coches y el aroma a comida deliciosa y a basura—. Me encanta esto.

—Cuidado con el barro —le advirtió Jack, señalando una capa espesa de lodo en la acera—. No querrás mancharte las botas.

Hallie le sonrió y le dio un suave golpe en el brazo con el suyo.

—Sabía que te habías fijado en mis preciosas botas de ante.

—Solo me he fijado en ellas cuando te has tambaleado un poco después de las cervezas. —La agarró del brazo para detenerla—. Mira.

Habían llegado a una zona que debía de ser la más baja de la calle porque la acera estaba completamente cubierta de barro.

—Ay, me voy a destrozar las botas —se lamentó ella.

Jack negó con la cabeza y soltó un suspiro.

—Sube.

—¿Qué?

Se inclinó ligeramente y se señaló la espalda.

—A caballito.

Ella abrió la boca, sorprendida, y se rio.

—¿Lo dices en serio, Jack?

—Sube y calla, Hal.

Se montó sobre su espalda, y él se enderezó y la llevó hasta su edificio como si no pesara nada. Enterró su fría nariz en el cálido cuello de él, embriagándose con el olor de su jabón y su aroma tan masculino. Por suerte, él no se quejó demasiado.

—Tienes la nariz helada.

—Pero tu cuello está tan calentito que no he podido resistirme —se defendió ella antes de pegar un poco más la nariz a su piel.

—Está bien.

Cuando por fin llegaron a su edificio, ella se bajó de su espalda y sacó un dólar del bolso.

—Para usted, caballero —bromeó, tendiéndole el dinero. —Gracias por acompañarme a casa.

—¿Un dólar? —Jack hizo una mueca de disgusto y le arrebató el billete—. Que conste que valgo más que eso. Pero me lo voy a quedar.

—Muy bien. Ten cuidado de regreso a casa.

Él la miró, enarcando las cejas.

—¿Estás preocupada por mí?

—Más quisieras. —Levantó su llavero de control remoto y la puerta se abrió con un pitito—. Lo que me preocupa es que te pase algo antes de que pueda disfrutar de mis vacaciones gratis.

Capítulo
ONCE

Hallie cerró la hoja de cálculo y miró la hora: las cuatro y media.

Ese día había ido a la oficina vestida con la ropa que llevaría a su siguiente cita, ya que había quedado con Alex para tomar algo en cuanto saliera de trabajar. Ella y Jack habían tenido un par de citas más que habían terminado en el Taco Hut, pero después de la última, había empezado a hablar con un chico llamado Alex que prometía bastante.

Era un agente inmobiliario rubio y encantador con el que se había divertido muchísimo intercambiando mensajes. Al igual que Jack, era ingenioso y rápido.

Y, cuando la llamó, hubo química entre ellos a través del teléfono.

—Hallie —la interrumpió, Claire, la nueva recepcionista, asomando la cabeza en su despacho—, ha venido una tal Ruthie. Dice que quiere verte.

—Mierda.

La recepcionista la miró preocupada.

—Lo siento, ¿debería…?

—No, no, es cosa mía, Claire. ¿Puedes hacerla pasar, por favor?

—Claro.

Hallie tomó una profunda bocanada de aire. Sin embargo, antes de que le diera tiempo a prepararse, Ruthie irrumpió en su oficina, cerró la puerta detrás de ella y se sentó en la silla de en frente.

—Pero ¿qué narices, Hal?

No parecía enfadada, ni siquiera triste. Parecía… ¿confundida? Llevaba un vestido largo negro, junto con una gorra de capitán y unas gafas rojas, a través de las cuales la estaba mirando.

Intentó encontrar las palabras adecuadas.

—Ruthie, quería hablar contigo antes de que vieras…

—¿Que te has llevado todas tus cosas? Ya es demasiado tarde. No me puedo creer que te hayas mudado.

—Bueno, verás… —empezó Hallie.

—Es por mis alergias, ¿verdad?

—¿Qué?

—Sé que quieres tener un gato, Hallie.

Hallie cerró la boca de golpe. Llevaba queriendo tener un gato desde que había roto con Ben, pero tampoco se había parado a pensarlo demasiado.

—¡Ay, Ruthie! Yo no…

—Lo entiendo, pero ¿me dejas por lo menos ir contigo a elegirlo?

No sabía qué decir. Solo atinó a soltar:

—¿Cómo?

—Porque siempre he querido tener un gato. Si yo fuera tú, también me habría mudado si eso me hubiera permitido tener uno. Pero, como es inviable, ¿puedo atiborrarme a antihistamínicos e ir contigo?

—Pues…

—¡Ay, Dios! —Ruthie abrió los ojos de par en par—. ¿Ha sido por otra cosa? ¿Te has mudado por otro motivo?

—No, no… Solo por lo del gato.

—Entonces, ¿vas a ir al refugio con ella mañana?

Hallie sonrió y alzó su copa.

—Por la cobardía.

Alex también levantó la suya y dijo:

—Por la cobardía. Y por los gatos.

Hallie soltó una carcajada; se lo estaba pasando en grande. Alex y ella se habían terminado un plato de nachos y ahora estaban dando buena cuenta de unos palitos de *mozzarella*, y seguían riéndose. No se lo podía creer, pero tenía grandes esperanzas con esa cita.

—Tengo que buscar nombres para gatos que estén bien —señaló ella.

—¿Qué tal Micifuz?

—Demasiado cliché.

—¿Garfield? —propuso él.

—Muy trillado.

—¿Ann-Margret?

Hallie enarcó las cejas y ladeó la cabeza.

—Ahora sí que empiezas a hablar mi idioma.

Pasaron otros diez minutos riéndose mientras Alex buscaba en Google nombres ridículos para gatos. Luego Hallie se disculpó para ir al baño y, en cuanto entró en el pasillo, se giró y esperó a Jack.

No tardó en aparecer, con su habitual sonrisa sarcástica. El chaleco negro, la camisa blanca y los pantalones negros le sentaban de maravilla.

Ese hombre sí que sabía cómo vestirse para una cita.

—Y bueno, ¿qué tal...? —preguntó él.

A Hallie le llegó el aroma de su perfume, caro pero sutil.

—La verdad es que me lo estoy pasando genial.

—No me lo puedo creer. —Frunció el ceño y la miró detenidamente, como si estuviera buscando una confirmación en su cara—. ¿En serio?

—Yo tampoco me lo creo. Alex es un encanto y muy muy divertido. Seguro que te caería bien.

Jack puso los ojos en blanco.

—Lo dudo.

—¿Y tú qué? ¿Cómo van las cosas con Kayla? —Su cita era una impresionante estudiante de doctorado que parecía la hermana mayor de Zendaya. En cuanto los vio juntos, le entraron unas ganas enormes de vomitar. Parecían una pareja de famosos, así que supuso que Jack estaría contento—. ¿Todo bien por ahora?

Jack tragó saliva.

—Por ahora.

Se acercó un poco más a él y notó que olfateaba un poco. ¿Llevaría un perfume demasiado fuerte?

—No me puedo creer que esté diciendo esto, Jack, pero quiero cancelar el plan de escape.

—Bueno —Jack se encogió de hombros con una expresión insondable en el rostro—, todavía es pronto. Hay tiempo de sobra…

—No, lo digo en serio. Lo noto. Hoy no necesito los tacos. —Sabía que debía de tener una sonrisa de oreja a oreja, pero no podía evitarlo. Por primera vez, estaba disfrutando de una cita, así que tenía ganas de saltar de alegría—. Ahora mismo ni siquiera quiero que se acabe la cena. Así de bien me siento.

Jack le guiñó un ojo.

—Parece que alguien está avanzando puestos para las vacaciones gratis.

—Que Ditka te oiga —repuso ella, antes de devolverle el guiño y entrar al baño de mujeres.

Jack

—Así que me quedé encerrada todo el fin de semana en el laboratorio.

Jack sonrió a su cita mientras bebía un sorbo de agua.

—Que no era lo que tenías planeado hacer, ¿verdad?

—En absoluto. —Kayla sonrió y siguió con su historia, pero él estaba más pendiente de lo que estaba sucediendo en la mesa de detrás de ella.

Hallie estaba riéndose y miraba a su cita como si se lo quisiera llevar envuelto para regalo. «Es imposible. Ese tipo no puede ser tan divertido». Pero cada vez que ella se reía, era como si el sonido encontrara la forma de llegar a sus oídos, por mucho que no quisiera escucharlo. Por no hablar de cómo sus labios rojos se curvaban cuando sonreía. ¿Acaso no se estaba dando cuenta del mensaje que transmitía? ¡Por el amor de Dios! Como siguiera lanzándole esas sonrisas tan seductoras, ese hombre se iba a creer que ya la tenía en el bote.

Quería que Hal encontrara a alguien. De verdad. Pero ese tipo no era el indicado. Llevaba tanto fijador en el pelo que su cabeza podría incendiarse si se acercaba a cualquier llama, y había algo en la forma como miraba a Hallie que le resultaba perturbador.

Se estaba poniendo de los nervios solo con ver la sonrisa de oreja a oreja con que la miraba.

Y, para colmo, llevaba unas Converse con una americana. ¿Qué se creía, un presentador de la televisión?

—Así que, resumiendo, cerraron la universidad y arrestaron al tipo. —Kayla se apartó el pelo de la cara y añadió—. ¿No te parece increíble?

—Desde luego —respondió, sintiéndose fatal por no estar pendiente de su cita. No era un imbécil, y Kayla se merecía toda su atención, hubieran conectado o no.

—Fue una auténtica locura… —En ese momento, el teléfono de Kayla sonó y, al mirar la pantalla, le dijo—: Lo siento, tengo que contestar, es mi compañera de piso. ¿Me disculpas un momento?

—Por supuesto. —¿Sería una de esas llamadas para tener una posible vía de escape de la cita? Suponía que era una táctica común en las primeras citas, así que no se iba a ofender si se trataba de eso.

Pero, en cuanto Kayla se alejó, sacó el móvil y escribió: «¿Estás segura de lo de los tacos, PC?». Y envió el mensaje.

Luego esperó. Vio cómo Hallie miraba su teléfono, leía el mensaje y se lo guardaba en el bolsillo sin responder.

Había ignorado su mensaje.

¿En serio?

Por alguna razón que no alcanzaba a entender, aquello le molestó. Y mucho. ¿Qué le había pasado a su compañera de aventuras? ¿Ahora que había conseguido a alguien que consideradada decente, ya le daba igual su alianza? Mientras la observó seguir con su cita como si él no existiera, se sintió un poco relegado.

Kayla regresó a la mesa y Jack logró tener una cena bastante amena con ella. Era una chica dulce, inteligente y divertida y no pudo encontrarle ningún defecto.

Entonces, ¿por qué tenía tanta prisa por terminar aquella cita?

Cuando la acompañó al coche, se dio cuenta de que ella esperaba que la besara, pero él no se sintió muy motivado y no quería fingir. Le dijo que la llamaría y se fue a casa.

Estaba cabreado a más no poder y completamente descolocado por aquel siniestro rubio.

Después, esperó unas horas y, a medianoche, por fin cedió a sus impulsos.

Jack: ¿Has llegado bien a casa?

Hallie: ¡Ay, Jack! Quería escribirte, pero creí que estarías ocupado con la estudiante de doctorado o en casa durmiendo.

Jack: Estoy haciendo ambas cosas. ¿Qué pasa?

Hallie: Pues la cena ha estado genial, y después me ha acompañado a casa. Ha hablado un montón y no hemos tenido ningún silencio incómodo, y luego me ha BESADO.

Jack: ¿Y...?

Hallie: ¡Ha sido ALUCINANTE! Ha hecho ese gesto de sujetarme la cara y he caído rendida. Ha habido un poco de lengua, pero sin pasarse. Un beso perfecto.

Jack: ¿No te parece un poco precipitado?

Hallie: ¿El qué? ¿Darse un beso en la primera cita? ¿Ahora eres un puritano?

Jack: Solo digo que apenas lo conoces.

Hallie: Claro que lo conozco. Trabaja en el sector inmobiliario, juega al sóftbol, su color favorito es el salmón y le gusta salir de fiesta.

¿Su color favorito era el salmón?

Jack: Tiene pinta de ser un capullo.

Hallie: SÉ LO QUE ESTÁS HACIENDO.

Jack se sintió culpable, sin saber muy bien por qué.

Jack: ¿A qué te refieres?

Hallie: Quieres ganar la apuesta, así que estás intentando sabotear la primera cita buena que he tenido.

Jack: Anda, vuelve a decirme cómo se llama.

Hallie: Alex Anderson.

Jack: Voy a buscarlo.

Hallie: ¿Qué? No. No hagas ninguna tontería.

Jack: No lo haré. Solo voy a buscar al señor AA en Google.

Hallie: ¿Has buscado también algo sobre la doctora Despampanante?

Jack: La he dejado en su coche y he venido andando solo a casa porque me has dejado tirado.

Hallie: Bueno, tampoco nos venía mal un descanso del Taco Hut. He engordado medio kilo desde que empezamos con la apuesta.

Jack: Estás estupenda, no te preocupes.

Hallie: Oye, ¿quieres venir conmigo y con Ruthie mañana a adoptar un gato?

Jack: Primero, ¿un gato? Y segundo, ¿todavía no se lo has dicho?

Hallie: Te llamo.

Cuando sonó el móvil, se lo llevó a la oreja mientras se recostaba en el cabecero y miraba un programa de deportes en la televisión.

—Hola, Piper.

—Ruthie se ha presentado hoy en la oficina, porque no estaban mis cosas.

—Vaya, menudo palo.

—¿Verdad?

Entonces Hallie empezó a contarle una historia enrevesada sobre su extraña compañera de piso y la adopción de una mascota. Y algo en su manera de hablar le recordó a cómo se había comportado la noche de la boda, en la cocina del hotel.

Dominante, autocrítica, divertida y encantadora a rabiar.

—Así que mañana, antes de entrar a trabajar, vamos a ir al refugio a adoptar un gato. Ruthie es un poco intensa, así que me estaba preguntando si te apetecería venir con nosotras. Ser la voz sensata en nuestro trío cazagatos.

—Quizá deberías pedírselo a Alex —dijo él, arrepintiéndose al instante.

—No quiero asociar a mi mascota con una potencial relación —explicó ella. Le pareció que estaba como adormilada. Su voz sonaba un poco más grave, más tranquila que de costumbre—. Podría complicar mucho las cosas. Prefiero elegir a mi gato con mis amigos, para que no haya malos rollos si le rompo el corazón o viceversa.

—No me puedo creer que vayas a adoptar un gato para evitar que se enfade.

—En realidad, es un pequeño precio a pagar.

Se rio ante lo absurdo de la situación.

—¿Adoptar un animal al que vas a tener que alimentar y cuidar hasta que la muerte os separe es un pequeño precio?

—Siempre he querido tener un gato. —Se la imaginó encogiéndose de hombros mientras le decía lo siguiente—: Y si tú puedes tener uno, estoy segura de que yo también puedo.

Contempló al señor Maullagi, dormido en su regazo.

—Está bien. —No le importaba pasar un rato con Hallie antes del trabajo. Se levantaba a las cinco y media para salir a correr, así que habría madrugado de todos modos—. Te recojo a las siete. Si vamos a hacer algo así, primero voy a necesitar un café.

—Eres un encanto —dijo ella. Por su tono de voz, supo que estaba sonriendo—. Voy a quedar con Ruthie directamente en el refugio. Como se suba a tu coche serás incapaz de deshacerte de ese olor.

—¡Ay, Dios! —Cada vez sentía más curiosidad por su antigua compañera de piso—. ¿A qué huele?

—A una mezcla de pachulí, cebolla y vainilla.

—¿Y eso a qué se debe?

—No lo sé. —Parecía que se estaba moviendo mientras hablaba—. Huele así desde el primer día que la conocí. Y me consta que se ducha, por lo menos, tres veces al día. Así que no es un olor corporal.

—Siento una mezcla de terror y emoción porque por fin voy a conocer a Ruthie.

—Yo también estoy aterrada y emocionada. Buenas noches, Jack.

—Buenas noches para ti también, PC.

DOCE

—Vamos, Jack —dijo Hallie con una sonrisa de oreja a oreja. Estaba sentada en el suelo con un enorme gato naranja en el regazo—. Ruthie tiene razón. Tienes que pasar la prueba de compatibilidad con los amigos.

Era absurdo. Hasta ese momento, toda la visita había sido un completo disparate. Se había reído tanto que le dolían los abdominales como si acabara de salir del gimnasio.

Ruthie, la preciosa amiga calva de Hallie, que iba vestida con una camisa estilo pirata y unos pantalones cortos (con unas botas Doctor Martens, por supuesto), había insistido en que cualquier gato que escogiera Hallie debía provocar emociones en cada uno de ellos.

Hallie se había enamorado al instante del gato más viejo y gordo que había visto nunca, y cuando se lo colocó en el regazo, pareció como si fuera obra del destino. El felino empezó a ronronear y a frotar la cara contra su mano. Sí, estaba claro que había encontrado a su mascota.

Entonces Ruthie, que estaba como una cabra, expuso su idea de la prueba de compatibilidad con los amigos y agarró al gato. En cuanto lo acunó en sus brazos, el animal levantó una de sus enormes patas y le dio tres zarpazos en la frente.

Jack se partió de risa.

Pero Ruthie no soltó al gato. Dijo que le fascinaba la energía que desprendía y el ímpetu que estaba demostrando, y se quedó allí, mientras el felino le propinaba dos zarpazos más antes de salir disparado hacia la puerta. Acto seguido empezó a estornudar, porque era alérgica.

Hallie recuperó al gato, lo sostuvo de nuevo entre sus brazos y el animal se calmó y retomó el ronroneo.

—Ven y siéntate al lado de la pequeña Hallie —le invitó Hallie, dando unas palmaditas en el suelo junto a ella—. Tengo curiosidad por ver si te da una paliza o no.

Cuando se ponía en plan sabelotodo, como en ese momento, había algo especial en su expresión. Le resplandecían los ojos. Se la imaginó de pequeña, poniendo la misma cara cuando se portaba mal.

—No va a atacarme —aseguró él. Se acercó a ella y se sentó a su lado—. Porque no se lo voy a permitir.

—Voy a salir a tomar un poco de aire —anunció Ruthie.

Jack la miró; a pesar de lo rara que era, era tan menuda y tenía un aire tan infantil, que en su interior se despertó su instinto protector.

—¿Quieres que te acompañe?

Ella puso los ojos en blanco.

—Míralo qué mono. Te asusta tanto que el gato te ataque que prefieres acompañarme al aparcamiento. ¡Anda y que te den!

—¡Que te den a ti, Ruthie! —replicó él; lo que provocó que ella soltara una carcajada descontrolada mientras abandonaba la estancia.

—¡Dios mío, Jack! Te adora —indicó Hallie con una sonrisa, acariciando al animal—. Nunca he visto a Ruthie comportarse de una manera tan dulce con un hombre.

La miró de reojo y pasó la mano por el lomo del gato.

—Lo primero que me ha soltado nada más verme ha sido: «Tu coche es una muestra de todo lo que va mal en el mundo».

Hallie se rio.

—¿Y luego qué te ha dicho?

—Que al menos no llevo una de esas matrículas personalizadas propias de los capullos.

—¿Lo ves? Eso significa que perdona que seas un hijo del capitalismo.

—¡Gracias a Dios! —Se rio. A pesar del olor del animal, captó el aroma de su perfume. No sabía cuál era, pero podía identificarlo con la misma facilidad que el olor a barbacoa cuando entraba en un restaurante.

—Por cierto, no me puedo creer que tengas un Audi y una camioneta —dijo ella con el ceño fruncido—. Debes de ser muy bueno en eso de la paisajería.

—¿Acabas de decir «paisajería»?

Hallie puso los ojos en blanco y asintió.

—Te juro que estoy sobria —aseguró, acariciando la enorme cabeza del gato.

—Eso espero, son las siete y media de la mañana.

—¿Quieres sostenerlo?

—¿Después de ver la paliza que le ha dado a Ruthie? —Miró su rostro radiante y luchó contra el impulso de trazar con el dedo la hilera de pecas de su mejilla—. No, gracias.

—Eres un gallina.

—Mira —dijo Jack, pendiente de cómo el gato lo estaba observando—. Este chico sabe que tú eres su dueña. Ha encontrado a su persona. Y ahora que te ha conocido, no quiere que lo pasen de brazo en brazo.

—¿De verdad crees eso? —Hallie sonrió como una niña abriendo los regalos de Navidad.

—Sí.

—¿Crees que soy su persona? —preguntó ella, mirándolo a los ojos—. Eso es algo precioso, Marshall.

Él se encogió de hombros.

—Lo sé, soy un puto genio precioso.

Hallie se rio y le dio un golpe en el brazo.

—Bueno, supongo que deberíamos irnos a trabajar ya, ¿no?

Jack dejó de acariciar al gato. ¿Se habría molestado en preguntar si en su edificio permitían tener animales de compañía?

—Sí, supongo.

—Si te pago —empezó ella, poniéndose de pie con el gigantesco gato en brazos—, ¿podrías pasarte por aquí después de salir a trabajar para que pueda llevármelo a casa?

Él también se levantó.

—Claro, pero solo si me pagas.

Hallie lo miró de reojo y dijo:

—Apúntalo en mi cuenta.

Después de devolver al gato y rellenar toda la documentación, Hallie recibió un mensaje de texto de Ruthie mientras salían del edificio.

—Vaaale. —Leyó el mensaje y negó con la cabeza mientras caminaban hacia el aparcamiento—. Ruthie dice que se aburría y se ha ido a casa con alguien. También que va a organizar una fiesta de adopción para mí y para sir Ronrony Hopkins este fin de semana.

—No estarás pensando en llamarlo así, ¿verdad?

Ella sonrió y se encogió de hombros.

—Me cuesta mucho decirle que no a Ruthie.

—Pues dile que ya le he puesto nombre yo y que también te cuesta mucho decirme que no.

Hallie se rio.

—¿Y qué nombre has pensado?

Jack desbloqueó el coche y ella abrió la puerta del copiloto.

—Pues… Tigger.

Ella se subió al coche.

—Ese nombre no está mal —dijo, antes de cerrar la puerta de un golpe.

Cuando se subió al vehículo y se abrochó el cinturón, Hallie estaba sonriendo mientras miraba el móvil.

—Alex dice que le gusta el nombre que ha elegido Ruthie.

A Jack le entraron unas ganas enormes de quitarle el teléfono y lanzarlo por la ventana.

—Alex es un capullo.

Ella puso los ojos en blanco y volvió a reírse.

—No vas a conseguir la pelota de béisbol, listillo.

Luego se dedicó a responder a Alex mientras él conducía un poco más rápido de lo normal. La manera en que sonreía y emitía soniditos le puso de los nervios. Era exasperante. Cuando por fin aparcó frente a su oficina, Hallie alzó la vista y exclamó:

—¡Vaya, no me creo que hayamos llegado ya!

—¿Verdad? —logró decir él, molesto por lo absorta que había estado con el móvil.

—Bueno, gracias por todo lo que has hecho por mí esta mañana. Estoy deseando volver a por Tigger, si todavía te apetece.

—Por supuesto. ¿Cuándo sales?

—A las cinco, pero ven cuando puedas. Además, ¿te importa si antes pasamos por Target? Tengo que comprar algunas cosas, como arena para gatos y una cama de esas tan monas para él.

—Seamos realistas —empezó él, aunque se distrajo un momento por sus encantadoras pestañas rizadas mientras ella lo escuchaba—. Si vamos a Target a por cosas para el gato, acabaremos comprando mil tonterías más y no saldremos de allí hasta diez horas después.

—Ya lo sé. —Hallie abrió la puerta emocionada—. Te prometo que será divertido. Nos probaremos ropa extravagante y haremos un desfile en los probadores.

Sí, eso era algo muy propio de ella.

—¿Y eso se supone que es divertido?

—Lo será cuando lo hagamos —dijo, bajándose del coche. Una vez fuera, se apoyó en la puerta y añadió—: Gracias por ser tan guay, pequeño Jackie.

—Nos vemos a las cinco, Piper.

La vio alejarse con una sonrisa en los labios, pero unas horas más tarde, cuando quedó con su hermana Olivia para comer, la sonrisa se había esfumado.

—Entonces me manda un mensaje para decirme que Alex la va a llevar a recoger el gato.

—¿Y? —Olivia lo miró como si no tuviera sentido lo que decía, mientras echaba kétchup en su hamburguesa.

—Ese tipo es un auténtico idiota, y la única razón por la que he ido esta mañana al refugio es porque ella no quería que él la acompañara.

—Habrá cambiado de opinión. —Olivia volvió a colocar el pan sobre la hamburguesa—. ¿Desde cuándo te importa con quién van tus amigos a recoger un gato?

—No me importa —respondió él, molesto por que ella no lo entendiera—. Solo creo que, quizá, se está precipitando un poco con ese tipo.

Le contó la costumbre de ir a Taco Hut después de sus citas y cómo Hallie había ignorado su mensaje la última vez.

Su hermana le puso esa cara exagerada de «¿En serio?» que le había mostrado miles de veces desde que eran niños.

—Así que, ahora que por fin ha encontrado a alguien decente, con potencial para ser su novio, ¿vas tú y te mosqueas?

—No estoy mosqueado, Liv.

—¿De verdad? —preguntó ella, enarcando una ceja.

—De verdad. —Pinchó la ensalada con el tenedor—. Solo quiero que encuentre a alguien mejor.

Olivia se recostó en la silla, se cruzó de brazos y ladeó la cabeza.

—¡Madre mía! Sientes algo por ella.

—¡Qué va! —respondió él soltando el tenedor—. ¿Por qué narices dices eso?

—Entonces solo la ves como una amiga.

—Exacto.

—¿Seguro?

—Sí. —Jack tenía ganas de gruñir a su hermana, pero en ese momento, como si estuvieran en medio de una de esas comedias románticas ñoñas, se acordó de Hallie corrigiendo a Vanessa cada vez que se refería a ella como «camarera» o del sonido de su risa cuando ese maldito gato se acurrucó en su falda negra, llenándola de pelos naranja. De pronto le dolía el pecho y se sentía un poco mareado—. Mierda. No lo sé.

Olivia abrió la boca de par en par y soltó un grito ahogado, pero se recuperó enseguida, cerrándola, y levantó la mano.

—Mira, no soy quién para decirte cómo tienes que actuar, pero, Jack, si no quieres que salga con ese tal Alex, ¿por qué no le fastidias su próxima cita?

—¿Eso es lo que me aconsejas como experta columnista? Deberían despedirte.

—No, escucha. Nada importante, solo alguna tontería como cancelar su reserva en el restaurante antes de que lleguen o presentarte en el refugio aunque él vaya, solo porque quieres ayudar a tu mejor amiga.

—Tengo que irme —dijo Jack. Cuando se levantó, se dio un golpe en la rodilla con la mesa—. ¡Joder! —espetó entre dientes.

—Todavía no he terminado, capullo —se quejó Livvie, mirándolo con los ojos abiertos como platos mientras se metía una patata frita en la boca—. Además, no has probado un bocado de tu comida. Siéntate.

—No puedo —indicó él, negando con la cabeza. Fue hacia la puerta. Estaba tan abrumado por la revelación que acababa de tener, que necesitaba tomar un poco el aire, estar solo y pensar. ¡Qué estúpido había sido!—. ¡Tengo que irme, Liv! —gritó a su hermana por encima del hombro.

Unas horas más tarde, entraba en el refugio de animales. En cuanto cruzó la puerta, vio a Hallie y a Alex de pie, frente al mostrador. Hallie estaba hablando con la mujer que había detrás del mostrador, y ese tipo dijo algo que la hizo sonreír.

Se suponía que era él el que tendría que estar haciendo que sonriera.

Se acercó hacia ellos y preguntó:

—¿Dónde está nuestro gato?

—¡Jack! —exclamó ella, sorprendida—. ¿Qué haces aquí?

Se encogió de hombros, sintiéndose un poco estúpido, aunque también feliz por cómo lo estaba mirando.

—Me he acordado del carácter que ha mostrado Tigger esta mañana y he pensado que quizá necesitabas que te echara una mano para llevarlo a casa.

—Hola, soy Alex —dijo el rubio con una sonrisa, antes de tenderle la mano.

—Jack —respondió él, estrechándosela—. Encantado.

—Y yo soy Carole —dijo la mujer del mostrador, vestida con una bata de color azul claro—. Vamos a buscar a tu gato.

Jack siguió a Hallie mientras intentaba meter al animal en un transportín que ella y ese payaso habían comprado en Target. «Mierda». El gato no quería entrar y Alex y él parecieron sumirse en una especie de competición para ganarse el favor de Hal.

Alex optó por la vía de la paciencia y esperó en cuclillas a que Tigger se acercara. Hallie, por su parte, seguía intentando agarrarlo, pero el peludo no estaba para bromas. Al final, fue Jack el que obtuvo la victoria, pero solo porque fue más rápido y prácticamente aterrizó encima del felino, sujetándolo hasta que Hallie pudo meterlo en el transportín.

Cuando terminaron en el refugio, Hallie dijo:

—Qué bien que hayas venido, Jack. No lo habríamos conseguido sin tu ayuda.

—Sí —añadió Alex, sonriendo a Jack, a pesar de que ambos compartieron una mirada que dejó claro que sabían lo que estaba pasando.

—No ha sido nada —comentó él mientras Hallie miraba al gato a través de la puerta del transportín.

—Vamos a pedir comida china y a ir a casa de Hallie a cenar —informó Alex, acercándose un poco más a ella—. ¿Te apuntas?

Hallie alzó la vista del transportín y lo miró fijamente, sonriendo y haciendo una mueca que Jack no supo si era un «Por favor, ven y sálvame» o un «Ni se te ocurra; quiero estar a solas con Alex».

—Gracias, pero ya tengo planes —respondió.

Y después, de camino a su coche, maldijo a su hermana y a sus absurdas ocurrencias, porque presentarse en el refugio no había frenado en nada el avance de Alex con Hallie, ni tampoco había mejorado su propia situación.

Sin embargo, unos días más tarde, cuando quiso quedar con Hal en el Taco Hut, pero ella no podía porque Alex había reservado en un restaurante elegante para cenar, fue como si escuchara la voz de Olivia en su mente y se le fue la cabeza. Marcó el número del restaurante y dijo:

—Llamo para cancelar una reserva.

Capítulo
TRECE

Hallie

Hallie cerró la puerta de su apartamento y echó el cerrojo. Mientras se quitaba los zapatos y dejaba caer la chaqueta al suelo, se dio cuenta de que seguía sonriendo. Alex la había dejado en la puerta hacía cinco minutos, pero era incapaz de deshacerse de esa sonrisa.

Tigger llevaba con ella una semana, y cada vez que llegaba a casa se lo encontraba durmiendo sobre su almohada. No lo oyó, pero eso tenía fácil solución. Fue hacia la cocina, abrió un cajón y sacó el abrelatas. Desde el dormitorio, le llegó el inconfundible sonido de un maullido antes del golpe sordo de unas patas aterrizando en el suelo de madera y unos pasos corriendo hacia ella.

Sí, su gato tenía el superpoder de oír el sonido del abrelatas desde cualquier punto del planeta.

—Hola, Tiggy. —Se agachó para acariciar su peluda cabeza naranja. Seguía sin creerse que tuviera un gato, pero estaba tan perdidamente enamorada de él, que agradecía todos los días que Ruthie hubiera malinterpretado sus motivos para mudarse—. Vamos a darte un poco de atún.

Abrió la lata y vertió el contenido en un plato pequeño. Cuando se dio la vuelta para tirar la lata vacía, le vibró el móvil. Esperaba que fuera Alex, pero se trataba de Jack, que había estado extrañamente silencioso durante los últimos días. Aunque quizá estaba tan prendado de la estudiante de doctorado como ella de Alex y no tenía tiempo para enviarle mensajes.

Jack: ¿Qué tal la cena?

Fue al dormitorio y se sentó en la cama.

Hallie: ¿Te acuerdas de que te dije que Alex había reservado en el Aquarium?

Jack: Sí, un sitio muy elegante.

Hallie: Bueno, pues cuando llegamos, no había ninguna reserva, ni mesas libres. Alex se puso rojo como un tomate y se molestó bastante.

Jack: Vaya, ¿el doctor Jekyll se convirtió en Mr. Hyde por no poder cenar pescado caro?

Hallie: No, Jekyll se convirtió en el puto Romeo.

Jack: ¿Te envenenó?

Hallie: Salió, hizo una llamada y luego me preguntó si me importaba dar un paseo.

Jack: Entonces, ¿llamó a su madre para que lo calmara?

Hallie: Calla y lee. Dimos un paseo, y una media hora después, me llevó a un iglú en el parque. Cuando entramos, había un calefactor, guirnaldas de luces y una manta de pícnic en el suelo con hamburguesas y patatas fritas.

Jack: ¡Venga ya!

Hallie se rio. Todavía no podía creérselo.

Mientras leía el mensaje, empezó a sonarle el teléfono. Cuando se lo llevó a la oreja, escuchó a Jack soltar:

—¿Me estás diciendo que al ver que no teníais reserva, ese payaso rubio organizó un pícnic en el parque?

—¡Sí, eso es exactamente lo que te estoy diciendo! —Se tumbó en la cama y cerró los ojos—. ¿No te parece absolutamente adorable?

Jack emitió un sonido parecido a un bufido.

—A mí lo que me parece es que sabía que no iba a conseguir mesa y se inventó toda la historia de la reserva para luego parecer adorable.

Hallie abrió los ojos y miró al techo.

—¡Qué tontería!

—Y has vuelto a casa a las diez, PC. Está claro que la química sexual brilla por su ausencia.

—Sé que quieres esa maldita pelota de la Serie Mundial, pero no me fastidies esto —le pidió.

Las cosas con Alex iban viento en popa y él era justo lo que buscaba en un hombre. Pero tenía que reconocer que Jack llevaba un poco de razón. Alex era perfecto. Sin embargo, aún no había sentido ningún tipo de chispa con él.

Le gustaba cuando la besaba (no le metía la lengua hasta la campanilla, ni le lamía la cara), pero no notaba esa tensión de «Toda esa ropa me está molestando» que había tenido con Jack en ese ascensor, cuando ambos habían ido achispados.

Pero eso llegaría.

Además, eso quizá no tenía tanta relevancia en el conjunto de una relación.

—Vale, lo siento. —Le oyó aclararse la garganta—: ¿Cómo está Tig?

Hallie se giró y sonrió.

—Tiene todo lo que podría desear en un mejor amigo.

Jack se rio; una risa profunda y ronca, como si estuviera cansado.

—Debería llevarle un poco de hierba gatera. A Maullagi ya no se la puedo dar porque se pone demasiado nervioso.

Le encantaba esa mezcla de irritación y cariño en su voz cada vez que hablaba de su gato.

—Deberías. Te echa de menos —dijo Hallie. Ella también lo echaba de menos; hacía tiempo que no pasaban un rato juntos—. Quiere enseñarte su nuevo hogar.

El día que volvió al refugio con Alex para adoptar oficialmente a Tigger, le sorprendió ver a Jack después de haberle dicho que no necesitaba que la acompañara. Él le había explicado que, cuando iba de camino a casa, pensó que quizá necesitaría ayuda. Luego, mientras acomodaban a su amigo peludo en el transportín, se había mostrado sorprendentemente amable con Alex.

Sí, había sido un detalle de lo más dulce por su parte y, sinceramente, no sabía qué pensar al respecto.

—Voy a estar en Minneapolis las dos próximas semanas por un asunto de trabajo, pero el viernes que regreso voy a cenar con Kayla. Quizá me pase por tu casa después.

—Me parece bien —repuso ella. A través de la ventana, contempló la ciudad sumida en la oscuridad—. Por cierto, ¿cómo te va con la estudiante de doctorado?

—Bien. —Jack volvió a aclararse la garganta y añadió—: Estamos tan ocupados con el trabajo que apenas hemos hablado, pero todo va bien.

—Pero la cena promete, ¿no? —preguntó, esperando que él se explayara un poco más sobre Kayla. Solía decirle cosas como: «Es una chica estupenda», pero nunca entraba en detalles.

—Claro, va a estar genial —afirmó él—. Calculo que llegaré a tu casa sobre las diez, ¿te parece?

«Va a estar genial». ¿Qué narices quería decir con eso?

—Podríamos pedir que nos traigan un helado y ver una película.

—Trato hecho. Tenemos una cita —confirmó él.

Hallie volvió a clavar la vista en el techo. «Tenemos una cita». Se preguntó, y no por primera vez, cómo sería tener una cita de verdad con Jack. No quería salir con él, valoraba demasiado su amistad, pero no podía negar que, de vez en cuando, recordaba con cierta nostalgia la apasionada noche que habían compartido en el hotel y el momento *Orgullo y Prejuicio* que tuvieron en su salón.

Siguieron hablando un poco más antes de colgar. Luego la llamó Alex.

Le gustaba hablar con él, en serio, pero era consciente de que a sus conversaciones les faltaba esa chispa de diversión que siempre estaba presente en las llamadas con Jack. Sí, seguro que era una comparación injusta, porque no compartía con nadie más esa conexión tan natural y espontánea que tenía con Jack. Eran amigos, lo que hacía que todo fluyera con facilidad, mientras que con Alex todavía estaba construyendo algo.

De modo que sí, la explicación era sencilla: la falta de chispa no tenía nada que ver con Jack, sino con lo reciente que era su relación con Alex.

Jack

Jack estaba esperando el ascensor del hotel cuando le vibró el teléfono. Era Hallie.

Hallie: ¡Ayuda! Voy a cenar y no sé qué ponerme.

La foto que siguió al mensaje mostraba dos pares de calzado: unas botas de tacón negras y unos zapatos de salón también negros.

Las puertas del ascensor se abrieron y Jack entró antes de responderle.

Jack: Depende del conjunto.

Hallie: Vale, un momento.

Mientras bajaba en el ascensor hasta el vestíbulo, le costó mucho no sonreír al imaginarse a Hal saltando a la pata coja mientras se calzaba a toda prisa.

Hallie: Opción 1.

En cuanto vio la foto del atuendo completo, no pudo evitar sonreír. Hallie estaba impresionante con un vestido negro, botas altas y pintalabios rojo, aunque estaba sacando la lengua y se había puesto bizca.

Las puertas se abrieron y Jack empezó a caminar hacia el vestíbulo.

Jack: Las botas son sexis; esa cara, no.

Hallie: ¿Qué te parece esta dosis de *sex appeal*?

Incluyó un primer plano de esa cara ridícula.

Jack: Muy atractiva. La opción 2, por favor.

Jack salió al fresco atardecer otoñal y se dirigió hacia su bar favorito. Siempre le había encantado el centro de Minneapolis pero, por alguna razón, todo le pareció aún mejor mientras intercambiaba mensajes con Hallie.

No sabía cómo había ocurrido, pero ella se había adueñado por completo de sus pensamientos.

Cada mañana, cuando salía a correr, era en *ella* en quien pensaba.

Y luego invertía demasiado tiempo el resto del día intentando averiguar qué hacer al respecto. Porque, aunque sentía algo por ella que iba más allá de la amistad, no estaba seguro de si merecía la pena dar el paso, si con ello iba a poner en riesgo todo lo que ya compartían.

Lo que explicaba por qué la estaba ayudando a decidir qué ponerse para una cita, en lugar de pedirle que saliera con él.

Estaba a medio camino del bar, cuando ella respondió:

Hallie: Aquí tienes la opción 2.

Era una foto de ella con el mismo atuendo, pero con los zapatos de tacón, que le daban un toque muy elegante y sexi. En esta ocasión, salía con los ojos medio cerrados y poniendo morritos de una forma exagerada.

Jack: Prefiero la 1, pero la 2 es más elegante, si eso es lo que estás buscando. Y no pongas esa cara.

Hallie: Optaré por la 1, pero solo porque es una cena. Y yo que creía que estaba sexi a más no poder.

Cuando recordó por qué estaban teniendo esa conversación, apretó los dientes.

Jack: ¿Vas a salir con Alex?

Hallie: En serio, creo que te caería bien si le dieras una oportunidad.

Marcó su número. Hallie le contestó entre risas.

—De verdad, Jack.

El sonido de su voz le afectaba de una manera que le resultaba patética.

—Lo dudo. ¿A dónde vais a ir?

Ella le dijo el nombre de un restaurante del que nunca había oído hablar y él respondió.

—Por muy buena que sea la comida, no cedas. La regla de la tercera cita es una tontería y no deberías sucumbir a esa presión.

¿Pero qué narices había sido eso? Quiso darse un puñetazo por hacer ese comentario.

—¿Qué tienes? ¿Quince años? —preguntó ella con una mezcla de indignación y diversión—. Si me apetece, haré lo que me dé la gana, muchas gracias.

Sabía que no estaba siendo razonable. Sin embargo, la sola idea de ella besando a Alex le revolvía el estómago. De hecho, le resultaba insoportable pensar en ella besando a cualquier hombre. No entendía cómo había pasado de no sentir nada a experimentar esas emociones tan intensas por Hal, pero eso lo dejaba descolocado y desconcertado.

—Te digo esto porque ese tipo me parece un poco falso y quiero que tengas cuidado.

—¡Ay! —suspiró ella con tono burlón—. Es tan tierno que haces que me entren ganas de abrazarte y darte un puñetazo en la garganta al mismo tiempo.

—Ese es mi punto débil —ironizó él, tratando de dejar de pensar en ella y Alex.

—¿Qué vas a hacer esta noche? —quiso saber ella.

—Voy de camino a un bar para cenar solo.

—Quizá encuentres a alguien —comentó Hallie, con un tono absurdamente optimista.

—No creo.

—¿Por qué no? ¿No te gustan las chicas de Minnesota?

—No me gusta interactuar con gente desconocida en bares.

—¿Perdona? ¿Cómo dices?

—En serio.

—Aclárame esto, por favor. ¿Resulta que a Jack Marshall, hombre conocido por desinhibirse en ascensores de hoteles con camareras guapísimas a las que no conoce de nada, no le gusta ligar en bares?

—Siempre me ha parecido un poco siniestro.

—Explícate, por favor —preguntó ella con tono divertido.

—Es solo que me parece un poco absurdo decidir si quieres hablar con alguien o no basándote solo en su aspecto. Lo veo muy…

—¿Superficial?

—Exacto.

—Tengo que maquillarme, pero me intriga esa faceta tuya. ¿Me estás diciendo que no te gusta elegir a una posible pareja solo por su apariencia, sin tener en cuenta antes su intelecto?

—Tienes un don con las palabras, y sí.

—Vaya, creo que podría entusiasmarme esa visión feminista que tienes sobre el ambiente de los bares —bromeó ella—. Si luego te aburres, mándame un mensaje, ¿vale?

—Vale. —Jack se aclaró la garganta y dijo—: Diviértete.

—Pero no demasiado, ¿verdad? ¿Nada de diversión de *ese* tipo?

—Eres un caso —repuso él, riendo.

Colgó mientras entraba en McKenna's, fue hacia la barra (donde siempre se había sentado con su tío Mack) y pidió una hamburguesa y una cerveza.

Miró a su alrededor; el establecimiento empezaba a llenarse por la hora feliz. Le resultó muy raro estar allí sin su tío.

En el pasado, siempre le había encantado viajar por trabajo a las Ciudades Gemelas, ya que era la excusa perfecta para quedarse con su tío favorito y pasar tiempo juntos. Mack vivía justo encima del bar, así que McKenna's se había convertido en su segunda cocina. Cada vez que pasaba unos días allí, Mack y él hacían casi todas las comidas en ese establecimiento.

Todo el que entraba por esa puerta parecía conocer a Marck y el personal lo trataba como a un miembro de la familia. Era como una especie de icono, la persona que animaba cualquier estancia con su sola presencia.

Y, cada vez que iba a visitarlo, Mack le presentaba a una novia diferente. Todas con un rasgo en común: eran muy divertidas.

Las mujeres con las que salía su tío eran atractivas, graciosas y siempre estaban dispuestas a pasárselo bien. Jack había crecido admirando a Mack y quería ser como él. Siempre se había preguntado por qué alguien querría casarse pudiendo vivir así.

Mack no era el alma de la fiesta; Mack era la *misma* fiesta allá donde iba.

—Aquí tienes —dijo el camarero, sirviéndole la comida—. ¿Quieres kétchup?

Jack miró al hombre, pero no lo reconoció.

—No, gracias.

Mientras desenvolvía los cubiertos de la servilleta y miraba la televisión tras la barra, le pareció surrealista que no hubiera ningún homenaje al tiempo que su tío había pasado allí, nada que conmemorara al hombre que había sido más un símbolo que un cliente habitual.

Ni una placa, ni una foto, ni un taburete con su nombre. Nada.

Ninguna evidencia de que el tío Mack hubiera estado allí alguna vez.

Era como si nunca hubiera existido.

Dio un buen sorbo a su cerveza y se acordó de su entierro. La familia al completo se había reunido en la funeraria, compartiendo anécdotas sobre él, pero nadie más apareció. Ningún amigo, nadie del bar, ninguna novia, ni una sola persona de su círculo cercano había acudido a presentar sus respetos.

Aquello era algo que todavía lo enfurecía. Y mientras cenaba en el bar y el local se animaba con el bullicio de la noche, su enfado por ese desplante a Mack fue creciendo. Era desolador pensar que su tío había creído tener una conexión especial con sus amigos y con ese bar. ¿Se había equivocado? ¿Acaso no había dejado una huella duradera en ellos, sino que simplemente lo habían apreciado sin más? ¿Qué había sido de todas esas mujeres que lo adoraban? ¿Dónde se habían metido?

Aunque su madre siempre había descrito a su hermano como un «soltero empedernido», Mack había sido mucho más que eso. Había sido la persona más amable, divertida y generosa que Jack había conocido, pero como había elegido no asentarse, ni formar una familia, parecía que eso había restado importancia a su existencia.

«Mierda», pensó Jack. Estaba reflexionando más de la cuenta allí solo. Necesitaba más cerveza.

Terminó de cenar, bebiéndose unas cervezas más, mientras fulminaba con la mirada a todos los que estaban pasando el rato en ese bar, viendo el fútbol. De pronto, aquel lugar que había sido uno de sus locales favoritos en el mundo le parecía un antro. Ya no quería seguir en ese puto bar. De modo que, en cuanto terminó el partido, pagó la cuenta y regresó a su hotel.

Justo cuando entró en la habitación, Hallie le envió un mensaje.

Hallie: ¿Qué estás haciendo?

Dejó la tarjeta llave en la mesa, se quitó los zapatos y se tumbó en la cama.

Jack: Acabo de llegar al hotel.

Hallie: Pues sí que has tardado en cenar. ¿Has conocido a alguien?

Jack: A la única persona que he conocido ha sido al camarero que me ha atendido.

Hallie: Qué triste, ¿no?

Aquello hizo que se sintiera un poco solo.

Jack: Ha sido una noche bastante rara. No quiero entrar en detalles, pero digamos que me encantaba este lugar porque iba con mi tío, y ahora que ya no está, no es lo mismo.

Su teléfono empezó a sonar. Al ver el nombre de Hallie en la pantalla, sintió una punzada en el pecho.

—Piper, te acabo de decir que no quiero hablar de ello.

—Ya lo sé —dijo ella. Por su voz, intuyó que estaba sonriendo—. Por eso te llamo. He pensado que podía hablarte de cómo ha ido mi noche.

—Adelante. —Se levantó y fue hacia su maleta—. Soy todo oídos.

—Vale. —Hallie se aclaró la garganta. Oyó al gato maullar de fondo—. Alex ha venido a recogerme y me ha llevado al restaurante. El lugar estaba bien, el vino era bueno y luego él pidió una bola de queso vegano como entrante y quiso que la probara.

—¿Es vegano?

—No, pero ya la había pedido en otra ocasión y me dijo que estaba deliciosa.

—No me digas que la probaste. —No se imaginaba a la quisquillosa de Hallie probando una bola de queso vegano.

—Insistió tanto que al final le di un mordisco. El bocado más diminuto que pude.

—¿Y? ¿Cómo estaba?

—No lo sé, porque unos segundos después de probarlo, me empezó a picar la garganta. Luego las mejillas se me pusieron rojas y me salieron manchas en el cuello.

—¿Eres alérgica? —Jack dejó de desvestirse—. ¿Estás bien?

—Sí, *ahora* sí. —Parecía cansada—. Pero esta noche he descubierto que tengo una alergia severa a los anacardos que, por lo visto, eran el ingrediente principal del queso vegano.

—¡Madre mía! —Terminó de quitarse los vaqueros, los metió en la maleta y volvió a la cama—. ¿Y qué habéis hecho después? ¿Seguro que estás bien?

—Alex tuvo que llevarme a urgencias, y estoy convencida de que me oyó potar hasta las entrañas en el cono de vomitar mientras esperaba al médico.

—¡Ay, Dios! —Le habría gustado estar allí para ayudarla—. Oye, ¿qué es eso del cono para vomitar?

—La enfermera me dio esa cosa que es como un círculo de cartón del que sale un depósito largo de látex. El cono para vomitar. Es como un condón para el vómito.

No pudo evitar reírse, a pesar de su mal humor y del susto que se había debido de llevar ella.

—Siento que hayas tenido que usar algo así.

—Bueno, más que usar, me he dejado la vida en ello.

—Te habría sujetado el pelo —confesó él, todavía riéndose—. Si hubiera estado allí, claro.

—Y si yo hubiera estado allí, habría cenado contigo para que no te sintieras tan solo.

Aquellas palabras tocaron algo en su interior. ¡Por el amor de Dios! ¿Qué le estaba pasando?

Se aclaró la garganta y preguntó:

—¿Cómo está el gato?

—Jack, es increíble. ¿Cómo es posible que me haya pasado todos estos años sin él y ahora, de repente, no me pueda imaginar la vida sin Tigger? ¿Te parece una locura tomarle cariño tan rápido?

—No —respondió él, sentándose en la cama—. No es ninguna locura.

Capítulo
CATORCE

Hallie

Observó a través de la ventana cómo Alex se detenía frente al Starbucks. Habían quedado para tomar un café rápido después del trabajo y, aunque se alegraba de verlo, había estado todo el día melancólica, echando de menos a Jack.

Llevaba casi dos semanas sin ver a su mejor amigo y, aunque hablaban y se escribían todos los días, no era lo mismo que tenerlo allí.

Las cosas con Alex iban fenomenal. Era atento, gracioso y atractivo, así que no tenía quejas. De hecho, esa misma mañana, mientras corría, había tomado una decisión.

Iba a preguntárselo.

Después de que Alex se sentara frente a ella y hablaran sobre cómo les había ido en el trabajo ese día, se lanzó. Lo había estado retrasando durante mucho tiempo, pero el asunto seguía ahí y no quería ir sola.

El recuerdo del desastre reciente aún estaba muy presente en su mente.

—Sé que todavía no somos oficialmente una «pareja» —empezó, mirando un tanto incómoda a su *frappuccino* en lugar de al rostro de Alex—, pero, ¿te gustaría venir conmigo a la boda de mi hermana? Se va a celebrar en Vail, va a ser algo íntimo, solo para la familia y los amigos más cercanos. Serías mi acompañante, pero si te supone un compromiso…

—Me encantaría —respondió él, cogiéndola de la mano—. Y también me encantaría que empezáramos a salir de forma oficial, si a ti te parece bien.

—¿En serio? —No estaba segura de si estaba lista para volver a tener pareja. Pero, mierda, había sido ella la que había sacado el tema.

—Absolutamente —aseguró él, sonriendo. Tenía una sonrisa bonita, de esas que formaban arrugas en las esquinas de los ojos, y sabía que era un buen partido. Sí, Alex era un gran hombre.

Él se echó hacia delante y presionó los labios contra los suyos en un beso tierno. Hallie cerró los ojos e intentó dejarse llevar. Notó la lengua de él rozando brevemente la suya antes de que Alex se apartara y le apretara la mano (al fin y al cabo, estaban en un Starbucks).

—Estoy deseando hacer ese viaje juntos.

A pesar de su entusiasmo inicial por no tener que ir sola a la boda de su hermana, doña perfecta, cuando llegó a casa se dio cuenta de que no sentía la misma emoción por ir con Alex. Su relación iba sobre ruedas, pero de una manera que le recordaba a una película navideña de Hallmark. Todo parecía perfecto: la ropa, el entorno, las palabras…, sin embargo, le faltaba ese toque de autenticidad.

Daba la impresión de que era forzado, como si ambos estuvieran interpretando el papel de dos personas que se enamoran.

Como necesitaba deshacerse de esa sensación y pensar en otra cosa, decidió enviar un mensaje a Jack.

> **Hallie:** ¡Adivina qué! Alex ha dicho que vendrá conmigo a la boda de Lillie.

> **Jack:** ¿Lo vas a llevar a Vail? ¿En serio quieres presentárselo ya a tu familia?

Se encogió de hombros.

> **Hallie:** Puede que sí…

Jack: No es el hombre adecuado y lo sabes. No vas a ganar la apuesta con ese tipo.

Hallie: ¿Nunca te has planteado que podrías estar equivocado? ¿Y si de verdad es el hombre indicado para mí?

Esperó su respuesta con una leve sensación de ansiedad. Los puntos suspensivos que indicaban que estaba escribiendo un mensaje aparecían y desaparecían. Al final, después de cinco minutos, Jack contestó con un simple: «Supongo que el tiempo lo dirá».

No supo por qué, pero aquella respuesta la decepcionó. Le habría gustado que a él le importara que pudiera estar a punto de ganarle la apuesta, que le dijera que era una tontería que ella creyera que era el hombre indicado.

Pero no lo hizo.

Además, ¿qué pasaba con Kayla? Él nunca hablaba de ella, pero sabía que seguían viéndose. ¿Qué significaba eso?

¿Se estaba enamorando de la guapísima estudiante de doctorado?

Se pasó toda la noche en vela, dando vueltas en la cama, preocupada por que su relación con Jack estuviera llegando a un punto crítico. Y, aunque quería que ambos encontraran un final feliz con sus almas gemelas, la idea de un cambio, sobre todo con Jack, le provocaba un nudo en el estómago.

QUINCE

Jack

Jack guardó las llaves en el bolsillo y se dirigió hacia la puerta de entrada al edificio de Hal, llevando consigo una pequeña bolsa de hierba gatera. Había aterrizado hacía unas horas, y en cuanto puso un pie en tierra, había tenido que hacer un esfuerzo enorme para no correr directamente a su casa.

Porque estaba deseando verla.

No sabía exactamente qué iba a hacer o decir, pero algo había cambiado en Minneapolis. *Él* había cambiado en Minneapolis. Se había dado cuenta de que, por mucho que le asustara estropear lo que ya tenían, quería avanzar.

¿Se habría vuelto loco?

Entró en el vestíbulo y pulsó el botón del ascensor, preguntándose cuál sería el mejor momento para confesarle sus sentimientos.

Cuando se abrieron las puertas del ascensor, salió un hombre rubio que se detuvo en seco al ver a Jack.

—Oye, tú eres el amigo de Hal. Jack, ¿verdad?

Miró al hombre a la cara y lo reconoció al instante. ¿Y por qué la llamaba «Hal», como si fuera tan difícil pronunciar su nombre completo?

—Hola, Alex. ¿Qué tal?

—Bien, bien. ¿Vas a subir a ver a Hal ahora?

Jack asintió, preguntándose si podría aguantar que ese imbécil dijera «Hal» una vez más sin perder la paciencia. Además, ¿por qué le había preguntado eso? ¿A dónde más iba a ir?

—¿Te importaría llevarle algo? —Alex metió las manos en los bolsillos de su cazadora y dijo—: Le he comprado unos juguetes a Tigger, pero me los he dejado en el coche.

—Por supuesto.

Lo siguió hasta su vehículo, detestando el hecho de que viera a Hallie a diario, que comprara juguetes para su gato, aunque él mismo le estuviera llevando hierba gatera en el bolsillo. Alex abrió el maletero de su automóvil (un puto Camaro, cómo no), y él se quedó allí parado, sintiéndose más inferior que nunca, mientras Alex rebuscaba entre sus cosas y le hablaba de su vida como si fueran amigos.

—Hal es un encanto. No tengo ni idea de cómo he tenido tanta suerte de que aceptara ser mi novia.

Jack entrecerró los ojos. Se contuvo de soltar que era demasiado pronto para que Alex la llamara así, aunque en realidad lo era.

—Eh, sí, sí… Es genial.

Seguía sin poder creerse que ella lo hubiera invitado a la boda de su hermana, pero se negó a pensar en ello.

Alex seguía buscando. ¿Cuántos trastos se podían tener en un maletero?

—Aunque me alucina que alguien como ella estuviera en una aplicación para buscar pareja.

—Sí —dijo Jack. Estaba apretando tanto los dientes que temió que se le fueran a romper.

—Soy un ferviente creyente del destino, de que las cosas suceden porque así lo quiere el universo. Que ella me diera un «me gusta» me parece una pasada. —Dejó de buscar un instante—. Mírame, parezco un adolescente enamorado —se señaló con una sonrisa.

—Más bien pareces un machista.

—Cierto, he dado esa sensación, ¿verdad? —Alex se rio, lo que le cabreó enormemente. —Menos mal que no hay ninguna feminista en el aparcamiento que pueda escucharnos.

—Sería una putada, ¿no? —inquirió Jack. No estaba seguro de si estaba hablando en serio o no.

—Lo último que querría es quedar mal delante de Hal, así que sí, sería una auténtica putada. Aunque, si te soy sincero, me parece una chica demasiado dulce como para dar demasiada importancia a algo así.

—Te sorprenderías —comentó él, recordando cómo se había comportado durante el evento de las citas rápidas.

—No, no lo haría —sentenció Alex, cien por cien seguro de su opinión—. Aunque nos conocemos desde hace poco tiempo, siento que la conozco a la perfección.

No tenía ni idea de qué responder a eso, así que se limitó a murmurar:

—¿Ah, sí?

—Sí, como te acabo de decir, creo en el destino.

Jack no se pudo contener más.

—Pues, en este caso, yo no confiaría mucho en el destino. A veces la suerte llama a tu puerta, pero esto no se ha debido a que los astros se hayan alineado.

—Eso es lo que tú opinas.

—No, es la realidad.

—¡Qué va! —Alex negó con la cabeza y le sonrió como si fuera él el que estaba diciendo tonterías—. Es el destino, amigo, lo que pasa es que tú no lo entiendes.

—Mira, colega —espetó Jack, visiblemente irritado—. No se lo digas a Hal, pero hicimos una apuesta: ver quién de los dos encontraba el amor primero. De modo que sí, puede que lo que siente por ti sea real y que seas el hombre más afortunado del planeta, pero no fue ni el universo ni el destino los que hicieron que ella le diera un «me gusta» a tu perfil. Fueron las ganas que tenía de vencerme y ganarse unas vacaciones gratis.

—¿En serio? —A Alex se le demudó el rostro. Y, aunque Jack se arrepintió al instante de haberle dicho aquello, también sintió un pequeño atisbo de satisfacción.

—Totalmente en serio.

Alex se frotó la nuca y murmuró:

—Vaya.

«Mierda». Jack soltó un suspiro.

—De todos modos parece que le gustas de verdad, así que, al final, todo ha salido bien, ¿no crees?

Ahora Alex parecía distraído y molesto.

—Sí, supongo que sí.

—Si yo fuera tú —comentó Jack, intentando suavizar el tono porque, a pesar de lo que sentía por Hal y su antipatía hacia Alex, quería respetar su relación—, haría como si nunca hubiera oído esto y simplemente disfrutaría el momento.

—Es un buen consejo —dijo Alex con una sonrisa forzada antes de entregarle una bolsa—. Aquí están los juguetes para Tigger.

—Gracias. —Jack agarró la bolsa y se dio la vuelta.

Apenas había dado un paso cuando escuchó a Alex decir:

—Entonces…, tú y Hallie…

Se detuvo y se giró.

—¿Qué?

Alex volvió a meterse las manos en los bolsillos y le lanzó a Jack una mirada elocuente.

—¿Hay algo entre vosotros? ¿Algo más que amistad?

Volvieron a entrarle unas ganas locas de pegarle. Algo de lo más inusual, porque no era una persona violenta.

Negó con la cabeza y habló con una franqueza total.

—No.

—¿Y quieres que lo haya?

—Si lo quisiera —respondió Jack, exhalando—, se lo diría a Hallie. No a ti.

Dejó a Alex en su coche y regresó al edificio, sintiéndose mal por haberle metido ideas raras en la cabeza y por haber actuado como un auténtico cretino. Ya se disculparía la próxima vez que lo viera.

En ese momento, solo quería ver a Hal.

Hallie

—En serio, tienes que comprar un sofá.

Hallie y Jack estaban sentados uno al lado del otro en el suelo, con las espaldas apoyadas en la pared y las piernas estiradas. Acababan de terminar de ver otro episodio de *You* en Netflix. Ella lo miró y preguntó:

—¿Qué pasa? ¿Esta postura te resulta incómoda para la espalda, abuelo?

—¡Qué graciosa! —Jack le puso la mano en la cabeza y le revolvió el pelo con tanta fuerza que Hallie casi se cayó hacia un lado, riendo y chillando—. No, con esta postura, teniendo a tu gordito aquí encima, lo que me duele es el trasero, que es solo un año mayor que el tuyo.

En cuanto Jack se había sentado, Tigger se había tumbado sobre su regazo y no se había movido desde entonces.

—Ni siquiera te lo he preguntado: ¿pudiste pasártelo bien en Minneapolis? —Hallie se sentía un poco mal porque no sabía casi nada sobre su trabajo, pero ambos se divertían tanto cuando estaban juntos que no solían hablar de sus empleos.

—Ha sido un asco —respondió él, rascando a Tigger detrás de la oreja con una mano mientras con la otra navegaba por el menú de Netflix con el mando a distancia. —El trabajo estuvo bien, pero antes, cuando iba allí, me quedaba con mi tío y era como una especie de tradición familiar. Este viaje ha sido el primero desde que falleció y ha sido... no sé... raro.

«Su tío Mack». Hallie recordó que su hermana se lo había mencionado, pero como no quería meterse donde no la llamaban ni que se pusiera aún más triste, se limitó a murmurar:

—Vaya, menuda faena.

Jack asintió. Tenía la vista clavada en el televisor, en busca de algo que ver, pero a ella no le pasó desapercibido cómo se le movió la nuez de Adán al tragar saliva antes de decir:

—No me esperaba que fuera tan duro.

Estiró la mano, conmovida, y le dio un apretón de ánimo en el brazo.

—Lo siento muchísimo.

Él negó con la cabeza, como restando importancia al asunto.

—No es para tanto, así que deja de mirarme como si fuera un crío llorón.

Hallie le dio un pellizco en el brazo.

—No te estoy mirando de ese modo.

—Mentirosa. —Jack sonrió—. Por cierto, Kayla me dejó ayer por teléfono.

—Ay, no. —«Pobre Jack»—. ¿La estudiante de doctorado?

Él asintió con la cabeza.

—¿Y te dijo por qué? —No podía concebir que alguien no estuviera interesado en Jack. Era divertido, encantador y muy guapo. ¿Qué narices le pasaba a Kayla? Aunque él no le había contado mucho sobre ella, había tenido la sensación de que Jack había querido que se convirtiera en algo más serio.

—Bueno, ya sabes cómo van estas cosas —respondió él de forma evasiva, sin dejar de mirar la pantalla.

—No, no lo sé. ¿Qué te dijo exactamente?

—Tranquilízate, Hal. —Jack se empezó a reír. Cuando la miró, la tristeza en sus ojos se desvaneció—. Simplemente no estaba interesada en mí. A veces sucede.

Hallie también se rio, porque, con independencia de todo lo demás, estaba tan contenta de tener a Jack de vuelta que era incapaz de estar seria. Aunque le gustaba Alex como pareja, era consciente de que se lo pasaba mejor con Jack. Mientras veían la serie, se habían puesto hasta las botas de helado, y él ni siquiera la había juzgado cuando lamió el cuenco, ni cuando le había quitado un poco del suyo.

En ese momento, le vibró el teléfono. Era un mensaje de Alex, pero no le apetecía responderle hasta que Jack se fuera. Pero entonces leyó el mensaje. «¿Puedo llamarte? Es importante».

Tragó saliva; ¿qué estaría pasando? ¿Se estaba arrepintiendo de haber aceptado acompañarla a Vail el fin de semana? Le respondió con un: «Claro».

—Tengo que responder una llamada, vuelvo enseguida. Tú sigue viendo la tele —dijo mientras se levantaba y se dirigía a su dormitorio.

—Como si este grandullón me fuera a dejar hacer otra cosa —murmuró Jack, acariciando la enorme cabeza de Tigger.

Hallie entró en su habitación, cerró la puerta y se sentó en la cama. Cuando sonó el teléfono, contestó enseguida:

—A Tigger le han encantado los juguetes.

—Ah. Me alegro. —Oyó carraspear a Alex—. Mira, estas cosas se me dan fatal, así que voy a ir directo al grano. Me pareces una chica estupenda, pero no creo que lo nuestro vaya a funcionar. —A Hallie se le subió el corazón a la garganta mientras él seguía hablando, visiblemente incómodo—. Ahí fuera hay un hombre que va a tener mucha suerte, porque eres una chica genial, pero no creo que ese hombre sea yo.

Se sintió un poco mareada.

—Entonces… ¿me estás dejando?

—Yo… Sí, creo que sí —respondió Alex con voz temblorosa—. No eres tú, soy yo, de verdad.

—Vale. Entendido.

—Hallie, por favor, no…

—¿Es por haberte invitado a la boda? Porque si es demasiado pronto, no hay problema…

—No, lo de la boda tenía una pinta estupenda. Es solo que… no creo que estemos hechos el uno para el otro.

Hallie recibió aquel rechazo como un mazazo. No era suficiente para él. Alex no la quería. No quería ir a la boda con ella. Prefería estar solo a estar con ella. Sacó fuerzas de donde pudo y logró decir:

—Está bien, tengo que dejarte. Cuídate, Alex.

—Lo siento, Hal…

Colgó la llamada antes de pasar más vergüenza. Los ojos se le llenaron de lágrimas al instante. Se mordió el labio para no hacer ruido. Quería llorar a moco tendido, pero Jack estaba al otro lado de la puerta y no soportaba la idea de que la viera así.

Sobre todo cuando a él también lo habían dejado y lo estaba llevando con total entereza.

Pero en cuanto creía que tenía sus emociones bajo control, se acordaba de la boda de su hermana, en la que tanto ella como Ben serían parte del cortejo nupcial, y volvía a derrumbarse.

Era incapaz de contener las lágrimas y, al cabo de un rato, se olvidó por completo de Jack.

Hasta que oyó el golpe en la puerta.

—¿Hal? ¿Va todo bien? ¿Te has quedado dormida?

Si se quedaba completamente quieta, ¿pensaría que se había dormido y se iría?

—Como en los próximos diez segundos no oiga nada, entraré por si te has caído y no puedes levantarte.

—Estoy bien —dijo ella.

Pero Jack debió de notar algo en su voz porque añadió:

—Voy a entrar.

Abrió un poco la puerta. Cuando la vio, tragó saliva y se puso tremendamente serio.

—¡Dios! ¿Qué sucede?

Entró en la habitación, se acercó a ella y la abrazó con fuerza; lo que la hizo llorar aún más.

—No es nada grave —señaló ella entre sollozos—, pero Alex acaba de dejarme.

—Vaya —dijo él. Hallie sintió la tensión en sus brazos cuando preguntó—: ¿Y te ha explicado por qué?

Hizo un gesto de negación con la cabeza.

—La típica excusa de «No eres tú, soy yo».

Intentó no mostrar ninguna emoción, pero en ese momento se sentía como si no fuera digna del amor de nadie, y eso le producía tal tristeza que no podía fingir que no pasaba nada.

—Vamos, eso es una tontería. Lo sabes, ¿no? —murmuró él contra su pelo—. Ese tipo es un imbécil, porque eres una mujer increíble y cualquier hombre se consideraría afortunado incluso de limpiar el arenero de tu gato, ¿me has oído?

Aquello la hizo sonreír.

—La verdad —continuó él—, no sabía que te gustaba tanto como para que te doliera de esta manera. —Se aclaró la garganta y su voz se llenó de emoción al añadir—: ¡Dios! No sabes cuánto siento no haberme dado cuenta de lo mucho que te gustaba.

A una pequeña parte de ella la conmovió aquella disculpa; el hecho de que su amigo se sintiera mal por no haber sabido interpretar mejor sus sentimientos. Pero luego, mientras seguía allí, mirando al vacío, se puso a pensar en su primera frase. «No sabía que te gustaba tanto como para que te doliera de esta manera». Cuando visualizaba la cara de Alex, no se sentía tan triste. Cuando pensaba en que no iba a quedar más con él, tampoco sentía una decepción tremenda.

—Yo tampoco lo sabía —susurró—. Joder, ni siquiera lo sé ahora. ¿Es muy malo que piense que podría estar más triste por el hecho de que me hayan dejado que por perder a Alex?

—Para nada —dijo contra su pelo, todavía abrazándola con fuerza—. A mí me pasa lo mismo, Hal. El rechazo duele, incluso cuando viene de alguien que tal vez no nos importe tanto.

—No trates de justificar mi pésimo comportamiento —dijo Hallie entre risas.

—Pero es verdad, aunque seas un ser humano horrible.

Volvió a reírse y empezó a moverse para poder mirarlo. Jack aflojó el abrazo para permitírselo. En cuanto vio la sonrisa compasiva que le dedicó, supo que debía de tener un aspecto horrible.

—No se te ocurra decir nada, seguro que estoy estupenda.

Él le acarició la zona bajo las pestañas inferiores con los pulgares.

—Sin comentarios.

—El caso es… —empezó, parpadeando a toda prisa para evitar más lágrimas— que odio tener que volver a empezar desde cero. Con Alex, por lo menos, tenía la esperanza de estar avanzando.

Jack le recorrió el rostro con la mirada y comentó en voz baja:

—Lo entiendo.

«Claro que lo entiende».

—¡Y encima tengo que ir sola a la maldita boda de mi hermana la perfecta! —se quejó, incapaz de seguir conteniendo las lágrimas—. El otro día estaba tan contenta por haber llamado a mi madre y dejado caer de pasada que tenía un novio que me iba a acompañar… Ahora voy a tener que ir a Vail con el rabo entre las piernas.

—No, no tienes que hacerlo.

—Y creo que nunca te he hablado de mi ex, aparte del hecho de que rompimos. Pero Ben va a estar en la boda. Conmigo. —Se imaginó su cara y soltó un gruñido—. Voy a quedar como una tonta.

—No tienes que ir sola —repitió él.

—Sí, tengo que hacerlo. No tengo a nadie. —Se le volvieron a llenar los ojos de lágrimas.

—No —insistió Jack—. Mira, si quieres, iré contigo, y hasta que volvamos y «rompamos», seremos la pareja más maravillosa que hayan visto en la vida.

Hallie resopló y lo miró. Parecía que estaba hablando en serio.

—¿De verdad harías eso por mí?

Jack se encogió de hombros.

—Claro. Me encanta Colorado.

—Entonces —dijo, sin apenas creerse lo que estaba dispuesto a hacer—, ¿dejarás que les diga que eres mi novio y te comportarás como si estuvieras enamorado de mí?

—Hallie Piper —indicó él, con voz baja y ronca mientras la miraba—, desde el mismo instante en que entremos en el aeropuerto hasta el momento en que regresemos, estaré loca y perdidamente enamorado de ti.

Hallie se emocionó un poquito al oír esas palabras. «¡Dios! ¡Qué bueno es!», pensó, al tiempo que él la miraba como si fuera cierta cada palabra que le había dicho. Una sensación que se intensificó aún más cuando vio cómo se le tensaba la mandíbula.

Se levantó de la cama.

—No me puedo creer que vayas a hacer esto por mí.

Jack volvió a encogerse de hombros.

—Tampoco es para tanto. Somos amigos.

—Gracias por ser mi amigo, Jack —dijo con una sonrisa.

—Lo mismo digo, PC.

Capítulo
DIECISÉIS

Durante la semana siguiente, Hallie y Jack intercambiaron más mensajes de lo habitual mientras ultimaban los detalles del viaje y el alojamiento. Toda su familia iba a ir en el mismo vuelo, algo que la aterraba, pero se aseguró de reservar una habitación en una planta diferente a la de todos los demás.

El día del vuelo, se despertó un poco nerviosa a las cuatro de la madrugada. ¿Lo lograrían? ¿Podría Jack fingir que estaba enamorado de ella? En realidad, estaría más que satisfecha si conseguía mantener una actitud de «Hallie es genial».

Estaba cerrando su equipaje de mano cuando recibió un mensaje de Jack.

Jack: Buenos días, mi amor. ¿Te pillo un donut de camino a tu casa?

Hallie: Cuidado, si sigues diciendo cosas como esas, podría enamorarme de ti de verdad.

Jack: Te bañaré en donuts de chocolate el resto de tu vida, querida.

Hallie se rio.

Hallie: Creo que acabo de tener un miniorgasmo.

Jack: Voy para allá.

Y así pasó del nerviosismo a la emoción. Se iba a ir a Vail con Jack. La diversión estaba asegurada.

Revisó dos veces que tuviera absolutamente todo lo que necesitaba y dejó las maletas junto a la puerta de entrada.

Cuando se despidió de Tigger se le encogió un poquito el corazón, ya que le dada miedo que se sintiera abandonado. Ruthie se iba a «poner hasta el culo de antihistamínicos» (palabras textuales) y se iba a pasar por allí todos los días para darle de comer y jugar con él, así que se quedaba un poco más tranquila. Aun así, odiaba dejarlo solo.

Jack, por su parte, le había dicho que necesitaba con desesperación un fin de semana lejos del señor Maullagi, porque no paraba de hacerse pis en su alfombra del baño.

Al llegar, Jack llamó al telefonillo y ella bajó su equipaje. Cuando salió, la estaba esperando con el maletero de su coche abierto.

Estaba guapísimo, vestido con unos vaqueros y una sudadera negra. Tenía el tipo de pecho en el que a cualquiera le encantaría apoyar las manos, si es que eso tenía algún sentido.

—Buenos días, novio —dijo ella, arrastrando las maletas en su dirección—. ¿Listo para un fin de semana con el amor de tu vida?

Jack la miró con los ojos entrecerrados. Mejor dicho, miró la zona justo encima del cuello en V de su jersey negro.

—Por favor, dime que no estoy dentro de ese medallón.

—Ábrelo y verás —repuso ella con ironía. El viento azotaba su cabello, pegando mechones en su rostro.

Jack puso los ojos en blanco, estiró el brazo y abrió el medallón de plata que llevaba colgado de una cadena alrededor del cuello. Hallie se dio cuenta de que él no esperaba encontrar nada dentro, por eso le hizo gracia ver su expresión de asombro al descubrir lo que había en el interior.

—Eres una chica muy rara, explícame esto —le pidió entre risas.

Hallie sonrió de oreja a oreja y lo rodeó para agarrar una maleta y meterla en el maletero.

—Me hice ese selfi contigo cuando te quedaste dormido en el suelo viendo *Orgullo y Prejuicio*. Se me olvidó borrarlo, pero luego fue supersencillo imprimirlo y ponerlo en el medallón. Así que un hurra por mi mala memoria.

Jack continuó mirándola fijamente antes de decir:

—Sabes que esto es bastante aterrador, ¿no?

—Bueno, eso es lo que tú piensas.

—No, es lo que piensa cualquiera que viva en una sociedad civilizada.

—Da igual. Mi madre se va a volver loca cuando vea esta foto tan adorable de su hija haciendo el tonto con su novio.

—Qué pena que no se me ocurriera hacerte una foto mientras salías de mi habitación del hotel —dijo él, mirándola a los ojos mientras sostenía el medallón—. A tu madre también le habría encantado.

Hallie se acordó de él, dormido bocabajo en la cama y negó con la cabeza.

—Sigo sin creerme que fueras capaz de verme salir de allí.

Sus miradas volvieron a encontrarse.

—¿Te he dicho alguna vez que me muero por saber lo que recuerdas de aquella noche? —preguntó él en voz baja.

Hallie clavó la vista en sus ojos azules y preguntó con voz entrecortada:

—¿Qué recuerdas tú?

—Absolutamente todo —respondió él sin titubear, con total confianza. Luego sonrió—. Quizá deberíamos hablar de esto más tarde. Cuando tengamos tiempo para comparar impresiones.

—Sí —se apresuró a decir ella, apartándose el pelo de la cara. «Comparar impresiones»—. Más tarde.

De camino al aeropuerto, repasaron los detalles. En un primer momento, Hallie pensó que tendría que ayudarle a inventar historias, pero luego se dio cuenta de que podían usar casi todos los aspectos de su relación real.

Se habían conocido en la boda de su hermana, luego se reencontraron en una aplicación de citas y desde entonces habían estado enviándose mensajes y saliendo a comer tacos.

Fácil, ¿verdad?

—Entonces, en cuanto lleguemos al control de seguridad, nos convertimos en novios. —Hallie quería asegurarse de que él entendiera que iban a tener que fingir todo el tiempo. No sería bueno para su historia que, por ejemplo, alguien lo viera hablando con otra chica en la papelería del aeropuerto—. Ya sabes, por si acaso alguien nos ve y no nos damos cuenta.

—En cuanto lleguemos al control de seguridad empieza la actuación.

—Espero que no tengamos que sentarnos junto a todos ellos —dijo ella, pensando en lo entrometida que era su tía Diane. Adoraba a su familia, pero siempre estaban fisgoneando en los asuntos de los demás.

—Podemos viajar en primera clase —sugirió él, siguiendo la señal que lo dirigía al aparcamiento de larga estancia.

—¿En serio? —Hallie nunca había viajado en primera clase. Se volvió hacia él y preguntó—: ¿Eso saldría muy caro?

—Siempre que haya asientos disponibles, no me costará nada.

—¿Por todas las millas que tienes?

—Exacto.

—¡Dios mío, Jack! Estás poniendo demasiado fácil que me enamore de ti.

Él la miró de reojo.

—Me alegra oír eso.

Para cuando llegaron al control de seguridad, Hallie no podía parar de reír.

En el autobús lanzadera, el conductor no había dejado de gritarle a Jack que se agachara porque era demasiado alto y no podía ver por el espejo retrovisor. No tenían muy claro qué era lo que quería ver el conductor, pero su incapacidad para hacerlo lo había alterado en exceso.

Las caras que había puesto Jack cada vez que aquel hombre le gritaba, habían hecho que se desternillara de la risa.

Después, cuando llegaron a la terminal, Jack se había dado cuenta de que se había olvidado las llaves sobre el techo del coche, así que tuvo que llamar a un taxi de vuelta al aparcamiento para recuperarlas. Cuando regresó a la terminal, se le veía tan molesto que no pudo evitar volver a reírse.

—Eres todo un héroe, Jack —comentó mientras se acercaban a la fila del escáner de seguridad—. Te agradezco muchísimo que estés haciendo esto por mí.

—No deberías disfrutar tanto de mi sufrimiento —replicó él visiblemente irritado.

—Lo sé. Es un defecto de mi carácter.

—Cierto.

Cuando se unieron a la fila, Hallie sintió cómo Jack buscaba su mano, entrelazando sus dedos. Alzó la vista hacia su rostro, pero él estaba mirando al frente, como si agarrarla de la mano fuera lo más normal del mundo.

«¡Ohhh! Está metido de lleno en el papel».

Sabía que debía comportarse, pero algo en su interior la impulsó a ser traviesa y burlarse de él. O de la situación. Así que, sin saber muy bien por qué, empezó a mover el pulgar, acariciando aquella mano enorme.

—Hal —murmuró él, sin mirarla.

—¿Mmm? —respondió ella.

—Me parece estupendo que hagas eso —afirmó, apretando un poco más su mano—. Pero quiero que sepas que, si sigues haciendo eso cuando pasemos al tipo que escanea las tarjetas de embarque, te voy a besar.

—¡¿Qué?! —exclamó ella, quizá demasiado alto.

Jack la miró y esbozó una sonrisa letal.

—Me encanta este juego. Estoy a tope con él. ¿Hay algo que pueda hacerlo más emocionante que un desafío de superación?

Hallie sonrió.

—¿Qué es un desafío de superación?

—Una especie de atrevimiento o verdad. Tratar de superarnos el uno al otro. Yo te cojo de la mano, tú mueves ese pulgar tuyo de una manera que me vuelve loco. Yo te beso, y tú... me superas de alguna otra manera.

—De alguna otra manera. —Hallie no podía mirarlo a los ojos, así que giró la cara, ruborizada, para observar la cola delante de ellos—. Interesante.

—¿A que sí?

Ambos permanecieron en silencio un momento. Siguió acariciándole la piel con el pulgar a medida que avanzaban hacia el inicio de la fila. No dejaba de repetirse a sí misma que debía parar, que no era una buena idea, pero mientras esperaban en la fila a que comenzara su viaje, la invadió una vibrante emoción de anticipación.

Trazó un ocho con el pulgar sobre la mano de Jack justo cuando el hombre que tenían delante pasó su tarjeta de embarque por el escáner. El corazón le latía a toda velocidad. Pero entonces, Jack le soltó la mano para que cada uno pudiera mostrar el móvil con el comprobante de la tarjeta. Ahí fue cuando se dio cuenta de que debía de haber estado bromeando, porque habían llegado al frente de la fila y aún no la había besado.

—Gracias —dijo ella al agente de seguridad antes de guardarse el móvil en el bolsillo.

—Gracias —murmuró Jack.

Al dar un paso hacia la zona donde tenían que quitarse los zapatos, Jack la tomó de la mano y la hizo girar hacia él. Hallie alzó la mirada hacia esos profundos ojos azules y, antes de que le diera tiempo a pensar siquiera, él le sostuvo el rostro con las manos y bajó los labios hacia los de ella.

Mientras Jack inclinaba ligeramente la cabeza y le mordisqueaba el labio inferior, creyó oírle gruñir. Y luego, cuando le abrió la boca y jugueteó con su lengua, puede que ella también emitiera un suave gemido. Subió las manos para aferrarse a los brazos de él, o quizá en busca de apoyo, no estaba segura, y él se dedicó a explorar su boca con la lengua, besándola como si degustara un postre; un postre que no le habían dejado probar nunca y del que ahora no podía saciarse.

Un postre que ansiaba devorar.

Luego se apartó, la miró con una intensidad que hizo que se le doblaran las rodillas y dijo:

—Será mejor que nos movamos o vamos a bloquear la fila.

Hallie asintió.

—Sí... mmm... sí.

En cuanto pasaron el control de seguridad, Jack la agarró de la mano y la apartó de la gente. La miró con una expresión indescifrable y ojos serios y preguntó:

—¿Estamos bien?

Ella hizo un gesto de asentimiento.

—Estamos de maravilla.

Jack suavizó la mirada.

—Ha sido un beso increíble, ¿verdad?

—¡Madre mía, Jack! —dijo ella, sacudiendo la cabeza con una sonrisa—. Casi me desmayo.

Él echó la cabeza hacia atrás y rio. Su risa le resultó tan acogedora que le entraron ganas de envolverse en ella y dormir.

—Creo que me va a encantar ser tu novio de pega.

Capítulo
DIECISIETE

Jack

—La última vez que hablamos, me dijiste que estabais tonteando en la aplicación. ¿Y ahora sois pareja? —preguntó Chuck, el mejor amigo de Hallie y, ¿tal vez su primo?, en un susurro desde el otro lado del pasillo.

En cuanto Hallie y él consiguieron asientos en primera clase, Chuck y su novia, Jamie, hicieron lo mismo. A él la pareció bien, porque tenía ganas de conocer a sus amigos, aunque la idea de sentarse junto a ellos le provocaba cierto nerviosismo.

Parecía que, últimamente, estar nervioso se había convertido en algo habitual.

Porque se sentía culpable (tremendamente culpable) por cómo habían terminado las cosas con Alex. Solo había pretendido tocarle un poco las narices, pero nunca había querido que la dejara, y jamás se imaginó que Hallie lloraría de ese modo.

¡Dios! Se odiaba a sí mismo por haberla hecho llorar.

Cada hora, más o menos, se planteaba confesarle todo, pero luego se lo pensaba mejor. Sí, era un egoísta, y no quería enfrentarse a su ira cuando estaba deseando decirle lo que sentía por ella.

—Sí. —Escuchó cómo Hal le contaba a Chuck lo de su apuesta y sus cenas en el Taco Hut después de las citas. Cuando ella terminó con un «Y luego me di cuenta de que me lo pasaba mejor en el Taco Hut que con la gente que había quedado», se quedó alucinado, porque eso era precisamente lo que le pasaba a él.

—Vaya —comentó Chuck—. ¿Y es el mismo tipo con el que echaste un polvo borracha en el hotel?

—¡Ay, Dios! —susurró Hal prácticamente en un grito—. Sí, pero no lo digas como si fuera algo que hiciera todos los días.

Jack no pudo evitar reírse y añadir:

—Algún día te contaré cómo se puso a buscar desesperada su sujetador.

—Jack —le advirtió ella, poniendo los ojos en blanco. Luego, sin embargo, se encogió de hombros y dijo—: Está bien. Quiero oírlo. Cuéntame lo frenética que te parecí, porque lo único que hice fue intentar salir corriendo de tu habitación sin despertarte.

—¡Cielo santo! —exclamó Jamie, dando palmadas emociona-da—. Sí, necesito que nos cuentes esa historia.

—¿Estás segura? —preguntó Jack a Hallie.

—Sí, adelante —respondió ella, riendo—. Ya conocen lo peor de mí.

—Está bien. Bueno... —Jack se fijó en las pecas que Hallie tenía en la punta de la nariz. ¿Cómo era posible que la primera vez que la vio solo la considerara «mona»?—. No sé si ella lo recuerda o no, pero en algún momento de esa noche, aquí nuestra amiga se quedó dormida sobre mis pies, usándolos como almohada.

—¿En serio? —inquirió Chuck.

—¡Ay, madre! —se lamentó Hallie, arrepentida de haberle per-mitido seguir.

—Así que supe el instante en que se despertó porque sentí cómo la sangre volvía a mis pies.

Jamie no pudo contener la risa.

—Estaba a punto de levantar la cabeza y decirle algo encantador cuando rodó fuera de la cama, literalmente.

—¡Dios mío! ¿Me viste rodar? —preguntó Hallie.

—Sí.

—¿Y te pareció sexi o espantoso? —quiso saber Chuck.

—Divertido —respondió él. Hallie lo miró y esbozó una sonrisa lenta. Entonces el agregó—: De una manera sexi.

—¡Venga ya! —espetó ella.

—¿Y después qué? —le animó a seguir Chuck.

A Jack le estaba costando un montón no reírse.

—Después gateó hacia su ropa y…

—Un momento —lo interrumpió Hallie, todavía sonriendo—. Te miré mientras me ponía los pantalones y estabas profundamente dormido.

Jack se rio.

—Cerré los ojos a toda prisa cuando giraste la cabeza hacia mí.

Ella le dio un ligero golpe en el brazo. Jack capturó su mano y la sostuvo entre las suyas.

—Debió de darse cuenta de que el sujetador estaba en la cama, porque se acercó de puntillas y empezó a buscarlo entre las sábanas, intentando no hacer ruido.

A esas alturas todos se estaban riendo. A carcajadas.

—Y luego, esta tierna damisela aquí presente masculló un «¡Que le den!» y salió corriendo de la habitación.

Jamie y Chuck empezaron a aplaudir. Hallie se limitó a negar con la cabeza con una sonrisa de oreja a oreja. Y luego, Jack notó cómo le acarició la palma de la mano con el dedo índice; seguía con el desafío y él no tenía ni idea de cómo iba a acabar el fin de semana.

Porque parecía que estaba disfrutando, fingiendo que eran novios, pero a él le estaba empezando a costar recordar que todo era una farsa. Y cada vez que Hallie se apoyaba en su brazo, o le agarraba la mano, se estremecía un poco por dentro.

Por no hablar de cómo había respondido a su beso en el aeropuerto. ¡Joder! Había pensado que sería un *flashback* a su noche en el hotel, pero todo había cambiado desde entonces. Ahora las cosas eran completamente diferentes.

Aquella noche solo había sido una química instantánea con una desconocida.

Besarla en el control de seguridad fue como volver a casa.

Hallie

Jack era un hacha fingiendo ser su novio.

Apoyó la cabeza en el asiento, cerró los ojos y se dejó envolver por el sonido de la conversación entre Chuck y Jack. Oír las voces graves de sus dos personas favoritas del mundo la llenaba de una calidez y bienestar increíbles.

Pero mientras oía lo bien que Chuck se llevaba con Jack, se preguntó si debía confesarle la verdad a su primo. A Chuck se le daba fatal guardar secretos, pero ella odiaba mentirle.

Salvo por ese pequeño remordimiento, se había imaginado que estaría más preocupada o estresada por todo ese rollo de fingir ser pareja. Sin embargo, no lo estaba. En absoluto.

Era más, se sentía demasiado bien.

Por primera vez en su vida, afrontaba un evento familiar sin un ápice de ansiedad. Y todo gracias a Jack. Eso le recordó a cuando era pequeña y sus padres dejaban que se llevara a alguna amiga con ella para que todo fuera más tolerable. Ahora Jack era su amigo favorito y su presencia hacía que la boda de su hermana fuera más llevadera.

Y eso incluía la idea de ver a Ben.

Era muy consciente de que todo podía cambiar en cuanto se encontrara con su ex, pero en ese momento se daba con un canto en los dientes porque no se estaba volviendo loca al respecto.

En cuanto a las demostraciones de afecto público de Jack… Sí, la descolocaban y la excitaban. Al fin y al cabo, era humana, y ese hombre besaba como si su vida dependiera de ello; como si le estuvieran apuntando con una pistola en la cabeza y su única oportunidad de sobrevivir fuera hacerla estremecer de la cabeza a los pies con su boca.

Cualquier humano habría necesitado sales aromáticas después de un beso de Jack Marshall.

Pero ella atribuía esa reacción a lo que él mismo le había comentado en una ocasión: que sus cuerpos ya se conocían. Se habían acostado juntos, así que era lógico que su atracción sexual se alejara del terreno de «amigos que fingen estar enamorados» y se decantara más por el de «fuego descontrolado que devora miles de hectáreas».

Sí, estaba sorprendentemente serena.

De hecho, creía que el desafío de superación era lo más divertido que había hecho en mucho tiempo.

Se pasó el resto del corto vuelo con los ojos cerrados, aunque lejos de estar dormida. Se encontraba eufórica, pensando en cómo iba a retarlo, en cómo aumentar las muestras de afecto público de formas irresistibles.

Y si sus ideas para el desafío de superación la emocionaban de esa forma, la expectativa de lo que él le haría la tenía en vilo. ¿Hasta dónde sería capaz de llegar Jack Marshall?

En un momento dado, oyó decir a Chuck y a Jamie:

—Creo que se ha quedado dormida.

«No estoy dormida, Jack», pensó, conteniendo las ganas de sonreír. «Solo estoy esperando».

Capítulo
DIECIOCHO

—Aquí tienes la llave de tu habitación, cariño.

Hallie agarró la llave que su madre le tendió al salir del vehículo. Cuando habían llegado al aeropuerto de Denver, los había recibido una flota de furgonetas que llevaron a todos los invitados a la boda al hotel en Vail. Su idea había sido provocar un poco a Jack durante el trayecto, pero debido a la necesidad de instalar sillas para niños en algunos vehículos, él había acabado en la misma furgoneta que Jamie y Chuck y a ella le había tocado viajar con sus padres y abuelos.

Algo que, después de soportar veinte minutos de un interrogatorio constante sobre Jack, la obligó a fingir dormir más aún.

—Gracias—dijo con una sonrisa mientras se estiraba. El aire de la montaña era increíble. Se vio rodeada por las hojas amarillas de los álamos y la sensación de que el otoño estaba comenzando en ese mismo momento.

Clavó la vista en el hotel… y vio a Ben.

«¡Dios!».

Su ex le pareció más atractivo que antes. Al ver ese rostro que conocía tan bien, sintió un hormigueo en el estómago. Llevaba el pelo castaño un poco más largo de lo habitual, una barba corta que le sentaba de maravilla y la bufanda de cuadros rojos que tanto le gustaba a ella.

El corazón empezó a latirle más rápido, pero entonces lo vio reír junto a su hermana. Extendió su mirada más allá de él y observó que Ben, Lillie y Chuck se estaban riendo de algo que Jack estaba diciendo.

Tragó saliva. «Empieza el espectáculo». Vio cómo Jack se percató de que se estaba acercando a él, demostrando ser un excelente novio de pega.

Porque, aunque seguía participando en la conversación, la miró con tal intensidad que incluso Lillie y Ben se giraron para ver qué era lo que había llamado su atención.

—¡Hola, cariño! —lo saludó, abrazándose al brazo derecho de él y poniéndose de puntillas para darle un pico rápido.

Jack entrecerró los ojos un instante, preguntándose qué estaba pasando allí, pero enseguida esbozó una sonrisa cómplice y le devolvió el beso con la naturalidad de una pareja normal. Sin embargo, en lugar de dejarla ir, la miró con picardía y comentó:

—Tienes las gafas empañadas. Anda, dame.

Le hizo un gesto para que se las entregara y Hallie contuvo una risita mientras él sostenía sus gafas y procedía a hacer todo el ritual del vaho y limpiar los cristales con el borde de la camisa. «¡Qué caballeroso!». Pero en vez de devolvérselas, se las colocó cuidadosamente en la nariz, regalándole una sonrisa íntima que la hizo temblar por dentro.

—¿Mejor? —preguntó en voz baja.

—Mucho mejor —susurró ella, a medio camino entre la excitación y las ganas de reír. De pronto, se alegró de haber decidido ponerse las gafas para el viaje en lugar de las lentillas.

—Hola, Hal —dijo Ben—. Cuánto tiempo sin vernos.

Sintió esa voz como un puñetazo en el estómago. Lo miró a la cara y vio a ese chico tan guapo al que había querido con todo su corazón. Con un nudo en la garganta, esbozó lo que esperaba fuera una sonrisa despreocupada.

—¿Ah, sí? ¿Cómo estás?

—Fantástico —respondió él sin mostrar un atisbo de incomodidad, como si hablar con ella le resultara lo más fácil del mundo.

—Genial —replicó ella. De repente, se sentía incapaz de encontrar las palabras adecuadas. Ya no estaba enamorada de Ben, pero su rostro le provocaba una reacción similar a cuando vuelves a escuchar una canción. Con solo mirarlo, sentía todo el vacío que le dejó su ruptura—. Eso está genial.

Ben asintió y sonrió.

—¿Tienes la llave de nuestra habitación, cariño? —le preguntó Jack, trayéndola de vuelta al presente.

—¿Qué? —Hallie se colocó el pelo detrás de las orejas mientras Jack la miraba como si supiera exactamente en qué estaba pensando—. Sí. Llave. La tengo.

—¿En qué habitación estáis? —inquirió Jamie—. Nosotros en la 326.

—Todo el mundo está en la tercera planta —comentó Lillie—. La hemos reservado entera para la boda.

—¿Cuál es vuestro número? —le preguntó Chuck.

—Mmm... —Hallie se mordió el labio inferior antes de decir—: Luego os la mando por mensaje.

—¿Qué? —Su hermana puso los brazos en jarras—. ¿A qué viene tanto misterio? ¿En qué habitación estáis?

Hallie miró a Jack, que la estaba sonriendo de esa forma tan seductora, y replicó:

—¿Acaso una chica y su novio no pueden alojarse en una planta más tranquila sin que parezca que han cometido un crimen de Estado?

—Nunca has estado en este hotel. ¿Cómo sabes que la tercera planta no es tranquila? —Por la voz de su hermana, se dio cuenta de que estaba bastante molesta—. ¿Has cambiado la reserva?

—Fui yo —intervino Jack, cogiendo su maleta y colocándosela sobre el hombro—. Solo queríamos... mmm... un poco de privacidad.

—¿Privacidad? —Ahora Lillie parecía confundida—. Pero si tenéis vuestra propia habitación, ¡por el amor de Dios!

Las risas de Jamie le dejaron claro lo que estaba pensando. Miró al resto de los presentes y, efectivamente, todos parecían ser de la misma opinión.

Creían que Jack había reservado una habitación en una planta distinta para que pudieran tener un fin de semana de sexo salvaje. Sintió cómo el calor ascendía por sus mejillas, pero le gustaba cómo se estaban desarrollando las cosas.

«¡Chúpate esa, Ben!».

Agarró su propia maleta, sacó la llave de la habitación y miró a Jack.

—¿Subimos a nuestra habitación, amor?

Jack pareció estar a punto de sonreír ante el término cariñoso que sabía que ella jamás usaría.

—Por supuesto, lo estoy deseando.

Segundos después, mientras entraban en el hotel, él le preguntó en voz baja:

—¿Bufanditas es el imbécil de tu ex?

—Sí. —Empezó a reírse, encantada de haberse llevado a Jack a ese viaje—. El mismo que viste y calza.

Jack

—Voy a llamar a recepción. —Hallie dejó su equipaje y se acercó al teléfono que había en la mesita de noche. Presionó la tecla cero y se rio—: Pero esto es desternillante. Creo que es la primera vez que pasa en la vida real. No recuerdo haber oído nada parecido.

—¿Que se equivoquen con una reserva? —ironizó Jack, mientras la observaba recostarse en la cama extragrande de matrimonio y juguetear con el cable del teléfono como si no hubiera pasado nada.

—No, lo del cliché de una sola cama. —Puso los ojos en blanco y añadió—: Es algo que solo pasa en las novelas románticas. Ya sabes, dos personas que tienen que dormir juntas porque no hay más habitaciones libres…

—¡Qué tontería! —comentó él, ajustándose el cuello de la camisa.

Ella se dio la vuelta, tumbándose sobre su estómago y murmuró:

—Tú sí que eres una tontería… Ah… Hola, soy Hallie Piper y estoy en la habitación…

Mientras hablaba con recepción, Jack dejó su maleta y fue hacia la ventana. La habitación era increíble: chimenea de piedra, sillones orejeros que invitaban a sentarse en ellos, suelo de madera con una alfombra mullida, cama de matrimonio extragrande… Pero la vista desde el balcón era todavía mejor.

Abrió la puerta y se asomó al exterior. Las Montañas Rocosas se extendían en el horizonte, ofreciendo un panorama impresionante. Debajo, podía ver un arroyo claro bordeado por álamos amarillos.

Apoyó los brazos en la barandilla y tomó una profunda bocanada de aire de Colorado.

—Tengo buenas y malas noticias.

Jack la oyó salir al balcón, pero no se volvió.

—Me lo imaginaba.

—La buena noticia —dijo ella, abrazándolo por detrás y apoyando la mejilla en su espalda— es que no tenemos que cambiarnos a una habitación en la tercera planta.

Podía sentir cada tenue movimiento de los dedos de Hallie sobre su pecho, al igual que su voz, vibrando de forma reconfortante sobre su piel. Tragó saliva y se las apañó para decir:

—Estupendo.

Observó sus diez uñas rosas sobre su pecho. «Mierda».

—Pero la mala noticia —añadió ella, medio riendo— es que tenemos que quedarnos en esta habitación.

—¿Qué? —Se giró y la miró fijamente. Ella, sorprendida por su reacción, bajó las manos a los costados.

—¿Me estás diciendo que no hay ni una sola habitación disponible?

—Bueno, tienen un par de habitaciones, pero están en la tercera planta.

—Entonces, que nos cambien a una de ellas.

—Están cerca de mi familia.

—¿Y qué? —preguntó él.

—Que acabamos de cabrear a mi hermana por querer una habitación en otra planta para... follar.

La lógica de Hallie iba a matarlo.

—Pero si nunca hemos mencionado que queríamos una habitación para eso, ¡por el amor de Dios!

—Estaba implícito —señaló ella, como si fuera él el que estaba diciendo absurdeces—. Entonces, ¿cómo explicamos ahora el cambio? ¿Damos a entender que no queremos tener sexo salvaje en la misma cama, que preferimos usar dos? ¿Que preferimos dormir separados después de follar?

—¿Puedes parar ya con lo de «follar»?

—¿No te gusta «follar»? —Hallie sonrió divertida—. A ti, Jack Marshall, no te gusta «follar». Claro, tú prefieres «empotrar» o «jugar con la espada laser», ¿verdad?

—Nadie tiene que saber lo que hacemos en la habitación.

—Lo sabrán —afirmó ella.

Jack ladeó la cabeza y estiró el cuello, que ya notaba tenso.

—Me aseguraré de que no lo sepan.

—¿No puedes hacer esto por mí?

—No —respondió él, cortante.

—¿Por qué no?

Sabía que Hallie debía de pensar que estaba siendo un cabezota. Así que añadió:

—Porque creo que es una mala idea.

—¿Por qué?

—¿Cómo que por qué? —Estuvo a punto de gritarle. Solo quería que entendiera su postura—. ¿Dormir juntos en la misma cama mientras fingimos tener una relación? ¿No te parece que es jugar a algo que podría hacer peligrar nuestra amistad?

La observó encogerse de hombros, pero algo en ese gesto le hizo querer abrocharle más el abrigo y asegurarse de que no tuviera frío.

—Entiendo lo que dices. Y, aunque nunca lo hayamos hablado, nuestra amistad significa mucho para mí y me dolería que se echara a perder. Pero…

Jack apretó los dientes mientras esperaba a que continuara.

—… nuestra amistad no es normal. Nos hicimos amigos después de acostarnos juntos. El sexo y los sentimientos no deberían suponer ningún problema, porque es algo que ya superamos.

Tragó saliva. ¿Por qué le molestaba que ella se lo tomara con tanta calma, que estuviera tan convencida de que más intimidad no implicaría más sentimientos?

¡Joder! Sabía que estaba siendo contradictorio y no tenía ningún sentido.

Pero lo cierto era que no había considerado lo complicado que podría ser para él mantener la farsa de que eran novios. No podía evitar sentir que era real cuando ella lo abrazaba o lo besaba; momentos en los que ella se convertía en su único deseo. Pero como todo era parte de un acuerdo, y ella simplemente estaba actuando, si él se dejaba llevar por sus verdaderos sentimientos dentro de esa fachada, sería como estar mintiendo, como incurrir en un engaño.

Quería decirle lo que sentía por ella, y luego darle tiempo para explorar sus propios sentimientos y actuar en consecuencia. Sin embargo, si se lo revelaba en ese momento, ¿creería Hallie que su confesión era solo una parte más del juego? ¿O una consecuencia de este?

O, peor aún, ¿confundiría su relación ficticia con sus verdaderos sentimientos hacia él?

Lo mejor que podía hacer era esperar a que regresaran a Omaha para confesarle lo que sentía por ella, y continuar fingiendo que eran pareja de cara a su familia, tal y como habían acordado. Sí, debían evitar cualquier contacto físico en privado y, cuando estuvieran en casa, ver qué era lo que realmente estaba pasando entre ellos.

—Hal, quizá... —empezó a decir.

—Te estás complicando demasiado, Jack.

Algo en su tono y en su expresión hizo que se detuviera.

—¿A qué te refieres?

Hallie alzó la barbilla y respondió con cierta timidez aunque cien por cien segura:

—Me ha gustado mucho besarte en el aeropuerto y, si vuelve a suceder mientras fingimos que estamos saliendo, pienso disfrutar cada instante. Pero también creo que dormir en la misma cama contigo sería muy divertido, como una inocente fiesta de pijama para adultos. Seguro que podemos manejar la situación sin pasarnos de la raya.

No sabía cómo reaccionar a esa idea tan tentadora, pero pésima. Encima podía oler su perfume, lo que, de alguna forma, empeoraba aún más las cosas.

Cuando habían planeado cómo sería aquel viaje, se había imaginado que serían como unos compañeros de cuarto, viendo la televisión desde camas separadas y contándose chistes en la oscuridad.

¿Pero hablar en la oscuridad en la misma cama? ¿Ver la televisión juntos, bajo las mismas sábanas? Cada vez que pensaba en eso estaba a punto de estallarle la cabeza.

—En el momento en que aterricemos en casa y pasemos el control de seguridad, podremos volver a ser amigos en busca de nuestras respectivas almas gemelas —concluyó ella.

Jack giró la cabeza y estiró el cuello. De pronto, se lo notaba tremendamente rígido.

—Bueno, no creo que…

—Dame una buena razón por la que no podamos hacer que esto funcione.

Tenía una muy buena razón, pero no era algo que quisiera compartir hasta que estuvieran en casa. Soltó un suspiro y dijo:

—De acuerdo. Nos quedamos en esta habitación, pero si me tocas, te juro por Dios que gritaré.

Hallie

¿Era raro que encontrara esa faceta de él tan adorable? Jack, el hombre que siempre está bromeando y contando chistes, estaba tenso y realmente preocupado por que pudieran poner en peligro su amistad.

Estaba claro que, bajo toda esa fachada, se escondía un alma dulce.

Sin embargo, como no quería que se sintiera incómodo, preguntó:

—¿Estamos bien?

Él puso los ojos en blanco y le revolvió el pelo.

—Déjate de pamplinas, Hal. Estoy bien; solo intento proteger esto.

—Genial. —Hallie le dio un manotazo, se apartó de él y se arregló un poco el pelo, abrumada por el trasfondo emocional de sus palabras.

«Proteger esto». Lo había dicho de una manera que la había dejado descolocada, seguramente por el hecho de que no le gustaba reconocer lo mucho que valoraba su amistad.

—Bueno, ¿quieres ir a Vail o qué? —preguntó él con tono gruñón.

—Sí. Pero ¿puedo cambiarme primero?

—Sí, yo también haré lo mismo.

Hallie entró al baño y se puso un jersey de cuello alto negro, unos vaqueros y botas de senderismo. Luego enrolló las prendas que se había quitado para esconder su ropa interior, tal y como hacía cuando iba al ginecólogo.

Dios no quisiera que la gente supiera que llevaba ropa interior.

—Mira, Jack —empezó a decir, abriendo la puerta del baño—, quizá…

Las palabras murieron en sus labios cuando lo vio de pie, frente a su maleta, solo con unos vaqueros de talle lo suficientemente bajo como para vislumbrar la cinturilla de lo que parecían ser unos bóxers.

«¡Madre mía!».

Tenía ese detalle de los huesos de la cadera que creía que solo existía en las portadas de las novelas románticas del Oeste.

—¿Sí? —preguntó él.

Alzó la vista de su estómago.

—¿Qué?

Él sonrió un poco.

—Has dicho que «quizá» y luego te has quedado callada.

—Ah, sí. —Soltó una risita nerviosa—. ¡Dios! Me has pillado desprevenida. Me había olvidado de lo… mmm… *tan así* que eres. —Enfatizó sus palabras, haciendo un gesto con la mano hacia su torso desnudo.

—¿Tan así? —repitió él, enarcando una ceja.

—Sí, *tan así*. —Hallie puso los ojos en blanco—. Sabes perfectamente a lo que me refiero, Jack Marshall.

—*Tan así* —repitió él de nuevo con una sonrisa de oreja a oreja.

Mientras abría su maleta, que estaba al lado de la de él y metía su ropa dentro, Hallie puso su voz más grave y espetó:

—Me llamo Jack. Estoy muy bueno y soy *tan así*.

Él se empezó a reír.

—Por favor, ponte una camisa antes de que te mate —le pidió ella, antes de agarrar su cazadora de una percha y ponérsela.

—¿Porque mi *tan así* te molesta?

Hallie negó con la cabeza y entrecerró los ojos de la forma más exagerada que pudo.

—¿Sabes qué? Déjalo, no te pongas ninguna camisa. Como si me importara. Sal a dar un paseo desnudo. Me partiré de la risa cuando los osos se coman tu *tan así*.

—Estoy bastante seguro de que puedo correr más que tú —repuso él, todavía riendo, mientras se ponía un polo Henley gris—. Así, mi *tan así* seguirá intacto.

—Pero en cuanto intentes correr más que yo...

—Piper —Jack le agarró la parte delantera de la cazadora con su enorme mano y la acercó más a él, mirándola con un brillo travieso en los ojos—, no me creo, ni por un segundo, que permitieras que un oso me comiera.

—¿Ah, no? —En cuanto se dio cuenta de la poca distancia a la que estaban sus bocas, le dio un pequeño vuelco el corazón.

—No. —Jack bajó la mirada a sus labios, como si estuviera pensando lo mismo. Durante un instante, ambos se quedaron paralizados, perdidos en un mar de posibilidades, sin moverse ni hablar, pero luego él se aclaró la garganta y dijo—: Porque soy el único que sabe cómo pedirte un taco.

—Cierto. —Hallie asintió. Sus labios esbozaron una sonrisa por sí solos mientras a ella la recorría una cálida y agradable sensación por dentro—. Nadie más entiende lo absurdo que es poner el queso encima.

—Claro —señaló él con una sonrisa similar a la de ella—. ¿Qué gracia tiene comerse el queso frío y duro?

Capítulo
DIECINUEVE

Pasaron la tarde solos los dos, caminando por todo Vail. Antes de visitar las tiendas, ella insistió en que bajaran juntos la colina hasta el Starbucks más cercano; luego fueron a una *pizzería* a tomar algo.

Habían planeado hacer senderismo por las montañas, pero al final optaron por dar un paseo cautivados por el pintoresco pueblo de Vail y la maravillosa tarde otoñal que hacía.

Hallie estaba encantada porque, pese a las preocupaciones de él, salir con Jack como si fueran una pareja se había convertido en su nuevo pasatiempo favorito. Allí solos, en plena montaña, no tendrían que haber fingido. Pero en ese pequeño pueblo, cualquier invitado a la boda habría podido verlos.

Por eso agarró su mano mientras paseaban, se subió a su espalda a caballito cuando le dolieron las piernas y él se lo ofreció, y no dudó en besarle.

Porque fue absolutamente necesario.

Cuando se detuvieron frente a una tienda que parecía una pequeña cabaña e intentó hablar con acento francés, Jack no tardó en hacerle ver lo ridícula que sonaba.

—Lo haces fatal, Piper —comentó, riéndose de ella.

Ahí fue cuando Hallie se dio cuenta de lo cerca que estaban sus rostros, apenas a unos centímetros de distancia.

Sus miradas se encontraron y Jack tragó saliva, como si se hubiera percatado de lo mismo.

—Creo que viene mi tío Bob —dijo ella.

—Pero si estás mirándome a mí. ¿Cómo vas a ver a tu tío? —preguntó él, bajando la vista hacia sus labios.

—Es como una especie de intuición —susurró ella—. Deberíamos besarnos, por si acaso.

—Hallie Piper, ¿tienes siquiera un tío Bob? —inquirió él con voz profunda y serena.

—Es que me muero de ganas —susurró ella, sin saber si se refería al beso o a la existencia de su tío Bob.

—Bueno, si tanto lo deseas —Jack trazó el arco de su ceja con el dedo, mirándola fijamente—, deberías hacerlo.

Las palabras sonaron casuales, pero lo dijo con tono desafiante, como si la estuviera retando.

Así que Hallie tiró del cuello de su abrigo y lo atrajo hacia sí mientras se ponía de puntillas. Sin embargo, en lugar de buscar su boca, le besó el lado del cuello, inhalando su aroma al tiempo que le raspaba suavemente la garganta con los dientes. Percibió su respiración entrecortada y disfrutó del ligero gemido que escapó de sus labios cuando le lamió la cálida piel con la lengua.

A su mente acudieron un sinfín de imágenes ardientes y se preguntó cómo sería hacer eso mismo sin estar en medio de una calle de un encantador pueblo de montaña.

—Hal, tienes que parar. Ya. Mierda. —Jack la agarró de los brazos y la apartó un poco. Tenía la voz ronca. Se pasó una mano por la cara, respiró hondo y dijo sin mirarla—: Vamos. Necesito despejarme.

Cuando empezaron a andar, se sintió como una diosa del sexo que lo había debilitado usando sus habilidades seductoras en su cuello. Pero no fue consciente de la sonrisa de satisfacción que debía de lucir hasta que él le tocó el brazo.

—Deja de sonreír de ese modo —le pidió Jack.

Volvieron a besarse cuando apenas había transcurrido una hora; esta vez por iniciativa de Jack. Estaban en una tienda de ropa de montaña. Jack se había ido a echar un vistazo a la sección de hombres mientras ella se quedaba en la de mujeres.

El empleado de la tienda era el típico esquiador joven, encantador y atlético, apasionado por ese deporte. Se puso a hablarle de las pistas y luego le colocó un gorro precioso en la cabeza.

—Sí, el rosa Patagonia es lo que necesitas. Resalta tus impresionantes ojos verdes.

Hallie puso los ojos en blanco y negó con la cabeza.

—No te vas a llevar ninguna comisión por venta con frases tan trilladas como esa. A mí, desde luego, no me convence.

Él sonrió y le ajustó el gorro sobre la frente.

—No está bien tildar de «trillado» un cumplido tan sincero.

Ella se rio.

—Aun así, no voy a comprar el gorro.

De pronto, Jack estaba a su lado. Sintió su presencia antes de verlo. Alzó la mirada y le sonrió mientras él tiraba de uno de los cordones del gorro.

—Me gusta. —La miró de una manera que a ella le pareció demasiado sugerente para estar en público, sin apartar los ojos de los de ella y con un ardor que casi le abrasó las retinas. No tenía ni idea de qué responder. Pero entonces Jack se dirigió al dependiente y dijo—: Nos lo llevamos.

Fueron a la caja registradora y, en cuanto Jack pagó el gorro, la llevó por la tienda hasta un probador.

—Me parece haber visto a algunos de tus parientes.

—¡Necesitas un número para el probador! —gritó el vendedor.

Antes de que Hallie pudiera reaccionar, la puerta se cerró y Jack se abalanzó sobre sus labios, besándola de una forma tan apasionada que se le aceleró el pulso. Estaba atrapada entre sus brazos, con las manos de él apoyadas en la pared, a ambos lados de su cabeza y su espalda contra el espejo. Jack se apretó contra ella, dejándola sentir cada centímetro de su cuerpo y ella correspondió al beso con un fervor igual al de él.

Entonces Jack soltó una palabrota contra sus labios y levantó la cabeza. Luego esbozó una sonrisa traviesa y dijo:

—Creo que ya se han ido.

—¿Estás seguro? —Hallie le recorrió el labio inferior con el pulgar. «¿Desde cuándo era tan carnoso?»—. Podrían estar al acecho.

Jack la estaba mirando con los ojos entornados mientras le mordisqueaba el dedo ligeramente (¡uf!, eso sí que era excitante), pero después se alejó un poco de ella y se pasó las manos por el pelo.

—Me da que tu admirador de ahí fuera va a llamar a la policía. Y, como nos arresten, tu hermana nos mata.

—Es verdad. —Nunca se acordaba de que estaban allí por la boda—. ¿Qué hora es?

Él miró su reloj.

—Las cinco y cinco.

—Deberíamos volver al hotel para ducharnos y arreglarnos para el ensayo.

—¿Nos tomamos antes una última cerveza negra en el bar?

—De acuerdo. —Puso los ojos en blanco—. Pero será mejor que nos demos prisa; me llevará un buen rato ponerme guapa.

—Solo necesitas ponerte el gorro y listo. El dependiente tiene razón, resalta tus preciosos ojos verdes.

—Ahora que lo dices —comentó al salir del probador, mientras se dirigían hacia la puerta de entrada—, ¿podrías no interrumpirme la próxima vez que alguien con ese aspecto me esté tirando los tejos? Si no te hubieras entrometido, hasta podría haber tenido suerte.

Jack le revolvió el pelo y le pasó el brazo por el cuello.

—Lo siento, ha sido un fallo tonto.

Cuando regresaron, Jack decidió salir a entrenar para que Hallie pudiera tener la habitación para ella sola durante una hora y pudiera prepararse sin problema.

—¿Seguro? —Se cruzó de brazos y observó cómo él agarraba las zapatillas de deporte, unos pantalones cortos y una camiseta—. Antes te estaba tomando el pelo, puedo arreglarme bastante rápido.

—Estoy deseando correr en la montaña —dijo él, yendo al baño—. Y también necesito hacer pesas. Puedo arreglarme para la cena en un cuarto de hora, así que iremos bien de tiempo.

Cuando Jack se marchó, Hallie disfrutó de una ducha larga y pausada. Se lo estaba pasando en grande fingiendo ser la novia de Jack, hasta el punto de que no quería que ese fin de semana acabara nunca.

Una parte de ella sentía la necesidad de pararse a pensar a qué venía tanto regocijo, pero desechó ese pensamiento lo más rápido que pudo.

Mientras veía a medias un capítulo de *Top Chef*, se peinó y se aplicó un poco de sombra de ojos para un *look* ahumado. Cuando terminó, sacó el vestido, lo alisó un poco y se lo puso.

Su hermana, siempre dispuesta a ser el centro de atención, había decidido que todas las damas de honor vistieran de blanco en el ensayo, mientras que ella llevaría un vestido escarlata; para la boda, se invertirían los colores. Se había obsesionado con la idea desde que Taylor Swift había lanzado su versión de *Red*, y había encontrado a un hombre que respaldaba completamente su tendencia a la exageración. Sin duda, crearía un efecto impactante para las fotos, pero, como se trataba de su hermana, Hallie lo consideró un capricho molesto y melodramático.

Sin embargo, le encantaba su vestido.

Era largo y blanco, de un tejido vaporoso que se ceñía a su cuerpo, pero sin pegarse a él. Un hombro tenía un volante blanco que caía en diagonal hasta la cintura, mientras que el otro hombro iba descubierto. A Hallie le parecía un vestido ideal para llevar a alguna de las fiestas blancas del rapero Diddy, si es que aún las organizaba... y si es que aún lo llamaban así.

Oyó a Jack detrás de la puerta cuando estaba poniéndose los pendientes de perlas. Esperaba que se burlara de ella por parecer una novia, pero cuando le abrió la puerta y le dijo «Cásate conmigo» con su tono más sarcástico, él no mostró ninguna sonrisa.

La miró de arriba abajo y solo pudo exclamar:

—¡Madre mía!

—Ya lo sé —comentó ella, poniendo los ojos en blanco—. Hoy toca que todas las damas de honor vistamos de blanco. A mí me parece excesivo, pero la novia manda.

Se apartó de él y fue a por su bolso de cuentas de la mesita de noche.

—Voy a bajar a la habitación de Chuck para que tengas algo de privacidad...

—No.

—¿Qué? —Miró hacia atrás.

Jack se estaba aclarando la garganta. Se fijó en su cuello (traía la camiseta empapada de sudor) y luego en sus piernas.

«¡Dios! Menudas piernas…». Tenía unas pantorrillas fuertes y cinceladas.

Y a ella la perdían las pantorrillas. Sobre todo cuando eran tan apetecibles como esas, si es que eso era posible.

—Quédate. Solo necesito diez minutos en el baño y estaré listo.

—¿Seguro? —Se enderezó y se giró, pero de pronto le costó encontrar las palabras adecuadas. En unos minutos, Jack iba a estar duchándose, desnudo, justo detrás de esa otra puerta, mojándose, enjabonándose y… ¡Ay, madre!

—Sí.

—Vale. Genial. —Se acercó al espejo que colgaba entre la nevera del hotel y la mesa escritorio y se inclinó un poco para revisar su pintalabios.

—No te muevas —le dijo Jack, acercándose por detrás. Ambos se miraron en el espejo—. Tienes la cremallera a medio cerrar.

—Ah. —Cuando sintió los dedos en la cremallera, la otra mano en la parte baja de su espalda y el calor de su cuerpo, contuvo el aliento. Observó a través del espejo cómo Jack se concentraba en su espalda mientras subía lentamente la cremallera. Notó su mandíbula tensa y la dilatación de sus fosas nasales. Y después, cuando terminó con su tarea, sintió que su mano permaneció un poco más sobre su piel.

Transcurridos unos instantes, Jack dio un paso atrás, carraspeó y preguntó:

—Ya está. ¿Cuánto tiempo me queda?

Parpadeó confundida un segundo, antes de mirar el reloj en el espejo.

—Unos quince minutos.

Jack asintió y fue hacia la bolsa portatrajes que colgaba junto al baño.

—Pan comido —dijo antes de entrar al baño y cerrar la puerta tras de sí.

Jack

Estaba convencido de que ese fin de semana iba a acabar con él.

Abrió la ducha, pero por más que lo intentó, no logró quitarse de la cabeza la imagen de Hallie con ese vestido blanco. Su pelo ondulado, el pintalabios rojo, los pendientes de perlas... parecía una novia de verdad.

¿Qué era lo que decía ese refrán? ¿El hombre propone y Dios dispone?

Sí, allá arriba había alguien que no solo estaba disponiendo, sino que se estaba partiendo el culo de su absurdo plan de fingir que eran pareja.

Se quitó las zapatillas con los pies y se sacó la camiseta por la cabeza antes de buscar el móvil y enviar un mensaje a Hallie.

> **Jack:** Tendría que habértelo dicho hace un momento, pero estás guapísima.

Supo que ella fruncíría el ceño en cuanto lo leyera.

> **Hallie:** ¿Por qué me estás mandando un mensaje desde el baño?

> **Jack:** Porque no quiero que este sentimiento se mezcle con la farsa que nos traemos entre manos. Tu amigo Jack, no tu novio de pega, te está haciendo un comentario puramente subjetivo de que estás espectacular.

> **Hallie:** Bueno, pues como mi mejor amigo en la vida real, y no como mi novio de pega, he de decirte que este fin de semana me lo estoy pasando genial contigo y que no quiero que se acabe.

> **Jack:** Lo mismo digo.

Dejó el móvil, se quitó el resto de la ropa y se metió en la ducha.

Le habría encantado saber qué estaba pensando Hallie. Qué sentía.

Porque tenía la impresión de que ella estaba disfrutando de aquella farsa tanto como él. Pero parecía tomárselo con una actitud muy tranquila, incluso despreocupada, lo que le llevaba a pensar que ella seguía siendo su compañera de aventuras y simplemente se estaba «dejando llevar» por el fin de semana, pero sin mezclar emociones reales.

Y, si ese era el caso, no podía abrirle su alma y arriesgarse a perderla como amiga.

Se afeitó a toda prisa, se cepilló los dientes y se peinó antes de vestirse. Y, cuando salió del baño y volvió a verla con ese vestido, recostada en la cama y mirando su teléfono, tuvo la sensación de que la corbata lo estaba asfixiando.

Su teléfono vibró mientras se ponía los zapatos. Lo sacó del bolsillo.

Hallie: No te lo tomes a mal, pero estás guapo de narices. Vamos, que te diría que eres un bellezón, aunque creo que eso no te sentaría muy bien.

Se le formó un nudo en la garganta e intentó tragar saliva.

Jack: ¿Lista para irnos, PC?

Mantuvo la vista en la pantalla del teléfono, pero la oyó reír mientras escribía:

Hallie: Sí, aunque creo que debo hacerte una advertencia: tu novia se pone demasiado cariñosa cuando bebe vino.

Jack sonrió.

Jack: Entonces yo también debería advertirte algo: cuando mi novia se pone cariñosa, suelo buscar el cuarto de la limpieza o el ascensor más cercano y hacerla gritar.

Ahí fue cuando decidió mirarla. Y lo hizo con una media sonrisa, porque sabía que la había dejado sin palabras. Sin embargo, se arrepintió al instante. Porque lo primero que vio fue cómo abría la boca y se le ruborizaban las mejillas (la respuesta que había esperado); pero luego... ¡Madre mía! Apretó los labios carmesíes, ladeó la cabeza, lo miró directamente a la cara y arqueó una ceja de forma inquisitiva.

«Maldita sea mi suerte», pensó mientras abría la puerta y la sostenía para que ella pasara.

Capítulo
VEINTE

Hallie

—¡Queremos que el cortejo nupcial esté en el pasillo! —gritó la madre de Hallie para que todos la oyeran—. Y el resto en el salón de baile.

Hallie, que estaba agarrada de la mano de Jack mientras esperaban pacientemente a que comenzara el ensayo, puso los ojos en blanco y dijo:

—Vuelvo enseguida.

—Por lo visto, estaré en el salón de baile.

Pero antes de empezar a alejarse, Jack la atrajo hacia sí y le dio un beso en la punta de la nariz. La miró con ternura mientras sonreía, y ella no pudo evitar devolverle la sonrisa, sintiendo un pequeño hormigueo en el estómago.

Salió al pasillo con una sonrisa de oreja a oreja tan sumida en sus pensamientos que no vio a Ben hasta que este la saludó:

—Hola, Hal.

Se detuvo, más molesta de lo que le habría gustado por que hubiera acortado su nombre, y lo miró:

—Ben. Hola.

—Estás muy guapa —señaló él con una sonrisa.

—Gracias. —Hallie se frotó los labios entre sí y miró hacia un punto por encima de los hombros de él, ya que no quería ver la calidez de sus ojos marrones—. Tú también.

Como Ben era el hombre perfecto, incapaz de ignorar el tema tabú, se apresuró a decir:

—Mira, no quiero que esta boda sea incómoda…

Ella alzó una mano.

—No lo será.

—… así que espero que aceptes mi disculpa.

Bajó la mano, sorprendida por sus palabras, y decidió mirarlo a los ojos. A Ben nunca se le había dado bien pedir perdón, ni siquiera lo había hecho cuando le rompió el corazón. Hallie se cruzó de brazos, sintiendo una súbita frialdad en su interior, y preguntó:

—¿Por?

—Por todo. —Ben apretó la botella de agua que sostenía, como si se hubiera puesto nervioso—. Lo siento mucho.

Se sentía dividida por dentro. Una parte de ella quería que ese hombre sufriera eternamente, porque todavía le dolía su rechazo. Ya no estaba enamorada de él, pero todavía había ocasiones en las que, cuando escuchaba ciertas canciones, volvía a aquel septiembre y le invadía la melancolía.

Sin embargo, a otra parte más grande de ella, simplemente le daba igual. Contempló su apuesto rostro y lo único que sintió fue nostalgia.

Al final tragó saliva y dijo:

—Forma parte del pasado, Ben. Ya he cerrado ese capítulo.

Él alzó ambas cejas y ladeó ligeramente la cabeza, como si no estuviera seguro de haberla escuchado bien.

—¿Qué?

—Que he pasado página, así que no hay ningún problema.

—Vaya. —Ben sonrió, visiblemente estupefacto. Hallie se preguntó si alguna vez sería capaz de mirarlo a la cara sin sentir un atisbo de tristeza. Jamás querría volver con él, aunque lo más seguro es que nunca llegaría a sentir absoluta indiferencia hacia ese hombre—. No me puedo creer que lo estés llevando tan bien.

—¿Por qué? —inquirió ella. Ambos sonrieron. La última vez que habían hablado, puede que ella lo llamara Satanás (además de apropiarse de su valiosa pelota de la Serie Mundial). Hallie se encogió de hombros y dijo—: Tampoco me costó tanto superarte, Bufanditas.

Jack

> **Jack:** ¿Tienes frío o simplemente estás demasiado emocionada por estar en este ensayo?

> **Hallie:** En primer lugar, no vas a conseguir que me mire los pechos con tus tonterías infantiles.

Jack se rio por lo bajo y levantó la vista de la pantalla lo suficiente para ver a Hallie sacándole la lengua. Luego volvió a mirar el móvil y continuó leyendo.

> **Hallie:** Y en segundo lugar, en el instituto me mandaron al despacho del director cuando Jon Carson me dijo exactamente lo mismo, y le solté un discurso en el comedor sobre lo poco que sabía de pezones. Al final me castigaron por decir PEZONES y él se fue de rositas con el ego bien subido.

> **Jack:** Seguro que después de ese discurso el ego no fue lo único que tenía bien subido.

> **Hallie:** Eres un idiota.

—¡Hallie, por el amor de Dios! —exclamó su madre, con los brazos en jarras—. ¿Puedes dejar el teléfono cinco minutos para que podamos hacer un ensayo como es debido?

Hallie puso los ojos en blanco y dejó el teléfono en el asiento vacío a su lado.

Jack volvió a reírse desde su lugar en la galería. Al día siguiente, la ceremonia sería al aire libre, pero ese día tenían que ensayar dentro porque se estaba celebrando otra boda.

Todos los asistentes tenían un papel en esa boda. Excepto él. Su única tarea era permanecer sentado y observar cómo se desarrollaba el caos. La madre y la hermana de Hal estaban obsesionadas con cada detalle, el ex de Hal no dejaba de mirarla y ella se había pasado todo el rato con cara de aburrimiento, mirando el teléfono.

Enviándole mensajes.

Jack: Te han pillado.

La vio ignorar por completo la advertencia de su madre, mientras echaba un vistazo rápido a su móvil y tecleaba a toda prisa.

Hallie: Deja de meterme en líos.

Hallie

—Es repugnante.

Hallie levantó la vista de su teléfono y miró a Carolyn, la dama de honor de su hermana, que estaba de pie a su lado, sonriendo con la nariz arrugada.

—¿El qué? —preguntó.

—La forma como te mira tu novio. Me dan ganas de vomitar de pura envidia.

Hallie siguió la mirada de Carolyn hacia Jack, que la estaba observando con esa sonrisa socarrona que tanto le gustaba.

—En realidad, ahora mismo se está comportando como un mocoso. Ese es el motivo de esa mirada.

—No me refiero a este momento —dijo Carolyn, echando un vistazo a la madre de Hallie, que estaba armando un escándalo por el violinista—. Sino en general. Desde que llegamos, no ha dejado de mirarte como si fueras la octava maravilla.

Se recordó a sí misma comentarle a Jack que se moderara un poco para no parecer un pesado. Aunque era cierto que sabía cómo mirarla para hacer que se sintiera única. De hecho, la manera en que la estaba mirando en ese momento le provocó un revoloteo de mariposas en el estómago.

Abrió la boca para restarle importancia, pero luego se acordó de que lo que en realidad quería era que todos creyeran que Jack era el novio ideal y que adoraba el suelo que ella pisaba.

—Es que… mmm… —balbuceó, buscando las palabras adecuadas—. Jack es un hombre que se entrega en cuerpo y alma en todo lo que hace.

—Pues enhorabuena, Hallie —dijo Carolyn, mirándola con complicidad—. Porque hombres así no se encuentran todos los días.

—Está bien, he sobornado al camarero para que nos ponga en la mesa de Chuck y Jamie.

—¿Qué? —preguntó Hallie mientras entraban en el salón principal del hotel. Cuando terminaron el ensayo, Jack se había apresurado a agarrar su mano y ella aún no había encontrado una forma de superarlo en el desafío.

—El camarero me ha dicho que no hay una mesa de honor, así que a ti y a mí ya nos habían sentado juntos. —Le acarició la palma de la mano con el pulgar; una caricia que sintió por todo el cuerpo—. Solo le he pedido que nos cambiara de sitio para poder sentarnos con tus amigos en lugar de con tu tío Marco y tu tía Tam.

Hallie alzó la vista y, al ver su cara con esa expresión traviesa, se preguntó cómo era posible que fuera tan perfecto. Marco y Tam eran muy escandalosos y desagradables; habrían sido la peor compañía posible.

—Mi hermana te va a matar.

—¿Y tú? —preguntó él.

—Eres el mejor novio del mundo. Jamás haría algo así.

Jack sacó el móvil y tecleó algo. Segundos después, el móvil de Hallie vibró.

Lo sacó del bolsillo y leyó el mensaje.

Jack: Pero tú sí podrías matarme, ¿verdad?

Hallie sonrió, se soltó de la mano de él y respondió.

Hallie: Me he pasado horas fantaseando con eso.

Jack: Das miedo.

Hallie: Para nada, pero tu novia me ha dicho que te gusta que te muerdan en el cuello.

Jack: No le cuentes nada de lo que voy a comentarte ahora. Esto queda entre Hal & Jack.

Hallie: ¡Sí! ¡Por fin, el símbolo &!

Jack: Te dije que lo resucitaríamos.

Hallie: No hay duda de que sabes cumplir con tu palabra. Entonces, ¿qué es lo que no quieres que le cuente a tu preciosa y encantadora novia?

Jack: Cuando hoy me besó en el cuello, estuve a nada de suplicarle que viniera conmigo a la habitación.

Aquello le provocó un ligero revuelo en el estómago y se sintió un poco mareada.

Hallie: Entonces... ¿querías que ella se fuera contigo para recibir unos cuantos mordiscos más?

Jack: Mordiscos & mucho más.

—¡¿Por qué no dejáis los móviles de una vez?! —gritó Chuck desde su asiento—. Vamos, por lo visto estamos en la misma mesa.

Hallie y Jack se acercaron a la mesa, y a ella le alegró que los hubieran interrumpido, ya que había estado a punto de rogarle a su mejor amigo un especial de «& mucho más» durante toda la noche. Se sentó entre Chuck y Jack, agarró la copa de vino llena que estaba junto a su plato y se la bebió de un trago.

—Te has bebido eso muy rápido, jovencita —comentó Jack en voz baja junto a su oído.

Hallie lo miró y puso los ojos en blanco al ver cómo él entrecerraba los ojos de esa manera tan suya; una clara señal de que se había percatado de su estado de agitación.

Habían decorado el salón para que su hermana destacara entre todos los asistentes. Había una mesa en el centro, con manteles blancos, que resaltaban el vestido carmesí de ella y el traje de su futuro esposo (sí, Riley había optado por ir a juego con su novia y llevar el mismo color). Del techo colgaba una imponente lámpara de araña que proyectaba su luz directamente sobre ellos, convirtiéndolos literalmente en el centro de atención.

Todos los demás estaban distribuidos en mesas blancas por el salón, sumido en una semipenumbra, salvo por los candelabros que hacían de centros de mesa.

Tenía que reconocer que su hermana sabía cómo crear ambiente.

—¿Qué habéis hecho todo el día? —preguntó Chuck. Ya se había aflojado la corbata y la llevaba muy torcida—. Pensé que nos encontraríamos en algún sitio.

—Solo hemos dado un paseo por el pueblo —respondió ella. Se acordó de lo nervioso que había estado Jack sobre su farsa y el hecho de dormir juntos y cómo había hablado de proteger su amistad—. ¿Y vosotros?

Chuck y Jamie empezaron a contar una historia sobre cómo se habían quedado atrapados haciendo senderismo con la familia, pero Hallie no podía concentrarse. Tenía la piel de gallina por lo cerca que tenía a Jack, por la tensión de la cremallera, las pantorrillas y las duchas jabonosas.

¿Qué le pasaba?

En cuanto terminaron de hablar, Hallie se levantó y dijo:

—Voy a por una copa.

Pero de camino a la barra, se arrepintió al instante de esa decisión. Hasta ese momento, había logrado evitar a todos sus parientes, escapándose con Jack, pero ahora no le quedaba otra que saludarlos. Cuando por fin logró hacerse con un vodka con arándanos, había hablado con unos cuantos primos y tres tíos.

Y nada de eso había conseguido sacar a Jack de su cabeza.

Por fin sirvieron la comida, pero ella no tenía ni pizca de hambre. Estaba demasiado inquieta para comer. Participó en la conversación de la cena sin prestar demasiada atención. Dio las gracias al cielo por que Jack hubiera conseguido que los cambiaran de mesa, ya que Chuck y Jamie lo tenían entretenido y así ella podía sumirse en sus pensamientos.

«Estuve a nada de suplicarle que viniera conmigo a la habitación».

—¿Hal?

—¿Sí?

Jack la estaba mirando con curiosidad, con sus ojos azules escudriñándole el rostro en busca de algo, pero no debió de encontrarlo, porque le dijo:

—¿Salimos un momento fuera?

Asintió con la cabeza con el corazón latiéndole con fuerza.

—Volvemos enseguida —anunció él a sus compañeros de mesa. Luego entrelazó los dedos con los de ella y la llevó fuera del salón, al pasillo.

La mente de Hallie iba a mil por hora, pero era incapaz de pensar en algo concreto; algo muy extraño en ella. Solo estaba... ¿nerviosa?

Jack se detuvo antes de salir a la calle, frente a una puerta que no tenía ningún cartel. La abrió, la condujo al interior y luego la cerró detrás de ellos. A pesar de que estaba escasamente iluminado por la luz que entraba por las ranuras de la puerta, era un cuarto pequeño, que olía a una mezcla de lejía y ropa limpia.

—¿Qué estás haciendo? —preguntó. Apenas distinguía su rostro, pero notó cómo él se giraba, quedando de frente a la puerta mientras ella se apoyaba en ella.

—¿Por qué estás tan nerviosa, Hal? —inquirió él con voz profunda y ligeramente ronca en su oído.

Quiso negarlo, pero era Jack y la conocía demasiado bien.

—La verdad, no tengo ni idea —respondió ella, con la respiración entrecortada.

Podía oler el aroma a *whisky* cada vez que él hablaba.

—¿Tiene que ver con lo que te he dicho sobre suplicarte que vinieras conmigo a la habitación del hotel?

Hallie tragó saliva.

—Bueno, lo que pasa es…

—Ya sabía yo que lo de nuestros jueguecitos no era una buena idea.

Sentía la cercanía de su cuerpo, aunque no se estaban tocando.

—No voy a permitir que el sexo nos distancie —continuó él—. Vamos a seguir fingiendo que somos pareja lo que queda del fin de semana, pero sin todo ese rollo de las muestras de cariño en público.

La decepción se apoderó de ella; su sugerencia era justo lo contrario a lo que había estado pensando.

—Espera un momento. ¿No crees que eso es algo precipitado?

Jack soltó una carcajada grave en su oído.

—Entonces, ¿qué propones?

—Pues —empezó ella, reacia a perder la intimidad que habían compartido desde que habían llegado a Colorado— podríamos establecer una regla clara sobre el sexo.

—¿Que tiene que ser rápido y contundente? —bromeó él, mordiéndole suavemente el lóbulo de la oreja.

—Ya sabes a lo que me refiero, pervertido —dijo en un susurro casi inaudible.

—Sí, lo sé. —Jack le rozó el cuello con la nariz y ella sintió su aliento recorriéndole la piel—. Juramos solemnemente no tener relaciones sexuales este fin de semana, sin importar cuántas veces me muerdas.

—Exacto. —Hallie se rio—. Y sin importar lo tentadoras que sean tus pantorrillas.

Él levantó la cabeza.

—¿Mis pantorrillas?

—Me distraen más de lo que te imaginas —confesó ella.

Jack se echó a reír, y el sonido de su risa llenó la oscuridad.

—Creo que deberíamos volver —señaló. En realidad, no quería hacerlo, pero sabía que su madre y su hermana no tardarían en echarla de menos—. Seguro que alguien se pondrá a hacer un brindis en cualquier momento.

—Espera. —La luz del móvil de Jack iluminó la oscuridad. Y Hallie supo que le había enviado un mensaje antes siquiera de que su propio teléfono empezara a vibrar.

Se sacó el móvil del bolsillo.

Jack: Ahora que hemos decidido que este fin de semana sea algo excepcional, ¿puedo besarte?

Se quedó mirando el texto un buen rato, preguntándose cómo responder. Luego apagó el teléfono y se lo volvió a guardar en el bolsillo.

—Desde que me has recogido esta mañana, nos hemos besado varias veces. ¿Y ahora me pides permiso?

La luz de su móvil destacó la firme línea de su mandíbula.

—No te lo estoy preguntando como tu novio de pega.

A Hallie se le volvió a acelerar el corazón y un escalofrío le recorrió el cuello.

—Entonces... ¿quieres besarme?

Jack apagó su teléfono y, en el silencio que siguió, un sonido atronador inundó los oídos de Hallie mientras esperaba ansiosa su respuesta.

—Solo una vez —dijo él con voz ronca—. Un beso entre Jack y Hallie de verdad, antes de que todo vuelva a la normalidad.

Hallie creyó que se iba a desmayar ahí mismo. Intentó recomponerse, en busca de las palabras, pero solo atinó a decir:

—Me están temblando las manos.

Sintió las manos de él a ambos lados de su rostro, acariciándoselo. Lo único que podía oír era su propia y agitada respiración. La boca de Jack descendió sobre la suya, pero no fue uno de esos besos audaces y ardientes a los que se había acostumbrado desde que llegaron al aeropuerto, sino algo distinto, más profundo.

Fue algo íntimo, sensual, el tipo de beso que se comparte en un dormitorio oscuro, con un cuerpo estirado sobre el otro. Bocas abiertas en busca de la conexión perfecta, el calor de su aliento mezclándose con el suyo, la sensación de sus dedos sobre su piel.

Sus lenguas se entrelazaron, él le mordió el labio inferior y ella se puso de puntillas, desesperada por corresponder cada beso y hacer lo imposible para que no se detuviera.

Le agarró las solapas de la chaqueta y lo atrajo hacia ella, presionando su cuerpo contra el de él. Jack gruñó, le apretó la cintura y fue bajando las manos hacia su trasero. Cuando Hallie notó su erección, fue su turno de soltar un gemido.

—No te atrevas a parar —le susurró contra su boca. Inclinó la cabeza hacia atrás, dejando que sus labios le recorrieran el cuello.

—Tengo que hacerlo, Hal —jadeó él, besándola en la garganta y apretándola contra él—. Antes de que la caguemos del todo.

—Sí —coincidió ella, moviendo sus manos para acariciarle el pelo—. Es lo mejor.

—Entonces… ¿paramos? —Jack levantó la cabeza, pero Hallie todavía podía sentir su aliento sobre la garganta mientras hablaba. Parecía dispuesto a hacer lo que ella decidiera.

—Sí —suspiró y le soltó el pelo—. Supongo que sí.

—Menos mal —dijo él arrastrando las palabras—. Porque tengo un panecillo esperando en el plato que todavía no he probado.

—Los panecillos están secos —informó ella. Le seguían temblando las manos e intentó recomponerse en la oscuridad.

—¿Por qué siempre tienes que arruinarme todo lo bueno? —bromeó él.

Hallie se tocó el pelo.

—¿Cómo vamos a salir de aquí sin parecer un par de salidos?

—Fácil. Sal decidida y segura de ti misma, como si tuviéramos todo el derecho del mundo a estar aquí.

Se llevó la mano a los labios y recordó que se los había pintado de rojo.

—Mierda. ¿Puedes verme la cara?

Jack se acercó más a ella.

—Un poco...

—Seguro que tengo el maquillaje corrido. ¡Estupendo!

—Espera. —Antes de que pudiera detenerlo, él encendió el móvil y le hizo una foto a bocajarro, cegándola con el flash.

—¡¿Pero qué haces?!

—Intentando ayudar... —No terminó la frase porque miró la pantalla y se empezó a reír. La pantalla iluminaba su cara. Cuando se dio cuenta de que no iba a poder parar de reír el tiempo suficiente para explicárselo, dio la vuelta al móvil y le enseñó la foto.

Era una imagen de ella absolutamente estrafalaria.

Tenía los ojos medio cerrados, el pintalabios corrido, las fosas nasales dilatadas, y la foto estaba hecha tan cerca que solo se distinguían sus ojos, la nariz y el labio superior. Parecía el fantasma de un payaso borracho.

—No me estoy riendo de ti —intentó decir él, pero sus palabras se perdieron entre las risas.

—Lo sé. —Hallie volvió a mirar la foto y no puedo evitarlo. Se unió a las carcajadas de él. Ninguno de los dos fue capaz de parar durante unos instantes. Jack apoyó la frente en la puerta, por encima de ella, intentando calmarse sin mucho éxito, mientras ella sentía cómo las lágrimas echaban a perder lo poco que le quedaba del maquillaje ahumado en plena carcajada.

Le costaba hasta respirar.

Cada vez que intentaba recobrar la compostura, se acordaba de la imagen.

De pronto, la puerta se abrió de golpe detrás de ellos. Hallie gritó y ambos cayeron al suelo del pasillo.

Una empleada del hotel los estaba observando boquiabierta, con la mano todavía en el picaporte.

Hallie salió rápidamente de debajo de Jack y se sentó, parpadeando bajo las luces cegadoras. Lo miró, tendido en el suelo del hotel, con la parte inferior del rostro lleno de pintalabios rojo y el pelo alborotado. Estaba tan aturdido como se sentía ella.

Jack se sentó y luego la miró.

La sonrisa se extendió por todo su rostro, echó la cabeza hacia atrás y empezó a reírse de nuevo, bajo la mirada atónita de la empleada.

Y ahí fue cuando Hallie lo supo.

Capítulo
VEINTIUNO

Jack

—Así que toca puros y *whisky* para los caballeros en el patio este y cosmos para las damas en el oeste.

Jack observó cómo la hermana de Hallie volvía a colocar el micrófono en el atril y pensó en lo distintas que eran ambas. Lillie era estupenda, pero Hallie simplemente era... Hal.

—Seguro que es una broma.

«Hablando de la reina de Roma».

Se dio la vuelta y allí estaba Hallie, acercándose con un aspecto impecable. El rastro de maquillaje corrido había desaparecido y no pudo evitar echar de menos el caos anterior. Fingió no entender su comentario.

—¿Qué has dicho?

—¿Dónde estamos? ¿En la Inglaterra victoriana? Los caballeros se retirarán a beber *whisky* y fumar puros mientras las damas descansarán sus delicadas constituciones —ironizó ella, mientras contemplaba a los invitados al ensayo dirigirse a sus respectivos patios—. ¿Y si me apetece un puro?

Se fijó en sus labios. De pronto, era incapaz de apartar la mirada de ellos.

—¿Qué es exactamente eso de la constitución? —preguntó.

Hallie se encogió de hombros.

—No lo sé, pero estoy segura de que la mía es igual de fuerte que la tuya.

—Más quisieras. —Le colocó un mechón de pelo rebelde—. ¿De verdad quieres un puro?

—No —respondió ella, alisándose el mismo mechón de pelo. Por fin se decidió a mirarlo—. Pero tampoco me apetece un puto cosmopolitan.

—Vamos, Jack. —Chuck se acercó a ellos y le hizo un gesto con la cabeza hacia la salida este—. Es hora de que nosotros, los caballeros, disfrutemos de nuestros puros.

—Quiero ir con vosotros.

—¡Hal, ven aquí! —la llamó su madre a pleno pulmón desde la salida oeste—. Haz el favor.

—Haz caso —dijo Chuck, dándole un pequeño empujón—. Ve y compórtate como una señorita.

—¡Que te den! —espetó ella a su primo. Luego señaló a Jack con el dedo—. Prepárate para sujetarme el pelo esta noche, porque como tenga que beber cosmos con mi madre y hablar de lo que sucede en la noche de bodas, te juro que me voy a pillar el pedo del siglo.

Chuck y él seguían riendo cuando ella se dio la vuelta y se marchó. Y a él no le quedó otra que ver cómo se alejaba.

«Es un auténtico huracán».

—¿Puedo hacerte una pregunta sobre Hal?

Jack exhaló una bocanada de humo de su puro, observando cómo se elevaba en el cielo nocturno.

—Si no hay más remedio, Chuck.

Chuck se aclaró la garganta y se lanzó:

—¿Va todo bien con ella?

Jack ladeó la cabeza y lo miró. Chuck le caía muy bien. Era un friqui simpático y muy gracioso.

—Sí —respondió.

—¿Y te gusta mucho?

—Sí —Jack miró hacia el otro lado del patio, donde los padrinos de la boda estaban entretenidos con alguno de esos juegos absurdos de beber alcohol—. Sí. Sí que me gusta.

—A ver, te explico. —Chuck frunció el ceño—. ¿Te ha contado algo sobre Ben?

—¿Quién es Ben? —Sabía perfectamente que era el ex de Hallie.

—¿Que quién es Ben? —Chuck lo miró sorprendido—. Ben Marks, ¿su ex?

—Ah, ese tipo —Jack se llevó el puro a los labios y echó un vistazo al hombre del que estaban hablando, charlando con el padre de Hallie. Tenía pinta de ser el clásico pedante que disfruta hablando de los matices de su vino—. No sé mucho sobre él.

—Te contaré los trapos sucios, pero nunca me has oído hablar de esto, ¿de acuerdo?

Jack asintió.

—Hallie y Ben salieron durante unos años y estuvieron viviendo juntos.

«Vaya».

—¿Años?

Chuck asintió.

—Es un tipo que se cree sofisticado, un imbécil pasivo-agresivo que hacía que se sintiera mal consigo misma y que la convenció para que hiciera cosas como jugar al tenis y comprar un Volvo.

—¿Un puto Volvo?

—Sí, joder. Lo odió a él y a los Volvos. —Chuck se recostó en su silla—. Daba la impresión de que conseguía que se sintiera avergonzada de ser ella misma. Esto es un resumen rápido, claro está. Una interpretación subjetiva después de observarlos a lo largo de los años.

Sí, Jack también odiaba a ese tío.

Aunque, mientras bebía un sorbo de *whisky*, reconoció que los Volvos en realidad le daban igual.

—Y, de repente, un día Ben llegó a casa y le dijo a Hallie que había tenido una epifanía. Que se había dado cuenta de que estaba enamorado de la idea que tenía de ella, de lo que pensaba que podría ser, pero no de ella.

Jack bajó su vaso.

—¿Qué narices significa eso?

—Que no la quería de verdad. Que estaba enamorado de lo que quería que ella fuera, pero Hallie nunca llegó a cumplir sus expectativas.

—Mierda. —Jack se acordó de las lágrimas que había derramado cuando Alex la había dejado y se sintió aún peor por haberlo propiciado. Sabía que Hallie no había albergado sentimientos profundos por ese hombre, pero no necesitaba que otro tío la hiciera sentir menospreciada.

Porque era una mujer absolutamente increíble.

—Que quede entre nosotros —Chuck se acercó un poco más a él y bajó la voz—: después de aquello, le desconecté la batería del coche a Ben solo por joderlo y hacer que llegara tarde al trabajo.

—Eso es maquiavélico que te cagas. —Jack se rio y dio una calada al puro mientras miraba al imbécil del ex de Hallie—. Creo que me caes fenomenal, Chuck.

—El muy imbécil ni siquiera sabía qué le pasaba al coche cuando no podía arrancarlo —comentó Chuck, riendo.

La conversación enseguida se centró en los Volvos. Chuck era un apasionado de los coches y un detractor de los Volvos, y debió de ver algo en Jack que le hizo pensar que eran de la misma opinión. Él lo escuchó, disfrutando del puro e intentando imaginar cómo Hallie no podría cumplir sus expectativas. Era imposible.

—Eh, capullos. —Hallie emergió de la oscuridad, atravesando el césped.

Jack se quedó sin aliento. Todavía llevaba el vestido blanco, aunque los rizos se le habían deshecho, dándole a su pelo un aspecto indómito y ondulado, y ya no llevaba joyas. Esbozaba una sonrisa de oreja a oreja, con un brillo travieso en los ojos y los zapatos de tacón colgando de los dedos de la mano.

—Me voy a chivar, pedazo de sinvergüenza —bromeó Chuck.

—Shhh —le advirtió ella, echando un vistazo hacia el resto de los padrinos, que ahora estaban jugando a las cartas—. He tenido que dar toda la vuelta al edificio y escalar esa valla.

Cuando Jack se puso a mirar la valla que ella estaba señalando, Hallie le quitó el puro y se sentó en el suelo, entre las sillas en las que estaban él y Chuck, lo miró con la cabeza echada hacia atrás, mostrando su esbelta garganta, y dijo:

—No te importa, ¿verdad?

Vio cómo daba una calada. Era tan típico de ella verse tan natural fumando un puro.

—Sabes que te vas a estropear la parte trasera del vestido si sigues sentada así en el suelo, ¿no? —señaló él.

—Ya me he manchado el volante de chocolate, ¿lo ves? —Hallie le enseñó el volante, que parecía estar sujeto con un trozo de cinta americana, mostrando una gran mancha marrón en la parte inferior.

—Por favor, explícame lo de la cinta —le pidió él.

—El barman me ha echado una mano. Siempre llevan un kit con cosas útiles para estos casos —explicó ella.

—¿Y lo del chocolate?

—He pedido a un servicio de entrega a domicilio que me trajeran un *frappuccino* y se me ha caído en el patio.

—Vaya, pues sí que has estado ocupada desde la última vez que te hemos visto —se rio Chuck por lo bajo.

—Un poco —reconoció ella—. Ah, Jamie me ha pedido que te avisara de que se ha quedado sin batería en el móvil, que ha fingido que se encontraba mal y que ahora está en la habitación.

—Perfecto. —Chuck se levantó y se marchó sin más.

—Jack —comenzó ella, mirándole al cuello en vez de a los ojos. Parecía relajada, pero se dio cuenta de que le pasaba algo—. Seguro que mi madre va a querer saber dónde estoy en breve, pero no pienso volver allí. No pueden obligarme. Creo que voy a dar por terminada la noche y voy a subir a la habitación.

—Hal.

—¿Sí?

—Mírame.

Ella lo miró con esos deslumbrantes ojos verdes.

—¿Qué pasa?

—Después de... lo del cuarto de la limpieza, ¿todo bien? ¿Estás bien? —Empezó a quitarse la chaqueta al ver que ella temblaba.

Hallie puso los ojos en blanco y le sonrió mientras él le colocaba la prenda sobre los hombros. Luego se puso de pie y se la ajustó mejor. Envuelta en su chaqueta, parecía aún más pequeña.

—Estoy bien, gracias. Eres todo un caballero.

Jack dejó su vaso de *whisky* y se levantó.

—Vamos.

Ella frunció el ceño.

—No tienes por qué irte solo porque lo haga yo.

Él se encogió de hombros. Estaba deseando estar a solas con ella en la habitación, aunque no fuera a pasar nada.

—Es que quiero irme.

Por suerte, nadie los vio mientras salían del patio y volvían al hotel. Quería tener a Hallie solo para él.

Capítulo
VEINTIDÓS

Hallie

Mientras se dirigían hacia la habitación, Hallie no paraba de hablar sobre lo que había sucedido en el patio de las mujeres, con el corazón latiéndole con fuerza en el pecho. En su interior, no dejaba de pensar en una estrategia. Le aterraba la idea de decir algo que pudiera echar a perder su amistad, pero también le daba miedo que aquel fin de semana perfecto llegara a su fin sin haberse atrevido a que ocurriera algo especial entre ellos.

Sin dar un paso adelante.

—¿En serio te quitaron el micrófono? —preguntó Jack riendo al entrar en el ascensor—. ¡Vaya aguafiestas!

—Bueno, puede que me pusiera un poco insoportable.

—¿Tú? Imposible.

Le encantaba cómo se le arrugaban las esquinas de los ojos cuando le tomaba el pelo. Hallie pulsó el botón de su planta y dijo:

—Descubrí que el falsete hacía que el micrófono chirriara y puede que eligiera una canción de los Bee Gees y lo diera todo.

Jack puso los ojos en blanco.

—¿Cómo se les ocurrió dejarte cantar en el karaoke?

—¿Por qué no iban a dejarme? Canto como los ángeles.

Salieron a su planta y caminaron por el pasillo. Hallie seguía intentando decírselo, contarle cómo se sentía y lo que quería, pero las palabras se le atascaban en la garganta, así que empezó a divagar sobre todo y nada.

Jack abrió la puerta y entraron en la habitación. Hallie clavó la vista en la gigantesca cama y... seguía sin encontrar las palabras.

«Dilo, Hal. No seas gallina. Diiilo».

Se dio la vuelta y miró su apuesto rostro.

—Mmm... ¿Jack?

Al verlo empezar a aflojarse la corbata, se sintió un poco mareada.

—¿Sí?

—Creo que... esto... bueno... estaba pensando que... eso.

Él enarcó una ceja.

—¿Eso...?

—Que ya que ambos vamos a dormir aquí... mmm... juntos, tal vez deberíamos... eh... deberíamos...

Él se quitó la corbata de un tirón y la dejó caer junto a su maleta, mirándola con total intensidad.

—¿Deberíamos qué? —preguntó.

Hallie tragó saliva.

—Deberíamos... mmm... turnarnos para usar el baño.

Él se desabrochó el primer botón de la camisa, mirándola con los ojos entrecerrados.

—¿En lugar de... usarlo al mismo tiempo?

—Claro —respondió ella, poniendo los ojos en blanco—. Solo tengo que lavarme la cara. ¿Puedo entrar yo primero?

Él la miró confundido.

—Por supuesto.

—Estupendo. —Hallie fue hacia su maleta y sacó el pijama superconvencional y nada sexi que había decidido llevarse para ese viaje: un camisón de franela hasta las rodillas y un par de calcetines altos y muy mullidos. Luego pasó junto a él y entró en el baño. Cuando echó el cerrojo a la puerta, gritó en silencio y quiso darse una bofetada.

«Somos adultos, Jack, y ya nos hemos acostado antes. Como no tenemos ningún vínculo emocional, ¿por qué no volvemos a hacerlo? Está claro que entre nosotros hay química, así que ¿por qué no disfrutamos este fin de semana y, lo que pase en Vail, se queda en

Vail? Mientras solo sea eso, una mera atracción sexual, no tenemos que preocuparnos, ¿verdad?».

Pero para ella era mucho más que una simple atracción física, aunque ni loca se lo iba a decir. No, su idea era incluir todo en esa farsa de ser pareja durante el fin de semana y luego, cuando volvieran a casa, que quizá ambos se animaran a compartir lo que de verdad sentían el uno por el otro.

Al fin y al cabo, cosas más descabelladas se habían visto.

Sin embargo, tenía que decírselo de manera casual para no volver a alarmarlo. Estaba claro que le preocupaba que ella se involucrara emocionalmente, de ahí la conversación en el cuarto de la limpieza; por eso tenía que hacerle creer que eso no iba a suceder.

Se quitó el vestido blanco y se puso (¡qué horror!) el pijama menos sensual del mundo. Se peinó un poco, se aplicó crema de vainilla, se echó un poco de Chanel N° 5 en el ombligo y se puso sus calcetines altos.

¡Vaya! No dejaba ver ni un mísero centímetro de piel.

Cuando salió del baño, se sorprendió al ver a Jack de pie en el balcón, en la oscuridad. Las luces de la habitación iluminaban su alta figura; se fijó en que iba descalzo y que se había quedado solo con una camiseta interior blanca y los pantalones de vestir.

—¿Qué lado de la cama prefieres? —preguntó ella.

Él se dio la vuelta, la miró y frunció el ceño.

—¿Vas a dormir con eso? —Entró en la habitación y cerró la puerta corredera.

—Cierra el pico —dijo ella, poniendo los ojos en blanco—. Sé que es...

—¿No has traído ningún pantalón?

Ella se detuvo.

—¿Qué?

—Pantalones. —Señaló sus piernas con el ceño todavía fruncido y repitió—: Pantalones. ¿No tienes ninguno para dormir?

Ella entrecerró los ojos.

—¿No...?

Jack soltó un suspiro.

—No podemos dormir en la misma cama si no llevas pantalones. Vamos, Hal.

—¿Me estás tomando el pelo? —Su voz se elevó en un tono irritante—. Crees que mis pijamas son... ¿Qué? ¿Inapropiados?

—No, no son inapropiados, a menos que compartamos cama.

—Entonces, ¿son inapropiados? —Se preguntó si Jack estaba perdiendo la cabeza.

—Sí.

—¿*Sí*?

—Sí.

Hallie puso los brazos en jarras.

—Pero ¿a ti qué te pasa?

—Hal, no me he traído pantalones de pijama —dijo él, como si eso explicara su reacción—. Suelo dormir en calzoncillos.

—¿Y?

—¿Y...? —Jack hizo un gesto exagerado con el brazo derecho, como si acabara de subrayar un punto relevante en la conversación.

—He visto a tíos en calzoncillos antes, Jack.

El emitió una especie de gruñido-gemido.

—Te estás haciendo la tonta a propósito.

—De eso nada. —Tanto esfuerzo para reunir el valor de pedirle que se acostara con ella para nada. Soltó un suspiro y dijo—: Voy a meterme en la cama mientras te lavas. Cuando salgas, estaré sepultada bajo las mantas y mi inapropiado camisón de franela quedará completamente oculto. Tú solo tendrás que cerrar los ojos y meterte en tu lado de la cama. No va a pasar nada.

Él se pasó una mano por el pelo.

—Lo único que digo es que debemos proceder con precaución.

—Ve a cambiarte.

Hallie se alejó de él y fue hacia su maleta para sacar el libro que se había llevado para el viaje. Jack pasó junto a ella sin decir nada y entró en el baño. Cuando lo oyó cerrar la puerta, ella puso los ojos en blanco con tanta vehemencia que temió que se le quedaran así para siempre, como solía advertirle su madre.

Estaba acostada de lado, leyendo, cuando el colchón se hundió y Jack se metió bajo las mantas. Olía a jabón Irish Spring y todo su cuerpo se estremeció ante su cercanía. Creyó que él se limitaría a dormir sin decir nada, pero entonces lo oyó susurrar.

—¿Hal?

—¿Sí? —respondió ella casi en un murmullo, como si la voz se le hubiera quedado atrapada en la garganta.

—No quería parecer un exagerado. —Su voz era baja, ronca, y le provocaba un torbellino de sensaciones—. Lo siento.

Hallie se giró y, de pronto, tenía a Jack tumbado junto a ella, de frente, mirándola fijamente. Y como si eso no fuera suficiente para provocarle una combustión espontánea, su pecho desnudo estaba justo ahí, delante de ella.

—Te preocupas por nosotros, lo entiendo. Todo va bien.

Vio cómo su boca se torcía levemente en un atisbo de sonrisa.

—Ah, bueno, menos mal que todo va bien.

Ambos intercambiaron una sonrisa, más íntima que cualquiera que hubieran compartido antes, con las cabezas descansando en dos almohadas iguales. Entonces ella levantó la mano y trazó con el dedo índice la línea central de su nariz.

—Si te digo algo, ¿me prometes que lo vas a olvidar si no estás de acuerdo?

Jack frunció el ceño.

—Vale…

—Vale. —Levantó la cabeza, movió su almohada más cerca de la de él para que ambas se tocaran y volvió a apoyar la cabeza. Luego bajó la vista hasta el pecho de Jack, porque no se atrevió a mirarlo directamente a los ojos.

—Sé lo que acordamos en el cuarto de la limpieza, pero no creo que pasara nada si tuviéramos relaciones sexuales.

Capítulo
VEINTITRÉS

Jack

Sintió como si hubiera recibido una descarga eléctrica.

—¿Qué?

«¿Pero qué narices...?».

El aroma de Hallie revoloteaba alrededor de su cabeza mientras ella se apoyaba en el codo y le decía:

—Mira, creo que podemos disfrutar de un fin de semana lleno de sexo increíble sin que nada cambie.

Jack seguía inmóvil, congelado en su sitio, mientras ella seguía hablando.

—Somos adultos, Jack, y ya nos hemos acostado antes. Si no hay vínculos emocionales, ¿por qué no volvemos a hacerlo? Está claro que entre nosotros hay química, así que ¿por qué no hacemos lo que nos apetezca este fin de semana y, lo que pase en Vail, se queda en Vail? Mientras solo sea eso, una mera atracción sexual, no tenemos que preocuparnos, ¿verdad?

Estaba enfadado, excitado y decepcionado a la vez. Porque cada célula de su cuerpo deseaba a Hallie Piper. Ella era en lo único en lo que podía pensar. Y cuando se había dado la vuelta en el balcón y la había visto con ese absurdo camisón de franela y esos calcetines hasta la rodilla, quiso ponerse de rodillas y suplicarle que lo amara para siempre. De modo que sí, era un eufemismo decir que quería pasar un fin de semana lleno de sexo con ella. Sobre todo ahora que estaba acostada a centímetros de él, bajo las mismas sábanas. Se moría por deshacerse de ese camisón y esos calcetines y explorar cada centímetro de su pequeña camarera.

Pero no podía recrearse en esa idea, porque ella seguía diciendo cosas como que no tenían «ningún vínculo emocional» y que todo era «una mera atracción sexual».

Hallie esbozó esa sonrisa tan peculiar suya (que se había convertido en su favorita) y continuó:

—Entonces, ¿por qué no pasamos el resto del fin de semana haciendo *todo* lo que hace una pareja, Jack? Si empezamos a sentir algo más, prometemos decírnoslo y listo. Y, si eso sucede, paramos y volvemos a lo de antes.

Jack soltó un suspiro.

—Piénsalo. Si empiezas a dudar si sientes algo por mí, solo tienes que decir: «Mira, creo que siento algo» y lo dejamos antes de que se convierta en algo serio. Será como retirarse de un combate.

«Ya es demasiado tarde para eso», pensó.

—Es una idea terrible, Hal.

Un atisbo de algo atravesó su rostro, ¿dolor quizá?, pero recuperó la sonrisa al instante.

—¿Puedo hacerte una pregunta seria?

¡Dios! ¡Cómo deseaba besarla! Le miró la boca y respondió:

—Claro.

—¿Estás más preocupado por mí o por ti? Porque si es por mí, tengo la certeza absoluta de que nunca me voy a enamorar de ti. Estoy mil por cien segura. Así que ¿te asusta enamorarte de mí?

Apretó los dientes con tanta fuerza que creyó que se le rompería la mandíbula, pero consiguió sonreírle.

—Joder, no.

Hallie alzó la barbilla.

—Entonces, ¿por qué no lo intentamos?

Jack miró su rostro obstinado y desafiante mientras le aseguraba que jamás se enamoraría de él y sintió un ardor en el pecho. Se encogió de hombros y decidió decir la verdad:

—Porque juntos somos tan buenos que lo convertiríamos en un hábito.

Ella frunció el ceño.

—No entiendo…

—En serio, Hal, ¿cuánto recuerdas de la noche del hotel?

Hallie

«Mierda».

Había minimizado lo de aquella noche en el hotel, mortificada por sus malas decisiones, y había actuado como si apenas lo recordara, porque era más sencillo dejarlo pasar. Pero lo cierto era que lo recordaba todo.

Cada ardiente y apasionado instante.

Se aclaró la garganta.

—Mmm… ¿Todo?

Jack alzó ambas cejas al instante.

—Espera, ¿qué?

Hallie se mordió el labio inferior y asintió.

—Eres toda una mentirosa —la acusó entre risas, jugueteando con un mechón de su pelo—. Bueno, entonces ya sabes a lo que me refiero.

Lo sabía. Sabía exactamente a qué se refería. Pero lo deseaba tanto que se hizo la tonta.

—En realidad, no.

Jack la miró con los ojos entrecerrados, retándola, sin decir una palabra.

—¿Qué? —dijo ella.

—Está bien. ¿Sabes lo que vamos a hacer en lugar de tener sexo esta noche?

Ella puso los ojos en blanco.

—¿Dormir como unos aburridos que odian el sexo?

Jack se acercó un poco más a su cara y le dio un suave mordisco en la barbilla antes de apartarse.

—Vamos a hablar de esa noche. Con todo lujo de detalles.

—¿Y eso para qué? —Observó su propia mano, que parecía tener voluntad propia, enredándose en el espeso cabello de él.

—Porque cuando terminemos, no te quedará otra que darme la razón y reconocer que, si volvemos a acostarnos, no dejaremos de hacerlo hasta que nos muramos.

—Creo que estás demasiado seguro de ti mismo.

Jack le puso un dedo sobre los labios.

—Todo empezó en la cocina, ¿te acuerdas? Estabas sentada en la encimera y me dijiste: «Tengo los labios fríos por el licor de menta» y yo contesté...

—Déjame calentártelos. —Recordaba su encantadora sonrisa—. Y luego insististe con un «Por favor».

Jack esbozó una media sonrisa.

—Y tú, en lugar de responder, te subiste a mi regazo.

Hallie sintió el calor ascendiendo por sus mejillas al acordarse de aquello, de lo adorable que le había parecido él.

—Sí, lo hice.

—Te juro por Dios que en ese momento estuve a punto de perder la cabeza —comentó él. Estaba tan dulce y sexi, con la cabeza apoyada en la almohada—. Hasta ese momento me habías parecido tremendamente graciosa y, de pronto, te transformaste en toda una seductora.

—No seas tonto. —Hallie puso los ojos en blanco.

—Lo digo en serio. —Jack miró al techo, como si estuviera reviviendo aquel momento—. Bueno, entonces de repente estabas en mi regazo, entre mis brazos y yo tenía la lengua metida en esa boca tuya que sabía a menta.

Se sintió tentada a cerrar los ojos y escuchar la sensual historia antes de dormir, pero en vez de eso agregó:

—Lo que estuvo genial hasta que te tropezaste con la caja de plátanos.

Empezaron a besarse y él se puso de pie, sosteniéndola, mientras ella le rodeaba la cintura con las piernas. Jack se puso a caminar, con la intención de llevarlos a algún lugar, pero entonces se tropezó.

—Podría haberte aplastado —dijo con una risa suave.

—Sin embargo, recuperaste el equilibrio y nos llevaste a trompicones hasta el ascensor de servicio. —Cerró la boca. Estaba segura de que no iba a poder hablar del ascensor sin sofocarse.

—Por fin. El ascensor de servicio. —Jack esbozó una sonrisa deliciosamente perversa, antes de acercarse un poco más a ella—. Me encantaría escuchar esa parte desde tu punto de vista, pequeña camarera. Cuéntame lo del ascensor.

Jack

Jack nunca olvidaría lo que sucedió.

Entre besos, bromearon sobre parar el ascensor y hacerlo allí mismo. Y entonces, mientras la tenía contra la pared, besándola apasionadamente, Hallie lo hizo.

Pulsó el botón y detuvo el ascensor.

—Nos estábamos besando y restregando como si fuéramos un par de adolescentes —señaló Hallie con una sonrisa, devolviéndolo al presente—. Paré el ascensor y eso es todo.

—¿En serio?

—Sí —afirmó ella.

—¿Así es como lo recuerdas? —insistió él.

—Sí —respondió Hallie, riendo.

—Creo que hicimos algo más que besarnos, ¿no crees?

—¡Ay, Dios! ¡Jack!

—Sí, eso fue justo lo que dijiste en el ascensor —él se rio— cuando te besé en…

—No. —Le puso la mano sobre la boca, con las mejillas rojas y los ojos brillantes—. Suficiente.

Jack apartó la cara de su mano.

—¿Estás lista para reconocer que si nos acostamos ahora nos convertiríamos en amigos con derecho a roce adictos el uno al otro?

Ella juntó los labios, frotándoselos entre sí.

—Reconozco que puede que tengas un poquito de razón.

¿Por qué de pronto le obsesionaba tanto su boca? Se sentía como si fuera un depredador y los labios de ella su ansiada presa.

—¿Y...? —insistió él.

—Está bien, nada de sexo.

—¿Estás segura?

—¿Que si estoy segura? —Lo miró como si hubiera perdido el juicio—. ¿A dónde pretendes llegar?

—Solo digo que si quieres que discutamos esto más a fondo, estaré encantado de hablar sobre mantener relaciones sexuales en las paredes del hotel o sobre las mesas de escritorio, que, si mal no recuerdo, fue tu postura favorita...

—¿Por qué no te callas? —gimió Hallie, tapándole la boca con las manos—. ¡Ya te he dado la razón, así que para!

Jack le hizo cosquillas debajo del brazo para que lo soltara y luego se colocó encima de ella. «Menudo error, amigo». Lo había hecho para recordarle que él había ganado aquella discusión, pero sentir su cuerpo bajo el suyo fue demasiado abrumador.

Hallie lo miró, parpadeando, como si estuviera sintiendo lo mismo que él y susurró:

—Fue increíble, ¿verdad, Jack?

Contempló su rostro divertido, obstinado y precioso, y no fue capaz de hablar.

Así que simplemente asintió.

Capítulo
VEINTICUATRO

Hallie

Hallie se inclinó sobre la cama y susurró:

—Jack.

Cuando lo vio abrir aquellos ojos azules y somnolientos, le entraron unas ganas enormes de acariciarle su incipiente barba. La manta se había deslizado hasta su cintura y le estaba costando horrores concentrarse, con ese torso desnudo delante de sus narices.

—Me estás salpicando —murmuró él. Se frotó los ojos y se sentó en la cama.

—Lo siento. —Hallie movió la cabeza y lo salpicó aún más—. Acabo de salir de la ducha.

—¿En serio? Si no me lo dices, no me habría dado cuenta.

—¿Siempre eres tan gruñón por la mañanas? —Se sentó en el borde de la cama. Jack tenía ese aire de niño travieso adorable al despertar—. Me resulta curioso.

—Solo me pongo gruñón cuando me encuentro con el típico cliché de tener una sola cama en la habitación.

Hallie soltó una carcajada.

—No me culpes. Si anoche nos hubiéramos «durodado», seguro que habrías dormido como un bebé.

—No creo que «durodado» sea el derivado correcto de «dar duro» —replicó él.

A Hallie le hizo mucha gracia lo grave que sonaba su voz por la mañana.

—¿Qué tal si tú me hubieras dado duro? ¿O si nos hubiéramos dado duro mutuamente? —Se rio por su ocurrencia—. Esta última me encanta.

—¿Por qué estás tan animada esta mañana?

—Bueno —empezó, pero enseguida se detuvo. Estaba exultante por haber pasado una noche maravillosa con Jack. ¿Habían tenido una noche de pasión? En absoluto. Pero compartir la cama con él, oír los sonidos que hacía mientras dormía, despertarse con su brazo sobre ella… Sí, había disfrutado cada instante—. Hay dónuts abajo.

—¿Toda esta euforia matutina es por unos dónuts? —preguntó él, incrédulo.

—Por supuesto —mintió ella. Otra de las razones por las que estaba de tan buen humor era porque, como Jack se había puesto en modo Grinch del sexo, había decidido superarlo en su propio juego durante todo el día. Al fin y al cabo, era el último día completo que iban a pasar allí. A la mañana siguiente, regresarían a casa. Se levantó de la cama y añadió—: Por eso te he despertado. ¿Quieres que te traiga uno?

—No, gracias. —Jack apartó las sábanas y se levantó. A Hallie se le fueron los ojos a sus pantorrillas (no sin antes hacer una rápida parada en sus bóxers) y, cuando observó cómo se flexionaban sus músculos al caminar hacia su maleta, dio las gracias al cielo por que le gustara correr—. No suelo desayunar hasta después de correr.

Hallie ladeó la cabeza.

—¿Crees que es seguro salir a correr solo por la montaña a estas horas?

Jack abrió su maleta.

—¿Por qué no iba a serlo?

—Por los osos. No quiero que te coman la cara.

—¡Qué considerada! —comentó él, sacando unos pantalones cortos de baloncesto—. No te preocupes, Hal, no me va a pasar nada.

—Bueno, pues voy a por los dónuts.

—Que te aprovechen —repuso él. Entonces la miró como si por fin estuviera lo suficientemente despierto para verla, y le regaló una sonrisa lenta que Hallie sintió hasta en los dedos de los pies.

Esa fue la última vez que estuvieron juntos a lo largo del día. Mientras Jack salía a correr, a Hallie la convocaron a la habitación de su madre para que ayudara a atar lazos en pequeños pomperos. Cuando terminó, le avisaron de que solo tenía una hora antes de dirigirse a la peluquería con el resto de las damas de honor.

Al regresar a su habitación, Jack no estaba. Sacó el móvil y escribió:

> **Hallie:** ¿Dónde estás? Por favor, dime que no te ha comido un oso.

> **Jack:** Me echarías de menos, ¿eh?

> **Hallie:** Sí, ¡justo hoy estaba deseando avergonzarte con mis muestras de cariño en público.

> **Jack:** Me he encontrado con Chuck. Me ha pedido que lo acompañe a comprar algunos comestibles de cannabis, ya que aquí es legal.

> **Hallie:** Ahora que dices eso, tengo que escribirle a Ruthie para ver cómo está Tig.

> **Jack:** ¿Quieres que te compre algo?

> **Hallie:** Cariño, ya soy un desastre andante, no necesito ninguna ayuda extra.

> **Jack:** ¿Cariño?

> **Hallie:** Sí, ya lo sé, suena raro. Me ha salido solo, y no estoy siendo sarcástica.

> **Jack:** ¿Eso significa que yo también puedo ponerte algún apelativo?

Hallie: ¿Como cuál?

Jack: ¿Qué tal... cielo?

Hallie: No.

Jack: ¿Calabaza?

Hallie: Es ofensivo para los pelirrojos.

Jack: Lo siento... ¿Y pastelito?

Hallie: Demasiado ñoño. Mira, te he escrito para decirte que ahora me voy a la peluquería y que después nos harán la manicura y tendremos un almuerzo de despedida de soltera.

Jack: ¿Cuándo vuelves, bomboncito?

Hallie: Lo más seguro es que no vuelva, cabeza hueca. ¿Nos vemos en la boda?

Jack: Por supuesto.

Hallie se sumergió en el frenesí del almuerzo de despedida de soltera, decidiendo ser la hermana entusiasta en lugar de la cínica que había sido hasta ese momento. Se hizo la manicura, dejó que la peinaran y actuó como si una simple ensalada de pollo fuera el manjar más exquisito que había probado en su vida.

Durante la comida, su madre la llamó desde el lugar donde estaba charlando con dos de sus tías.

—¡Hola! —las saludó Hallie. Al ver cómo la estaban mirando, se puso un pelín nerviosa.

—Alma quiere hacerte una pregunta sobre tu novio —anunció su madre, señalando a su menuda tía pelirroja.

«Oh, oh». Se puso tensa y respondió con una sonrisa forzada.

—Claro, dime.

—¿Es cierto que ha diseñado el Centro Larsson en Zúrich? —inquirió su tía de mayor edad.

—¿Qué? —Parpadeó confundida—. ¿Te refieres a Zúrich... de Suiza?

—Por supuesto, Hal —replicó su madre, visiblemente molesta—. ¿Qué otro Zúrich hay?

—Bueno, estoy segura de haber oído hablar de un Zúrich en Indiana o en Dakota del Sur —respondió, intentando imaginarse de dónde podía haberle llegado esa información sobre Jack.

—Tu tío Bob estuvo hablando con Jack sobre su trabajo y, cuando le dijo que trabaja para Sullivan Design, lo buscó en Google —explicó Alma.

—Sí, Bob busca a todo el mundo por Google —intervino su madre. Sus dos tías asintieron diciendo: «Cierto» y «Es un problema».

—De acuerdo... ¿Y? —preguntó ella, todavía perpleja.

—Según su página web, ha diseñado parques y áreas urbanas en todo el mundo. Queríamos preguntártelo directamente, porque tu madre creía que era un simple paisajista.

Hallie se quedó allí, estupefacta, mientras pensaba en ello. Cuando había visto en su perfil que era arquitecto paisajista, había asumido que solo se dedicaba al diseño y mantenimiento de jardines y espacios verdes, pero ¿eso era todo? Era un hombre que se vestía bien, que trabajaba muchas horas y que tenía muchos puntos de aerolínea debido a los múltiples viajes laborales que hacía.

Decidió mentir a sus tías y a su madre y fingir que sabía de lo que estaban hablando, pero mientras se alejaba de ellas, también lo buscó en Google y... ¡Vaya! Era un asociado sénior que había diseñado áreas urbanas por todo el mundo y hasta tenía un máster en arquitectura paisajista.

Increíble, ¿verdad?

Por desgracia, no pudo dedicar más tiempo a pensar en ello, porque la jornada nupcial se puso en marcha a pleno rendimiento. Hizo todo lo que su hermana le pidió y, para cuando se estaba abrochando el vestido de dama de honor rojo carmesí en la gran carpa blanca que habían dispuesto en la montaña, necesitaba una copa con desesperación.

Justo antes de que la organizadora de bodas los colocara a todos en fila, le dio un abrazo a su hermana y, por primera vez desde que anunciaron el compromiso, se sintió plenamente feliz por ella.

Ben la miró nada más terminar el abrazo y esbozó una sonrisa paternal de «¡Oh, qué bonito!». Puede que ella le sacara el dedo corazón a modo de respuesta, pero no lo hizo a propósito.

Viejas costumbres y todo ese rollo.

Después volvió a su lugar en la fila, al lado de Chuck, y, cuando empezó la música, volvió a ponerse nerviosa. Su meticulosa hermana había escogido una de esas canciones preciosas de Ed Sheeran capaces de emocionar a cualquiera, pero no iba a sonar «solo» a través de un altavoz bluetooth, ¡oh, no! La grabación venía acompañada con un cuarteto de cuerdas tocando en directo, por lo que daba la sensación de que el bueno de Eddie la estaba cantando, escondido en unos arbustos, poniendo todo su corazón inglés en ello.

Cuando salieron de la carpa para dirigirse al pasillo nupcial, se quedó sin aliento al enlazar su brazo con el de Chuck. El aroma a hojas otoñales llenaba el aire y un sendero de pétalos de flores blancas se extendía ante ellos, llevándolos a un arco situado en medio de un espectacular grupo de álamos. A su izquierda, había un arroyo cristalino, y a su derecha, más allá de las hileras de sillas blancas con los invitados, se erguía una imponente montaña cubierta de pinos.

Era un espectáculo deslumbrante.

—Es impresionante —murmuró Chuck.

—Sin duda —dijo ella, sonriendo. Pero en cuanto posó los ojos en Jack, su sonrisa se esfumó.

Jack

En cuanto el cuarteto empezó a tocar, se puso de pie, al igual que los demás invitados, y se volvió para ver llegar a la comitiva nupcial. Estaba impaciente; no había visto a Hal en todo el día, y quería que la ceremonia terminara para poder estar con ella en la recepción.

Distraído por sus pensamientos sobre ella, desvió la mirada hacia el arroyo, rememorando la noche anterior. Pero entonces notó su presencia.

Las cuerdas se elevaban a notas más altas y el cantante interpretaba una balada sobre declararle su amor a alguien.

Y justo cuando sintió esas palabras en lo más profundo de su pecho, allí estaba Hallie, avanzando por el pasillo, vestida de rojo, con una ramo de rosas blancas y sonriéndole. *A él.*

«Mierda».

Se quedó sin aliento. Una sensación no muy distinta a la que había tenido la noche anterior, cuando habían compartido la cama. A lo largo de la noche, se habían ido acercando poco a poco bajo el calor del pesado edredón de plumas.

Cuando se despertó a las tres de la mañana y se encontró con ella de espaldas, acurrucada contra él, con su suave respiración acompasada, no se movió. Estaba convencido de que su papel como hombre que estaba viviendo el cliché de tener que compartir una sola cama era el de sufrir.

Y vaya si había sufrido.

Se había quedado allí tumbado, como un tonto, despierto durante lo que le parecieron horas. Y lo más extraño de todo fue que lo que más le había atormentado no había sido la cercanía de su cuerpo, sino la proximidad personal con ella, saber que Hallie estaba durmiendo a su lado. Al final, había colocado un brazo sobre ella y la había sostenido así, como si fuera lo más normal del mundo que compartieran cama.

Y eso fue lo que, casualidades de la vida, hizo que por fin se durmiera.

—Están tan guapos... —comentó Jamie, llorando a su lado mientras sonreía a Chuck. La forma en que ese par de excéntricos se quería le provocaba una sensación de..., joder, de algo que no le gustaba. Una envidia de lo más patética.

Porque, por mucho que le encantara fingir que era novio de Hallie, besándola y yendo de la mano con ella, no podía olvidar sus palabras; unas palabras que ella había pronunciado completamente segura de sí misma.

«Tengo la certeza absoluta de que nunca me voy a enamorar de ti».

La ceremonia fue muy emotiva y, sinceramente, le conmovió más de lo que solían hacerlo las bodas. A Hallie le dio hipo durante los votos de su hermana y, entre sus suaves hipidos, sus «Lo siento» susurrados y las risas que eso provocó tanto en ella como en el resto de los invitados, tuvo claro que todos los presentes se quedaron tan prendados de ella como él ya lo estaba.

Capítulo
VEINTICINCO

Hallie

—Creo que me va a explotar la cabeza —dijo Chuck, antes de beberse de un trago uno de los chupitos que Hallie había servido y colocado en la mesa—. Sois de lo más convincentes.

Hallie se tomó su chupito, sintiendo cómo el *whisky* le quemaba la garganta.

—Porque somos buenos amigos y entre nosotros hay mucha química.

—Entonces... mmm... —Chuck bebió un buen trago de su botella de agua, se secó la boca y preguntó—: Si sois tan amigos y tenéis tanta química, ¿me puedes volver a explicar por qué no estáis juntos?

Hallie ladeó la cabeza pensativa.

—Parece sencillo, ¿verdad?

—Sencillísimo. —Chuck miró hacia la puerta del vestuario/sala de reuniones por donde acababa de salir la mayoría de la comitiva nupcial. La sesión de fotos había terminado y estaban listos para empezar la fiesta.

—Es complicado. Jack cree que tenemos demasiada química y que, si nos liáramos, seríamos amigos con derecho a roce perpetuos. —Hallie se puso de nuevo los zapatos de tacón rojo y sacó su estuche de maquillaje—. Piensa que estaríamos todo el día haciéndolo sin parar y echaríamos a perder nuestra amistad. Yo, por mi parte, creo que él es uno de esos tíos que no saben estar solos, que necesitan tener una relación y no quiero ser su opción fácil, la chica con la que se enrolla por comodidad y por un buen polvo.

—Jack no es como el imbécil de tu ex. —Chuck se echó hacia delante para revisarse el pelo en el espejo del estuche—. Y creo que le gustas de verdad.

Hallie sacó el pintalabios y se lo acercó a la boca.

—Creo que ambos nos gustamos, pero no lo suficiente ni de la forma adecuada como para arriesgar nuestra amistad.

—Hazme caso —dijo Chuck, poniéndose de pie mientras ella terminaba de pintarse los labios—. Arriesga esa puñetera amistad.

Hallie también se levantó y le enseñó los dientes.

—¿Tengo pintalabios?

—Estás perfecta —respondió él, enseñando también los suyos.

—Tú también.

—Ahora en serio, si sois perfectos el uno para el otro, que le den a todo lo demás.

Hallie agarró el bolso y pronunció las palabras que le herían el alma.

—No soportaría perderlo, Chuck. Simplemente no podría.

La ruptura con Ben había sido horrible. Inesperada. Había estado perdidamente enamorada de Ben, incluso creía que estaban a punto de comprometerse, y, de pronto, él le dijo que no la quería, que ella no era suficiente.

Se había quedado devastada, pero tenía la sensación de que perder a Jack como amigo sería mil veces peor.

—Hal. —Chuck le quitó el bolso y se lo metió bajo el brazo; un gesto que demostró el amigo tan excepcional que era, ya que sabía que ella odiaba los bolsos de mano—. No lo vas a perder, confía en mí. Además, ¿no crees que el amor bien merece correr el riesgo?

—Joder, sí. —Tomó una profunda bocanada de aire y asintió—. Si voy a hacer que esta noche se enamore de mí, necesito otra copa. ¿Te apuntas?

—Por supuesto.

Debido a sus responsabilidades como dama de honor, Hallie estaba tardando una eternidad en reunirse con Jack. Después de las fotos, Chuck y ella tuvieron que sentarse en la mesa principal mientras todos brindaban y esperar a que sirvieran a los demás.

Menos mal que existen los móviles.

Jack: Se te ve aburrida.

Hallie: Es que estoy aburrida.

Jack: ¿Te apetece jugar a algo?

Hallie: Claro.

Echó un vistazo en dirección a la mesa donde habían colocado a Jack, pero apenas podía verlo porque todo el mundo se estaba moviendo por el salón.

Jack: Vamos a llamarlo «gritar», «dar una paliza» o «matar».

Hallie: ¿Pero qué tipo de juego es ese, bestia?

Jack: Elige a una persona a la que gritarías en público, otra a la que te gustaría darle una paliza y otra a la que querrías matar.

Hallie: ¡Madre mía!

Jack: Empiezo yo. Me gustaría gritarle en público a tu prima Emily, que está sentada a mi lado y no para de hablarme de sus alergias alimentarias.

Hallie se rio. Emma podía llegar a ser muy pesada.

Hallie: Entendido. ¿Y la paliza?

Jack: Esa es fácil. Me gustaría dar una paliza a tu nuevo cuñado, porque sus amigos de la fraternidad son un grupo de fanfarrones que nos han hecho perder demasiado tiempo con sus estúpidos brindis. Debería elegir mejor a sus amigos.

Hallie: Estoy de acuerdo. ¿Puedo ayudarte?

Jack: Por supuesto. Elige tu arma.

Hallie: El cuchillo de la tarta nupcial.

Jack: Una elección excelente.

Hallie: Y ahora, la muerte...

Jack: Obviamente esto no tiene nada que ver contigo, pero me encantaría estrangular a Ben Marks.

Hallie levantó la vista del móvil y estiró el cuello para encontrar a Jack. No logró verlo, pero le sorprendió que supiera el apellido de Ben.

Hallie: Es por la bufanda, ¿verdad?

Jack: Eso desde luego no ha ayudado. Pero cada vez que lo veo, me entran ganas de hacerle daño por hacerte sentir que no eras suficiente.

Hallie ya no sonreía.

Hallie: ¿Eso te lo he contado yo?

Jack: Fue Chuck, aunque estaba borracho y se le escapó. Por favor, no te enfades con él. Mira, Hal, no pasa nada por que lo tuyo con Ben no funcionara, pero tienes que saber que eres más que suficiente. Eres perfecta, y si él fue demasiado imbécil como para darse cuenta, es su problema.

A esas alturas, era incapaz de leer el texto que tenía delante de ella, pues las lágrimas le nublaban la vista. Parpadeó rápidamente para alejarlas y continuó escribiendo.

Hallie: Te prohíbo que seas tan amable. Vas a hacer que se me corra el maquillaje.

Jack: Entonces, ¿cómo lo matamos?

Hallie sacudió la cabeza, y en ese momento la multitud se dispersó lo suficiente como para que pudiera verle la cara a Jack. Estaba sonriéndole.

Hallie: Creo que una muerte por envenenamiento sería una forma muy humana de acabar con el sufrimiento de Bufanditas.

Cuando por fin terminaron los brindis, Chuck y ella dejaron la mesa principal para sentarse junto a Jamie y Jack. Mientras se acercaban a ellos, se tomó un momento para contemplar a Jack mientras él no la miraba.

Llevaba un traje y una corbata negros. Y había algo en su atuendo que lo hacía increíblemente atractivo. Parecía recién salido de un anuncio de colonia o de una portada de una novela romántica sobre magnates. Estaba guapísimo y, cuando él la miró desde su asiento, le dio un pequeño vuelco al corazón.

—Y bueno —dijo él, con una sonrisa que hizo que le salieran arrugas en las esquinas de los ojos—, ¿qué te ha pasado con el hipo?

—¿Por qué no me has dado un susto o algo parecido? —Agarró la silla que había junto a él y la acercó aún más, tratando de contener todo el afecto que en ese momento sentía por él después de lo que le había dicho sobre Ben—. Creía que eras mi amigo.

—¿Y qué querías que hiciera? ¿Gritarte?

—Claro. —Hallie tomó las manos de él entre las suyas y empezó a jugar con sus dedos mientras se acercaba a él—. Cualquier cosa habría ayudado.

Jack frunció levemente el ceño mientras miraba sus manos.

Hallie continuó hablando.

—No quiero parecer rara, pero estás guapísimo.

—¿Me estás tirando los tejos, PC?

—Un poquito. Por cierto, Chuck y yo hemos decidido no ser pareja en el baile nupcial; él va a bailar con Jamie y yo contigo.

Jack enarcó una ceja.

—¿Tengo que hacerlo?

—¡Ay, Dios! No sabes bailar, ¿verdad?

Él sonrió con suficiencia y respondió:

—En realidad, mi abuela me obligó a ir a clases de baile de salón.

—No fastidies.

—De verdad. —Jack levantó su copa—. Durante tres años.

—Entonces, ¿sabes bailar, por ejemplo, un vals?

Él se llevó la copa a la boca.

—Y tanto.

—¿Me vas a dejar boquiabierta con tus giros?

—No solo eso. Me pedirás más, querida.

Y no mentía.

Cuando el DJ llamó a los acompañantes de los novios para que salieran a la pista de baile, Jack la guio como si fuera el mismísimo Fitzwilliam Darcy en una fiesta en Netherfield.

—¡Dios! Eres literalmente el Príncipe Azul —bromeó ella.

Jack acercó la boca a su oreja y repuso:

—Sí, pero no se lo digas a nadie. La gente se vuelve loca con la realeza.

—Mis labios están sellados —se rio ella, apretando la cálida mano que sostenía la suya—. Por cierto, por si te lo estás preguntando, me encanta sentir tu boca en mi oreja.

—¿Ah, sí? —susurró él, deslizando los labios sobre su cartílago.

Al ver que él no tenía ninguna prisa por apartarse, se estremeció por dentro.

—Aunque quizá solo se deba a que tengo la zona muy sensible. Dime, ¿a ti te afecta esto? —Hallie levantó la cabeza y le rozó con los labios el lóbulo de la oreja. Luego acercó la nariz a su cuello, deseando hundirse en él.

—Para —le pidió él mirándola con ardor—. Sabes perfectamente que sí.

—No puedo evitarlo. —Se rio de nuevo. Quizá las parejas de antaño tenían razón con ese afán por los bailes—. Conseguir que me mires de esa forma me vuelve loca.

—¿Te gusta derribar mis defensas? —preguntó él mientras la guiaba por la pista de baile.

—Me gusta hacerte sentir.

—Eres una sádica.

El alcohol empezaba a surtir efecto. No estaba ebria, ni siquiera achispada, solo lo suficientemente relajada como para decir:

—Si te cuento algo sobre lo que siento en nuestra última noche de citas fingidas, ¿prometes olvidarlo después?

Él no respondió; se limitó a mirarla mientras ella sentía el calor de su mano en la parte baja de la espalda a través del vestido.

—No va a cambiar nada —continuó ella—. No es que me esté enamorando de ti, así que no te pongas neurótico. Pero estoy bastante segura de que estoy empezando a sentir algo por ti.

—¿Qué?

—No va a afectar a nuestra amistad, y no quiero que...

—Repite eso.

—Jack...

—Todo, Hal —la interrumpió él, parándose en la pista de baile y mirándola con ojos insondables—. Dímelo.

Lo vio tan agobiado que se arrepintió de haber abierto su enorme bocaza. Aun así, hizo lo que le pedía.

—No es nada del otro mundo. Solo creo que puede que sienta algo por ti; algo que seguramente podré olvidar a partir de mañan...

Entonces él la beso.

Justo allí, en medio de la pista de baile, mientras el resto de los invitados se movía al ritmo de una melodía sobre el amor verdadero. Jack le rodeó la cintura con los brazos y la besó apasionadamente. Hallie le abrazó el cuello y movió la cabeza para darle un mejor acceso, encantada de que él se apoderara de su boca en pleno baile de la boda de su hermana.

No quería que se detuviera nunca.

—Hal —murmuró el contra sus labios, sin dejar de besarla.

—Mmm... —suspiró ella.

—Esta noche yo sí que te voy a hacer sentir.

Aquello la hizo reír. Y, cuando abrió los ojos, se lo encontró mirándola con esa expresión que tanto le fascinaba.

El resto de la fiesta transcurrió como un torbellino, porque Jack fue lo único en lo que pudo pensar. Era como si, de pronto, tuviera una mayor conciencia de él, como si entre ambos existiera una especie de conexión eléctrica vibrante, y nada importara más que él.

El corte de la tarta, el baile *Electric Slide,* la fuente de chocolate... Todo se convirtió en un simple ruido de fondo mientras Jack la miraba de una forma que le tocó el alma.

Jack

—Oye, Jack, ¿puedes hacerme un favor?

Jack, que estaba junto a la barra observando a Hallie hacer una absurda coreografía con Chuck y su hermana, miró a la madre de Hallie y respondió:

—Por supuesto.

—Como ya ha terminado el servicio de *catering* y los camareros se han ido, me gustaría guardar este adorno de la tarta en el congelador para que Riley y Lillie lo tengan de recuerdo. Aquí están las llaves de la cocina, ¿puedes encargarte?

—Por supuesto. —Jack dejó su copa, agarró la llave y la porción de tarta que la madre de Hallie quería guardar y la llevó a la cocina.

Una vez allí, encontró un hueco al fondo del congelador y lo dejó. Justo estaba cerrando la puerta del electrodoméstico cuando Hal entró.

—Hola, tú. —Ella le sonrió como si acabara de encontrar lo que estaba buscando, antes de empujarlo contra la puerta del congelador.

¡Dios! Era increíble lo mucho que le gustaba esa mujer.

—Esa sonrisa viene acompañada de mucho alcohol. —Bajó la vista hacia su mano. Se volvió loco al ver sus uñas rojas contra su pecho. Después de lo que ella le había confesado durante el baile, se sentía como un animal enjaulado, intentando liberarse para acercarse a ella.

—Solo es un diez por ciento de vino —le aclaró ella con un tono suave que él solo había oído cuando la besaba—. Y noventa por ciento de felicidad.

Luego, gracias a sus tacones altos, se elevó para besarlo.

Jack se entregó completamente, enredando los dedos en su pelo y olvidándose del resto del mundo. Quería beber de esa boca, tan dulce y con olor a champán, hasta ahogarse.

«Que Dios me ayude».

Hallie se aferró a su pecho con tal ímpetu, que fue como sufrir una descarga eléctrica que sintió en todo el cuerpo. Empezó a descender por su cuello con los labios. Su piel olía al bote de Chanel N° 5 que había dejado en la habitación y quiso devorarla entera.

La piel de su garganta, el punto debajo de su oreja que estaba oculto bajo su melena… Quería saborear cada centímetro de su cuerpo. Hallie emitió un sonido gutural, como una exigencia, y él se colocó detrás de ella, apartándole el cabello para poder mordisquearle la nuca.

—Jack —Hallie soltó un suspiro y apoyó las palmas de las manos sobre la puerta del congelador—, eso es…

—¿Excitante? —terminó él al ver que ella se quedaba sin palabras.

—Mmm… —Hallie soltó otro suspiro y presionó el trasero contra él—. Iba a decir «perverso».

Le rodeó la cintura con una mano y la atrajo hacia sí, de modo que su cuerpo quedara completamente pegado al suyo.

—Tú eres la que consigue sacar esa parte de mí.

—¿Qué hora es? —preguntó ella, emitiendo un suave gemido mientras él le mordía la zona de piel entre los omóplatos. Estaría eternamente agradecido a Lillie por haber escogido un vestido de dama de honor que exponía parte de su espalda.

—Casi las diez —respondió, sin querer alejarse de ella para comprobarlo.

—Mierda, solo quedan unos minutos antes de que se lance el ramo —comentó ella en un susurro—. Por favor, Jack, date prisa.

Sus palabras lo sumieron en un torbellino de deseo. Apretó los dientes.

—Con «Date prisa» te refieres a…

Ella le respondió llevando las manos a su cinturón.

Hallie

Por lo visto, eso fue lo único que necesitó.

Jack profirió un rosario de improperios mientras se apresuraba a desabrocharse el cinturón y bajarse la cremallera. Hallie estaba al borde la desesperación cuando él deslizó las manos por su vestido y trazó un sendero por los costados de sus muslos mientras le subía la falda y la arrugaba en sus manos.

Y entonces lo tuvo en su interior y… «¡Ay, Dios!».

Ambos gimieron al unísono, él la agarró de las caderas y ella casi perdió el conocimiento con la intensidad con la que él empezó a llevarla al delirio.

—Que conste que esto no cuenta —empezó él con voz ronca y agitada— como nuestra primera vez después del hotel.

—Oye —respondió ella. Se inclinó un poco más y arqueó la espalda, arrancándole un gemido—. No seas mandón.

—Cariño —murmuró él. A Hallie casi le fallaron las rodillas cuando él la acarició con sus manos expertas—, en este momento puedo ser lo que tú quieras que sea.

—¿Jack?

Ambos se quedaron paralizados al oír a la madre de Hallie llamando a la puerta de la cocina.

—Mierda —espetó él.

—Ni se te ocurra parar —le ordenó ella.

—Pero tu madre…

—No puede entrar.

Jack gimió contra su cuello y confesó:

—No he echado el cerrojo.

—Pero yo sí —le informó ella, mirando hacia atrás.

Él levantó la cabeza y la miró. Sus ojos azules la taladraron con intensidad.

—¿En serio?

Hallie asintió.

—Eres mi heroína —murmuró él antes de reanudar los envites y provocarle un jadeo.

Hallie rio y gimió al mismo tiempo.

—Quiero verte la cara —susurró él contra su pelo.

—¿Qué?

—La cara —repitió él mientras la giraba, interrumpiendo el contacto un instante.

—Hola. —Hallie soltó un suspiro, con la mirada lánguida mientras él le sonreía con picardía.

—Así mejor —afirmó él con una expresión de total intensidad. La agarró del trasero, la alzó en brazos, la inmovilizó contra la puerta del congelador con su imponente cuerpo y volvió a penetrarla.

—Sí, mucho mejor —susurró ella. Echó la cabeza hacia atrás, apoyándola contra la puerta y se aferró a su espalda al tiempo que él seguía embistiendo contra ella a un ritmo que la estaba volviendo loca.

—Como en el hotel —jadeó él, justo en el momento en que ella murmuraba:

—Igual que en el hotel.

Hallie abrió los ojos y le sonrió. Pero su sonrisa se desvaneció en cuanto él empujó con más fuerza, profundizando su penetración y mirándola con más ardor.

—Hal —exclamó él, con la respiración entrecortada y los músculos del cuello tensos—. ¡Dios! Yo…

Pegó la boca a la de él y se tragó sus palabras en un beso desesperado, salvaje y lleno de deseo.

—Tu madre piensa que soy la personificación del mal —dijo Jack, mirando por encima de la cabeza de Hallie hacia el lugar donde estaba sentada su madre.

En ese momento, se encontraban junto a la mesa de los regalos, ya que le habían pedido que se encargara de contar los paquetes que iban a tener que subir a la habitación de su hermana.

—Solo le extrañó que la puerta estuviera cerrada —repuso ella, sin poder ocultar una sonrisa. Le estaba costando mantenerse seria mientras hablaba con Jack como si no acabaran de tener sexo salvaje en la cocina del hotel—. Y por qué hemos tardado tanto en abrir.

—Te lo estás pasando en grande con todo esto —comentó él, con una expresión que denotaba disgusto y diversión al mismo tiempo.

—Para nada. —Contempló su apuesto rostro, mientras sonaba *A Groovy Kind of Love* en los altavoces del DJ, sintiéndose un poco nerviosa por lo feliz que se sentía en ese momento.

—Entonces, ¿por qué sonríes?

Ella puso los ojos en blanco.

—Porque estoy feliz.

Jack ladeó la cabeza y la miró con los ojos entrecerrados.

—No sé si fiarme de la Hallie feliz —comentó él, inclinando la cabeza y entrecerrando los ojos.

—Deberías —le aseguró ella. Lo agarró de la corbata y tiró de ella para acercarlo un poco—. Porque tienes a esa Hallie fascinada con tu forma de moverte en la cocina y está maquinando cómo llevarte allí de nuevo para una segunda ronda.

—Si tú vas —Jack le colocó con ternura un mechón de pelo detrás de la oreja—, te sigo a donde haga falta.

A medianoche, la fiesta seguía en pleno apogeo. Hallie tenía la intención de ayudar a recoger, pero cada vez que Jack la miraba, se planteaba ser la peor hermana del mundo. Justo cuando pensaba escaparse con él, se acercó su padre, acompañado de Ben.

—Hal, tu madre me ha mandado a buscarte. Está en la sala de los preparativos, tratando de averiguar de quién es cada regalo. ¿Puedes ir a echar una mano? —preguntó su padre.

—Pues... —Hallie miró a Ben, con una mezcla de irritación y apatía.

Su padre le lanzó una mirada cómplice y dijo:

—Ben se ha ofrecido a ayudarnos. Qué considerado por su parte, ¿verdad?

—Sí, muy considerado —murmuró Jack en un tono que no pareció ningún cumplido.

—Sí —respondió Hallie. Le daba igual lo que hiciera Ben. En ese momento, lo único que le importaba era subir cuanto antes a la habitación del hotel con Jack—. ¿Cuánto crees que tardaremos?

—Ya conoces a tu madre —contestó su padre con un suspiro.

—¡Uf! —exclamó ella. Se volvió hacia Jack—. Será mejor que subas a la habitación. No tengo ni idea de cuándo acabaré.

—Si queréis, puedo ayudar —se ofreció él. Entonces, ambos intercambiaron una mirada y Hallie recordó que era la última noche que iban a pasar en Vail. La última noche de su relación ficticia. La última noche compartiendo habitación.

Y, por la forma en que él la miró, supo que estaba pensando lo mismo.

Solo les quedaban unas horas.

—No te preocupes por eso, hombre —intervino Ben con una sonrisa afable—. Eres solo un invitado a la boda. Si yo fuese tú, aprovecharía esa excusa para largarme. Deja que los que han organizado el evento se encarguen.

Jack miró a Ben como si quisiera darle un puñetazo.

Y luego la miró a ella, fijamente, como si estuviera buscando alguna señal en su rostro.

Hallie no sabía qué decir. Quería estar al lado de Jack, con independencia de dónde fuera, pero no quería que se sintiera obligado a ayudar.

—¿Tienes la llave de la habitación? —preguntó él, con una expresión inescrutable.

—Pues… —Entrecerró los ojos, intentando recordar si la había cogido, mientras analizaba los pormenores de la situación en la que se encontraban—. No lo sé.

—No te preocupes. Tengo el sueño ligero. —Jack se aclaró la garganta y agregó—: Te oiré si llamas a la puerta.

Volvieron a mirarse con una mezcla de deseo, anhelo y algo más que no logró identificar, antes de que él se despidiera de su padre y abandonara el salón de baile.

Ni siquiera le había dado tiempo a llegar a la sala de los preparativos cuando le vibró el teléfono.

Jack: Ya echo de menos tu boca.

Sonrió.

Hallie: ¿Te refieres a mis sabías palabras?

Jack: No, a tus preciosos labios y lo que siento cuando atrapas mi lengua entre ellos.

Hallie: ¡Vaya, Marshall! Esto parece una película para mayores de trece años.

Jack: Entonces alguien va a escandalizarse cuando se entere de que no puedo dejar de pensar en cómo se veía tu trasero cuando tenías las manos apoyadas en la puerta del congelador.

Hallie sintió un cosquilleo en el estómago.

Hallie: Te confieso que puede que ese haya sido el momento más excitante de mi vida.

Jack: ¿PUEDE? ¡Vamos, Hal!

Hallie: A ver, no logro decidirme entre la puerta del congelador o encima del escritorio del hotel.

Jack: Ahora te hago yo una confesión: Lo mejor de la noche en el hotel fueron tus labios con sabor a menta.

Hallie: ¿Solo los besos?

Jack: Esa sensación de caída libre la primera vez que besas a alguien es sencillamente perfecta.

Hallie se llevó la mano al estómago al leer eso. ¡Dios! Jack era como una droga potente. Si lo perdía, le iba a costar mucho superarlo, y eso era algo que la aterraba.

Hallie: Vamos, que me estás diciendo que habrías tenido esa misma sensación con cualquiera.

Jack: Con cualquiera que supiera cómo preparar un Manhattan perfecto, contar un chiste absurdo sobre los Kansas City Chiefs, subirse a mi regazo para llamar mi atención y llamarse Hallie Piper.

Hallie: Has estado rápido.

Jack: Muchas gracias, PC.

Estaba a punto de guardarse el teléfono en el bolsillo cuando vio los puntos suspensivos de escritura. Continuó caminando sin apartar la vista de la pantalla y, cuando por fin le llegó el mensaje, se quedó sin aliento.

Jack: Solo habría podido tenerla contigo.

Mientras seguía a Ben y a su padre, las palabras de Jack resonaron en su cabeza en bucle.

«Ya echo de menos tu boca».

«Lo mejor de la noche en el hotel fueron tus labios con sabor a menta».

«Solo habría podido tenerla contigo».

Capítulo
VEINTISÉIS

Jack

Jack se quitó la chaqueta y la dejó sobre la cama, cansado y frustrado por la situación. Hallie había ido allí por la boda de su hermana, así que eso era lo prioritario, se recordó mientras se desataba la corbata y se deshacía de ella de un tirón. Era lógico que se quedara a ayudar. Se desabrochó la camisa con brusquedad. ¿Qué clase de hermana habría sido si no lo hubiera hecho? Y el hecho de que el imbécil de su ex también estuviera ayudando no tenía nada que ver con su repentino mal humor. Entendía que todo eso formaba parte de las responsabilidades de una dama de honor, pero mientras continuaba desvistiéndose, tuvo que reconocer que estaba profundamente decepcionado. Y sí, era un poco egoísta por su parte. Todo ese fin de semana había sido un preámbulo para esa noche, y después de escucharla decir que sentía algo por él, estaba deseando pasar toda la noche venerándola en aquella cama enorme.

Quería una noche entera con ella antes de que terminara el fin de semana.

Se sacó el cinturón y, cuando estaba desabrochándose los pantalones, oyó que llamaban a la puerta.

No podía ser ella. Quería que lo fuera, pero era imposible que hubiera terminado tan pronto con sus tareas posteriores a la fiesta. Si era ella, solo podía deberse a que necesitaba algo de la habitación. Dejó caer el cinturón sobre el resto de la ropa de la que ya se había despojado y fue hacia la puerta.

Cuando la abrió, allí estaba Hallie, con aire decidido y... ¿nerviosa? Enarcó una ceja.

—¿Qué se te ha olvidado?

—Que solo nos quedan unas horas —declaró ella. Luego bajó la vista por su pecho y su estómago (un gesto que él sintió como una caricia) hasta llegar a sus pantalones medio desabrochados. La vio tomar una profunda bocanada de aire y mirarlo a los ojos—. Quiero sentirlo todo antes de que volvamos a la normalidad, Jack.

Quería decirle que no tenían por qué volver a la normalidad. Necesitaba que entendiera que ansiaba que fuera algo más que una compañera de aventuras con la que intercambiar mensajes. Sin embargo, se oyó decir a sí mismo:

—¿No tienes que ayudar a tu madre?

Hallie se encogió de hombros.

—Les he dicho que tenía que hacer algo importante.

—Vaya una mentirosa que estás hecha.

—No es ninguna mentira —repuso ella, alzando la barbilla. Ese pequeño gesto desafiante le provocó una sensación indescriptible—. Por cierto, mi parte favorita de la noche del hotel fue cuando me ofreciste usar tu cepillo de dientes.

—¿Qué?

—Habíamos... mmm... acabado —dijo—. Estábamos exhaustos. Y en vez de quedarte dormido o hacer lo que cualquier persona ebria habría hecho después de una aventura de una noche, me preguntaste si estaba bien. Luego me miraste a los ojos y esperaste mi respuesta. Cuando te dije que sí, me ofreciste usar tu cepillo de dientes. —Cerró la puerta detrás de ella.

—Sigo sin poder creerme que recuerdes esa noche.

—No puedo dejar de pensar en ella —repuso ella con voz entrecortada.

Sintió un calor intenso en su interior, como si por dentro estuviera en llamas, y lo único que podía ver era a ella. Hallie Piper lo envolvía, lo llenaba; podía sentir su presencia en cada molécula de su ser. La abrazó por la cintura y dirigió las manos a la cremallera de su vestido mientras descendía los labios hacia los de ella.

—Jack —susurró Hallie.

El sonido de su nombre saliendo de esos labios lo enardeció. Abrió la boca sobre la de ella, ansiando saborearla. Y, como siempre le sucedía, besar a Hallie fue como obtener una recompensa.

Sus besos ardientes, húmedos y adictivos lo atrapaban con promesas de emociones que aún no había sentido. Sus dientes y su lengua se activaron como si acabaran de despertar y mientras ella lo consumía en esas llamas, Jack soltó un gemido.

Empezó a bajarle la cremallera de la parte posterior de su vestido, acariciando con los dedos su piel sedosa, pero se detuvo en cuanto sintió los dedos de ella en el botón de su pantalón.

Hallie

Un movimiento y los elegantes pantalones del traje cayeron al suelo.

Tenía el corazón en la garganta, y no porque fuera una adolescente nerviosa, sino porque nunca habían compartido ese tipo de intimidad. Sin estar ebrios, sin bromas, sin prisas por llegar al final; solo eran Jack y Hallie, solos en la oscura habitación del hotel con sus verdaderos sentimientos.

—¡Dios! Hal —masculló él, con la voz tensa y los dientes apretados al sentir su toque.

Mientras ella le acariciaba el cuerpo y Jack bajaba la boca hacia la de ella, su vestido cayó al suelo. Él le rodeó la cintura con las manos y la condujo a la cama, donde se apresuró a desnudarla y a tumbarla sobre el colchón.

La pasión que los envolvía era tan arrolladora como la que los había dominado en la cocina y la de la célebre noche del hotel, pero ahora era mucho más intensa debido a la completa atención que tenían el uno en el otro. Jack no solo la estaba tocando, sino que estimulaba cada una de sus terminaciones nerviosas con las manos, los dedos y la boca. Hallie se retorció, se arqueó, suspiró y gimió mientras él exploraba cada centímetro de su cuerpo.

—Jack —jadeó, mientras la boca de él ascendía por su piel y se detenía en sus labios. Lo miró. Tenía los ojos entrecerrados, con un brillo seductor en la mirada que le daba un aire pecaminoso mientras le recorría el labio inferior con la lengua y respondía con un gruñido grave.

No quería suplicarle, pero lo necesitaba dentro de ella. Le arañó la espalda y se arqueó, buscando su proximidad.

—Hal. Joder. —Lo vio cerrar los ojos un instante, en un gesto que parecía mezclar dolor y deseo contenidos, pero luego los abrió y esbozó una sonrisa traviesa.

Y, antes de que le diera tiempo a reaccionar, lo tenía en el lugar exacto donde lo quería, ardiente y firme.

—Sí, sí, sí, sí —murmuró en un susurro, perdiéndose en la deliciosa sensación de Jack penetrándola profundamente. Se movió al unísono con él, clavándole las uñas en la espalda, en un esfuerzo por mantenerlo lo más pegado posible a su cuerpo.

Pensó que el placer que estaba sintiendo le iba a provocar un infarto. No solo eran increíblemente buenos en el aspecto físico (¡eran sublimes, por Dios!), sino que cada embestida se amplificaba por esa nueva emoción abrumadora que sentía por él.

No sabía exactamente qué era, pero de repente, Jack significaba mucho más para ella.

Mientras él la miraba a los ojos con intensidad y gesto concentrado, y aceleraba sus estocadas, haciéndolas más profundas, ella luchó por asimilar que ese amante de ensueño era su aventura de una noche, ahora convertido en su mejor amigo.

—Nunca he sentido tanto placer como contigo —confesó él con voz ronca y grave contra su piel, agarrándola con firmeza de las caderas y besándola en el cuello—, como esto.

A ella le pasaba lo mismo, pero solo logró gemir su nombre y morderle el hombro como respuesta. Estaba demasiado perdida en él y en lo que le estaba haciendo a su cuerpo como para articular palabras y frases coherentes.

Jack gimió y apretó los dientes, mostrando una expresión salvaje. Deslizó las manos debajo de ella y cambió el ángulo para acercarla aún más a él. Y, mientras la conducía hacia ese exquisito límite entre el éxtasis y el dolor, se preguntó si podría desmayarse por sentir un placer tan extremo.

En ese torbellino de sensaciones, tal vez pronunció su nombre, o incluso lo gritó, pero el clímax le llegó con tal fuerza que fue como un remolino cegador que la arrancó por completo de la realidad de la habitación.

Jack

—Esto es lo más absurdo que he hecho en la cama —dijo él, al ver a Hallie cruzar la habitación con su camisa y sus calcetines hasta las rodillas (tal y como él se lo había pedido).

Ella le sonrió y se acercó con la bandeja, iluminada por la luz tenue de la televisión y del fuego de la chimenea.

—Permíteme que lo dude, pero es un honor introducirte a una de mis especialidades en la cama.

Jack negó despacio con la cabeza.

—Es una idea pésima, PC.

—No, no lo es. —Hallie se rio y dejó la bandeja del servicio de habitaciones sobre la cama—. Si estiras bien el edredón, las migas no caerán dentro. Cuando terminas, solo tienes que sacudir la capa superior y listo.

La observó sentarse con las piernas cruzadas frente a la bandeja y se dio cuenta de que esa era una de las cosas que tanto la atraían de ella. Hallie nunca trataba de aparentar ser otra cosa que no fuera ella misma. Y, en ese momento, era una diosa del sexo famélica que había pedido patatas fritas al servicio de habitaciones a las tres de la madrugada.

—Seguro que tú también tienes hambre —comentó ella, retirando la pesada tapa del plato—. Has estado trabajando muy duro las últimas horas.

—Tú también —replicó él, y ella le ofreció una sonrisa de oreja a oreja de lo más bobalicona.

Jack le revolvió el pelo y le robó una patata, a lo que ella respondió propinándole un sonoro manotazo.

Subieron el volumen del televisor y vieron un episodio repetido de *New Girl* mientras disfrutaban de sus patatas fritas y discutían sobre quién era el mejor personaje. A él le parecía que era Winston; ella era más de Nick, aunque ambos estuvieron a punto de decantarse por Schmidt.

Después de terminar la comida y empezar a sentir el cansancio, Hallie lo llevó al baño donde se cepillaron los dientes el uno al lado del otro, porque estaba convencida de que, si no se los lavaban, el vinagre y el azúcar del kétchup les dañaría la dentadura mientras dormían.

Cada vez que ella intentaba hacer gárgaras, no podía evitar reírse porque él la estaba mirando y se atragantaba con el enjuague bucal. Al final, mientras ambos se reían a carcajadas, Jack la cargó sobre su hombro y la llevó a la cama. Cuando por fin se acostaron y cerraron los ojos, Jack era incapaz de recordar un momento en el que se hubiera sentido tan inmensamente feliz.

Capítulo
VEINTISIETE

Hallie

—Hal.

Abrió los ojos y ahí estaba Jack, sonriéndole. La luz del sol entraba por la ventana, pero él seguía acurrucado bajo las sábanas a su lado, tal y como había estado toda la noche. Tenía el pelo revuelto y la mirada cansada, pero era tan guapo que casi dolía mirarlo.

—Buenos días. —Hallie levantó una mano para acariciarle la mandíbula.

—Buenos días para ti también —respondió él. La miró de una forma que hizo que se sintiera adorada—. Me dijiste que te despertara a las siete, y son las siete. Pero estoy a punto de ducharme, así que si quieres seguir durmiendo un poco más, te despertaré cuando termine.

—¿Hoy no sales a correr?

—Estoy demasiado embelesado con mi novia de pega como para separarme de ella una hora. —Le dio un beso en la frente y salió de la cama—. Vuelve a dormirte. Te despierto cuando salga del baño.

Lo observó caminar por la habitación y pensó que, si le lanzaba una moneda a esos glúteos firmes y musculosos, seguramente rebotaría en ellos. Tal vez lo comprobara más tarde, solo para que se riera un rato y tuviera que volver a desnudarse.

¡Por Dios! ¿Por qué había pensado eso? ¿Por qué de pronto se imaginaba a ella y a Jack teniendo algo más que una amistad? Aún podía oír su ronco gruñido cuando se habían desatado en la cama

(«Nunca he sentido tanto placer como contigo») y casi tenía que pellizcarse para asegurarse de que era real.

Estaba enamorada de Jack y todo parecía increíblemente prometedor.

Soltó una risita y el sonido resonó en las vigas de madera de la habitación. Estaba tan feliz que le entraron ganas de cantar.

Jack

Metió la cabeza debajo del chorro, dejando que el agua caliente se deslizara por su cara y cuello.

Estaba agotado de la mejor manera posible.

Se echó el pelo hacia atrás, vertió un poco de gel de baño en las manos y se las frotó antes de enjabonarse el pelo.

—No me puedo creer que uses gel de baño como champú —señaló Hallie.

Cuando se giró y la vio entrar en la ducha, sintió una ligera opresión en el pecho. Era tan sexi...; su fantasía hecha realidad, con ese pelo rojo y salvaje, pero fue su sonrisa lo que hizo que se derritiera por ella.

Hallie le estaba sonriendo como si le conociera mejor que nadie en el mundo, como si compartieran un gran secreto, y hubo algo en su mirada que casi lo hizo tambalearse. Esa mujer lo era todo para él. Quería tenerla allí, solo para él, en esa habitación del hotel para siempre.

—Es lo mismo —dijo. Intentó sonar indiferente, pero tenía la garganta seca y la voz áspera—. El jabón es jabón se llame como se llame.

Hallie alcanzó sus manos y le robó parte de la espuma que había generado. Alzó el rostro, esperando su beso, mientras colocaba sus manos húmedas sobre él. Jack exhaló bruscamente, soltando un susurro de sorpresa («Joder, joder, joder») y se apoderó de su boca, devorándola con avidez al tiempo que sus dedos espumosos exploraban cada rincón que él había anhelado que tocara.

La agarró del pelo y se dio un festín con su boca, que se convirtió en el epicentro de su apasionada respuesta a las traviesas caricias de ella. Acarició con los dientes aquellos tentadores labios, desesperado por saborearla por completo.

Le temblaban las piernas mientras ella seguía acariciándolo con dedos resbaladizos y, cuando sintió que estaba demasiado cerca de alcanzar el clímax, la abrazó por la cintura y la levantó; un movimiento que no se esperaba, porque detuvo las manos.

Jack los sacó de la ducha. El vapor del agua caliente cayendo de la ducha tipo lluvia inundó el baño. Con una mano, extendió una toalla en el tocador antes de levantar a Hallie y colocarla encima. Ella tenía los ojos entrecerrados, como si le costara mantenerlos abiertos por el deseo, pero cuando se posicionó entre sus piernas y la penetró, los cerró por completo.

Ambos gimieron al mismo tiempo. El gemido de él fue ronco y gutural; el de ella, una súplica ansiosa.

Le encantaba ese sonido, pero le encantaba todavía más que fuera *él* quien provocara esa reacción en ella.

Hallie se recostó sobre sus brazos y dejó caer la cabeza hacia atrás mientras él la hacía enloquecer. Jack aprovechó su postura, lamiendo las gotas sobre su piel húmeda, sabiendo que jamás olvidaría la ardiente mirada en los ojos de ella al contemplarlo lamerla.

Hallie le clavó los talones en la parte baja de la espalda y le rodeó los hombros con los brazos, mientras sus paredes vaginales se tensaban y flexionaban alrededor de él. Cada movimiento compartido era perfecto, una intoxicación candente de la que estaba completamente embriagado. Por su mente, cruzó brevemente la idea de que nunca había tenido un sexo así.

En toda su vida.

Era un sexo increíble; de ese tipo que no podrías dejar ni aunque el mundo se estuviera desmoronando a tu alrededor, pero estaba mezclado con un toque sentimental desconcertante que le hizo querer abrazarla más fuerte y besarla en la frente.

Aquello desató algo en su interior que provocó que su cuerpo, bañado en sudor, se calentara por completo.

Se aferró con más fuerza a sus caderas y se entregó sin reservas, desatándose con ella mientras Hallie jadeaba y se agarraba a sus hombros. Un momento después, el orgasmo lo atravesó y enterró la cara en su cuello.

Cuando apenas empezaba a recuperar la conciencia de su entorno, la oyó decir:

—Esto sí que es empezar bien el día, Marshall.

Hallie

—No me puedo creer lo enfadada que parecía tu madre —comentó Jack al subir al avión.

—Sí, me ha echado la bronca en el baño. Estoy convencida de que cree que eres una mala influencia. —Hallie se rio, sorprendida de que la ira de su madre no le afectara—. Antes de conocerte, yo era un encanto.

—Magnífico —repuso él.

—Tranquilo. La próxima vez que hable con ella, le diré que me salvaste la vida cuando estaba a punto de ahogarme o algo por el estilo y se le pasará.

—Tiene pinta de que no va a funcionar —bromeó él, apretándole los dedos.

A Hallie le había encantado que Jack la hubiera agarrado de la mano nada más entrar al aeropuerto, incluso sin parientes cerca. Su falso noviazgo había terminado oficialmente; todos los demás se irían al día siguiente, pero él seguía tratándola igual.

Aunque después de la noche y de la mañana que habían compartido, no le extrañaba; había sido íntimo y perfecto, mucho más que una simple aventura en una habitación de hotel con una sola cama.

Sin embargo, una pequeña parte de ella estaba preocupada porque esa mañana no habían tenido tiempo de hablar sobre cómo iba a ser su relación cuando volvieran a casa. Ninguno de los dos había dicho exactamente lo que quería, y a ella le daba demasiado miedo sacar el tema.

En cuanto estuvieron en el aire, apoyó la cabeza en el hombro de Jack y se quedó profundamente dormida. Durmió durante todo el vuelo y, cuando abrió los ojos, justo cuando la auxiliar de vuelo anunció que empezaban a descender, Jack la miró de una manera que le hizo recordar cada ardiente detalle de la noche anterior.

—¿Por qué estás tan cansada, pequeña camarera? —preguntó él con voz ronca, acariciándole la espalda—. ¿Has tenido una noche movida?

—No quiero contar demasiado —susurró ella, acercando la boca a su oído—, pero conocí a un chico en una boda y he pasado con él toda la noche.

—Debe de estar en forma si te ha tenido toda la noche despierta.

—No tienes ni idea —repuso ella—. Ha sido como estar en un entrenamiento de sexo intensivo, pero con patatas fritas y televisión.

Jack echó la cabeza hacia atrás y se puso a reír del mismo modo que cuando se cayeron al abrirse la puerta del cuarto de la limpieza durante la cena de ensayo.

Ahí fue cuando supo que estaba perdida.

Se había enamorado por completo de Jack Marshall.

Capítulo
VEINTIOCHO

—Voy al baño, nos vemos en la recogida de equipajes.

—De acuerdo —dijo Jack. Le quitó el equipaje de mano del hombro y se lo colgó en el suyo.

—No me dejes plantada —le advirtió ella entre risas, antes de tomar la escalera mecánica para bajar.

Fue andando hacia el baño público más cercano, aunque iba tan contenta que le entraron ganas de ponerse a saltar.

—¿Hallie?

Se detuvo y se dio la vuelta. Era Alex.

—Ah. Hola. ¿Qué haces por aquí? —Se quedó quieta mientras él se acercaba hacia ella, sorprendida por lo poco que le estaba afectando aquel encuentro. Su ego herido sentía una total indiferencia por aquel hombre rubio que se aproximaba hacia ella con una sonrisa cautelosa, como si temiera que le fuera a montar una escena.

—Un viaje de trabajo de última hora. El mundo es un pañuelo, ¿verdad? Oye, ya que ambos hemos terminado en el mismo lugar, ¿tienes un momento para hablar?

Hallie miró detrás de él y luego volvió a fijarse en su rostro.

—Bueno, en realidad tengo prisa…

—Solo un segundo. ¿Por favor? Está claro que el destino quería que nos encontrásemos de nuevo.

Ella se encogió de hombros y se apartó del tránsito de gente, colocándose al lado de la librería del aeropuerto. Sabía que debía de tener mal aspecto sin el maquillaje y con el moño medio caído, pero le dio igual.

—Solo quiero disculparme —indicó él, mortalmente serio—. Lo siento mucho, Hallie.

¿Por qué los hombres de su pasado de pronto no hacían más que pedirle perdón?

Hizo un gesto con la mano para restarle importancia.

—No te preocupes.

—No te imaginas lo mucho que lo lamento. No sé si estarías dispuesta, pero me encantaría invitarte a cenar.

Ella negó ligeramente con la cabeza.

—Eres muy amable, pero creo que no va a ser posible. —Hizo una pausa, dispuesta a despedirse. Pero entonces le picó la curiosidad—. ¿Puedo saber a qué viene este cambio de opinión? La semana pasada pensabas que no estábamos hechos el uno para el otro.

Alex tragó saliva y respondió:

—Fui un imbécil. ¿Te acuerdas de lo que hablamos sobre las aplicaciones de citas y la química natural y cómo…

—¿Cómo pensabas que el destino importaba más que cualquier otra cosa? Sí. —Se le estaba empezando a agotar la paciencia. Sabía que Jack la estaba esperando y, además, todavía necesitaba ir al baño—. Lo recuerdo.

—Bueno, si te soy sincero, cuando tu amigo me contó lo de la apuesta me enfadé. Las cosas iban tan bien que quería creer que era el destino. Pero cuando descubrí que no lo era…

—¿Qué? —En cuanto oyó la palabra «apuesta», en su cabeza empezaron a sonar todas las alarmas—. ¿De qué estás hablando?

—De Jack. Me lo encontré cuando salía de tu casa, el día que le pedí que te diera los juguetes para el gato que me había olvidado en el coche…

—Ah, sí. —Hallie seguía un poco desconcertada por lo que acababa de decirle, pero recordaba que Jack le había llevado unos juguetes que Alex le había comprado a Tigger—. ¿Y…?

—Nos pusimos a hablar en el aparcamiento, y cuando empecé a deshacerme en elogios sobre ti y le comenté que creía que era el destino, me contó lo de la apuesta.

—¿Cómo?

—Lo de vuestra apuesta sobre quién encontraría antes pareja.

—Ah. —Tenía la sensación de que se estaba perdiendo algo, pero no sabía qué—. ¿Te habló de eso?

—Creo que solo quiso dejar claro que tú y yo no estábamos destinados a estar juntos.

Hallie entrecerró los ojos y miró a Alex. ¿Por qué Jack le habría mencionado lo de su apuesta? Él sabía cuánto le gustaba Alex. ¿Por qué sacaría ese asunto a colación con un tío al que apenas conocía?

¿Y por qué no le había dicho nada cuando Alex la dejó?

—Mira, Alex, la apuesta solo fue una forma de motivarnos para seguir intentando encontrar a alguien. Entre nosotros no había nada...

—Sí, lo sé. Eso fue lo que él me dijo también —le explicó Alex—. Sinceramente, me dio la impresión de que estaba intentando que pasara algo entre vosotros y que yo le estorbaba. Pero no importa.

Hallie sonrió, aunque aquella conversación la estaba poniendo muy nerviosa.

—¿No importa?

—No. Fui yo el que metió la pata. Oye, ¿puedo enviarte un mensaje luego? —Se acercó un poco más a ella—. Este sitio no es el más adecuado para hablar y me gustaría seguir con esta conversación.

—Está bien. —Hallie asintió.

Después de alejarse de él, Hallie comenzó a procesar todo aquello en su mente. Fue al baño, se lavó las manos y volvió a subir por las escaleras mecánicas en piloto automático. Las palabras de Jack, de Alex y de Olivia no dejaban de repetirse en su cabeza, y cuando llegó a la zona de recogida de equipajes, supo exactamente lo que había pasado.

Y era absolutamente desesperanzador.

Se había convertido en la «fruta más al alcance de la mano» de Jack, justo como Olivia había predicho. Y, cuando él vio que había conectado con otro hombre, después de que a él le dejaran, después de pasarse dos semanas en Minneapolis sintiéndose solo y triste por la pérdida de su tío Mack, decidió fastidiarle su incipiente relación.

Porque ¿qué otra razón podía haber para que le hubiera ocultado su conversación con Alex?

Cuando la había abrazado en su habitación, consolándola mientras ella lloraba por su ruptura, lo correcto habría sido confesarle: «Mira, me lo he encontrado abajo y le he contado lo de la apuesta. Seguro que te ha dejado por eso».

Pero no lo hizo.

La dejó llorar desconsoladamente, sin mencionar nada al respecto.

Y luego se ofreció a ser el héroe de la historia, su príncipe azul.

Y ahora, después de lo que había sucedido la noche anterior entre ellos, no sabía cómo interpretar todo aquello. Para ella había sido una noche increíble y perfecta, pero ¿qué había significado para él?

¡Dios! ¿No estaba dándole demasiadas vueltas?

Estaba convencida de que sí, pero también recordaba haber pensado que Ben estaba a punto de proponerle matrimonio cuando en realidad se había dado cuenta de que no podía amarla, por más que lo intentara. ¿Y si Jack ahora se sentía satisfecho con su «fruta al alcance de la mano»? ¿Le duraría esa sensación? ¿O terminaría dándose cuenta de que, a pesar de sus esfuerzos por convertirla en la solución a su soledad, ella no era la indicada?

—Creía que te habías perdido.

Se dio la vuelta y allí estaba Jack, sonriéndole con las maletas de ambos apiladas frente a ella. Su sonrisa le provocó un nudo en el estómago, y aunque esbozó una sonrisa, lo que en realidad quería era ponerse a llorar.

—Me he encontrado con Alex —le dijo.

La sonrisa de Alex se esfumó.

—¿El payaso rubio?

Ella asintió.

—Quiere llamarme más tarde. Dice que se arrepiente de haberlo dejado.

Vio cómo la nuez de Adán de Jack se movió cuando tragó saliva, pero eso fue lo único que cambió en su expresión. No parecía tener nada que confesar.

—¿Y te vas a quedar esperando a que te llame, PC?

Hallie se encogió de hombros e intentó parecer lo más despreocupada posible.

—Supongo que el tiempo lo dirá.

Jack la agarró de la mano.

—Entonces tendré que mantenerte tan ocupada que ni siquiera te enteres de que suena el teléfono.

Cogieron el autobús lanzadera hasta el coche y tuvo la sensación de que habían pasado años desde que salieron de la ciudad. Jack seguía cogiéndola de la mano, pero ambos permanecieron callados, como si hubiera un gran asunto sin resolver flotando entre ellos.

Al llegar al coche, llamó a Ruthie para preguntar por Tigger y avisarle de que iban de camino. Ruthie le dijo que no creía que pudiera soportar separarse de su «bebé» y que tal vez tendría que pedírselo prestado al día siguiente.

—Entonces, ¿ya no la ataca? —preguntó Jack.

—Eso parece.

Mientras Jack conducía fuera del aparcamiento, volvieron a quedarse callados. Le resultó tan incómodo que agradeció en silencio cuando a él lo llamaron del trabajo. De ese modo, pudo sumergirse en sus pensamientos, al tiempo que él discutía sobre el tipo de hormigón que iban a utilizar en su próximo proyecto.

La única lección que había aprendido de su ruptura con Ben (gracias, doctor McBride) era la importancia de ser honesta consigo misma en cuanto a sus sentimientos, tanto los positivos como los negativos.

Su primera confesión honesta era que estaba enamorada de Jack. Sí, quería a Jack. En ese momento, lo que más deseaba en el mundo era fingir que nunca había hablado con Alex en el aeropuerto. Quería entregarse por completo a lo que pudiera surgir con Jack, a disfrutar como lo habían hecho durante el fin de semana.

Pero la segunda era que prefería renunciar a cualquier futuro romántico con él en ese momento, antes que sufrir más adelante lo que había vivido con Ben. Aquello había sido un auténtico calvario y tenía la certeza de que con Jack seria diez veces peor.

Su tercera confesión: no estaba enfadada por que le hubiera contado a Alex lo de la apuesta (no era un secreto para llevarse a la tumba ni nada por el estilo). Sin embargo, le enfurecía que en todo ese tiempo, desde que Alex la dejó hasta ese día, no le hubiera mencionado nada.

—¿Estás bien?

Hallie miró a Jack mientras conducía por la autopista; ni siquiera se había dado cuenta de que había terminado la llamada.

—Ah, sí. —Se obligó a sonreír. Sentía una opresión en la garganta—. Solo estoy cansada.

—Yo también.

Apoyó la cabeza en el respaldo del asiento y cerró los ojos. Prefería fingir que estaba exhausta antes que mantener una conversación con él. Porque su cuarta confesión era que sabía perfectamente lo que tenía que hacer.

Y solo de pensarlo le entraban unas ganas enormes de llorar.

Jack

«Mieeerrrda».

No solía ser inseguro, pero Hallie había estado muy callada y distante desde que se había encontrado con Alex. Parecía confundida con la idea de que él la llamara más tarde, casi como si estuviera considerándolo, lo que hizo que a Jack le entraran ganas de quitarle el móvil y tirarlo por la ventana.

En su cabeza, una misma frase resonaba sin cesar, como un maldito mantra: «Sigue queriendo estar con Alex».

Dejó el coche en el aparcamiento del edificio de Hallie, sacó su equipaje del maletero y subieron a su apartamento. Ruthie pasó veinte minutos contándole a Hallie todo lo que Tigger había hecho durante su ausencia, mientras Hal acariciaba al enorme gato atigrado, así que tuvo unos minutos para tranquilizarse.

Cuando Ruthie se fue y Hallie cerró la puerta detrás de ella, la atrajo hacia sí y la abrazó. Hacían una pareja fantástica; ese pequeño encuentro con Alex en el aeropuerto solo había sido un pequeño contratiempo que olvidarían en cuanto pasaran cinco segundos juntos en su apartamento.

Pero en lugar de su habitual alegría, Hallie parecía tremendamente seria, mirándolo con cautela con aquellos ojos verdes. Estaba tan seria, que empezó a sentir una punzada de ansiedad en el estómago.

—¿Qué pasa, pequeña camarera? —Le besó la punta de la nariz, rodeada de su constelación de minipecas—. Te veo preocupada.

Ella tragó saliva y respondió:

—No, simplemente estoy un poco… pensativa ahora que vamos a dejar de ser una pareja ficticia.

—Conque pensativa, ¿eh? —El corazón empezó a latirle con fuerza (¡qué tontería!) mientras se armaba de valor para decirle exactamente cómo se sentía. Si ella estaba dispuesta a hablar de su relación, que Dios lo ayudara, él estaba listo para arriesgarse y confesarle todo lo que sentía por ella.

Hallie asintió y apoyó las manos en su pecho.

—Es la última noche que vamos a fingir, y una parte de mí lo va a echar de menos.

—Ha sido entretenido —señaló él, un poco confundido por que ella estuviera describiendo esa noche, ese instante, como un engaño cuando solo estaban ellos dos en el apartamento.

Además, ¿qué cojones?, la noche anterior no había sido ninguna farsa para ninguno de los dos.

—Estoy de acuerdo —dijo ella con semblante triste—. Este fin de semana las líneas se han difuminado un poco, pero has sido un novio de pega perfecto y te lo agradezco mucho.

Jack se quedó en silencio; tenía un nudo en la garganta demasiado grande para hablar. Todo estaba allí, en su rostro, en ese modo fatalista con el que lo miraba.

Joder.

Hallie estaba poniendo fin a aquello.

Había terminado antes de siquiera comenzar.

Hallie

Se estaba muriendo por dentro y deseaba con todas sus fuerzas meterse en la cama y llorar hasta quedarse sin lágrimas. Pero antes quería disfrutar de una última noche con él, como algo más que amigos.

—Entiendo si prefieres irte a casa y volver a la normalidad. Seguro que en este momento ya tienes a un montón de chicas en la cola de citas de la aplicación, esperando a que respondas. —Intentó soltar una risa sarcástica, pero no le salió ninguna—. Yo no pienso entrar en la aplicación hasta mañana; estoy demasiado cansada.

—Hal —sus ojos azules tenían un brillo tormentoso—, ¿qué narices estás...?

—Pero, si te interesa, estoy dispuesta a pasar una última noche de ficción. Una última noche entre Hallie y Jack, la pareja perfecta de la boda, teniendo un sexo alucinante.

Oyó la desesperación en su propia voz, pero en lo que respectaba a Jack, lo estaba. Estaba desesperada por una última noche.

Vio cómo Jack tensaba la mandíbula. La miró fijamente durante un buen rato, enfadado, hasta que por fin dijo:

—A ver si lo he entendido bien. ¿Todo ese juego de la pareja ficticia ha terminado y volvemos a ser solo amigos, pero quieres que *follemos* una última vez?

—Olvídalo —respondió, mortificada por el modo tan crudo como él lo había dicho—. No quería...

—Me apunto —gruñó él, antes de apoderarse de sus labios.

Fue un beso lleno de ira y pasión, su boca abriendo la suya y besándola con desenfreno. Jack le sostuvo el rostro con las manos para desatar su lado más salvaje con los dientes y la lengua, y ella se aferró a sus bíceps porque necesitaba algo a lo que sostenerse.

Luego él emitió un sonido ronco y gutural antes de saborear su lengua y tratar su boca como si fuera un melocotón dulce y maduro que quería devorar por completo.

Y así, antes de darse cuenta, Jack la alzó en brazos y la llevó a su dormitorio, con ella enroscando las piernas alrededor de su cintura. Sus ojos eran un pozo de oscuridad cuando la depósito en la cama y se deslizó por encima de su cuerpo. Su boca solo se alejó de la de ella el tiempo suficiente para quitarse la ropa.

A Hallie le temblaron las manos mientras luchaba con la cremallera de sus vaqueros. Y entonces, todo cambió.

Su rostro seguía igual de serio, tan intenso y concentrado al máximo, pero su cuerpo se volvió más suave. Sus caricias se hicieron más delicadas. Y su boca, antes ávida, comenzó a adorarla con devoción.

Aquello le rompió el corazón. Era demasiado abrumador.

Cuando por fin se hundió en su interior, tuvo que cerrar los ojos para contener las lágrimas. Fue tan placentero como siempre lo era con Jack, y ella intentó perderse en la sensualidad física del momento.

«No pienses, no pienses, no pienses».

—Abre los ojos —le pidió él, con voz ronca—. Por favor.

Obedeció y vio cómo movía la garganta al tragar y mirarla. Cómo se le dilataron las fosas nasales y la tensión en su mandíbula. Y, cuando sus ojos se encontraron, intercambiaron las palabras que no habían dicho: «Adiós. Una última vez». Se elevó para besarlo, necesitando sentir su boca. Enlazó las manos alrededor de su cuello y selló su boca con la de él mientras Jack le hacía perder el sentido con sus penetraciones.

Luego alcanzaron el punto de no retorno y las emociones cedieron su lugar al puro deseo carnal. Cuando ella cambio de postura para obligarlos a girarse y quedar encima de él, Jack maldijo como un camionero.

La agarró de las caderas, clavándole los dedos en la piel, observando cómo se movía, pero cuando se incorporó para besarla y le acunó el rostro con las manos, Hallie sucumbió al placer.

Exhaló un gemido en su boca mientras cada músculo de su cuerpo se contraía, para luego relajarse de inmediato. Instantes después, Jack le mordió suavemente el labio inferior, acompañándola con un ronco jadeo.

Jack

Se giró y se movió, deslizándose sobre las sábanas hasta quedar tumbados el uno al lado del otro. Hallie tenía los ojos cerrados y la respiración entrecortada mientras ambos volvían a la realidad. Se emocionó al contemplar las pecas de su nariz, el arco de su labio y, sintiéndose como un completo estúpido, le acarició la curva de la mejilla.

—¿De verdad quieres que esto termine, Hal?

Ella abrió los ojos y Jack odió lo que vio en ellos. Dolor, distancia..., no supo precisar qué era, pero nada bueno.

Hallie parpadeó y respondió con voz tensa:

—Por supuesto.

Él asintió, se sentó y se bajó de la cama para recoger sus pantalones del suelo. Un zumbido ensordecedor llenaba sus oídos y, aunque no deseaba saber la respuesta, se oyó decir:

—¿Es por Alex?

Metió el pie en una de las perneras del pantalón. Era incapaz de pronunciar el nombre de ese tío sin apretar los dientes. Tenía tantos celos que casi le dolía.

—Bueno, podría decirse que sí —repuso ella con un tono carente de emoción.

Su respuesta lo destrozó por dentro. Miró en dirección a la cama. Hallie también había salido de ella. Estaba de pie, envuelta en la sábana y con los brazos cruzados.

Tragó saliva y murmuró:

—Estupendo.

Ella lo miró con el ceño fruncido y preguntó:

—¿Por qué no me dijiste que le habías hablado de la apuesta?

Jack se quedó inmóvil, con las manos sobre el botón.

—¿Qué?

—Antes de la boda. —Lo taladró con la mirada y continuó—: Tengo la impresión de que, como Kayla terminó contigo, decidiste contarle a Alex lo de la apuesta para que me dejara.

Cuando se dio cuenta de cómo había interpretado ella su gesto y de lo que realmente parecía, todo su mundo pareció detenerse. Negó con la cabeza.

—No, no fue así en absoluto. Le conté lo de la apuesta porque ese imbécil creía que el destino os había unido. Que estabais hechos el uno para el otro.

—¿Y a ti qué te importaba eso? —Hallie soltó un resoplido, sus ojos brillaban indignados—. Y sí, fue precisamente así, Jack, porque tú fuiste el único responsable de que él me dejara.

Jack apretó los dientes con tanta fuerza que creyó que se le romperían. ¿Que qué le importaba? «Me importaba porque siento un montón de cosas por ti, Hallie Piper».

Aunque ahora no podía decírselo.

—No me puedo creer que me dejaras llorar a moco tendido sin decirme la verdad —continuó ella.

Quería pedirle perdón. Se sentía fatal por haber hecho eso, pero era incapaz de articular palabra alguna con ella mirándolo así.

Como si estuviera furiosa porque le había arruinado su relación con ese tío.

Porque ella estaba enamorada de Alex, y no de él.

—Lo siento mucho, Hal —dijo mientras terminaba de ponerse los pantalones.

Se sentía como un idiota por haber aprovechado la oportunidad de acostarse con ella una última vez. No había podido resistir la tentación de volver a estar cerca de ella, aun sabiendo que luego lo lamentaría.

Aunque, si era sincero consigo mismo, había tenido la esperanza de que aquello cambiara las cosas.

—Vale —dijo ella, mordiéndose el labio inferior y tapándose un poco más con la sábana.

De pronto, mirarla le resultó doloroso. Necesitaba salir de allí antes de seguir haciendo el ridículo.

—Tengo que mover el coche antes de que llamen a la grúa.

Terminó de vestirse y, cuando agarró las llaves de la encimera de la cocina, la oyó decir:

—Adiós, Jack.

Después, la vio regresar al dormitorio y cerrar la puerta.

Menudo desastre.

VEINTINUEVE

Hallie

Jack: ¿Puedo llamarte?

Hallie dejó el móvil sobre el escritorio y suspiró, odiando lo rápido que le había empezado a latir el corazón al ver su nombre en la pantalla.

Porque habían pasado dos semanas.

Dos semanas de silencio absoluto.

Al principio, se alegró de que no le hubiera enviado ningún mensaje; necesitaba cortar de raíz con esos juegos por su bienestar emocional. La mañana después a su último encuentro, había llorado en la ducha y, a mitad de camino al trabajo, decidió tomar cartas en el asunto y acabar con eso.

Jack era su mejor amigo, y eso era lo único que importaba.

Pero luego... no supo más de él. Ni la llamó ni le envió un solo mensaje.

Ni en sus peores pesadillas se habría imaginado que desaparecería sin más de su vida.

Le echaba tanto de menos que era casi insoportable. Cerró su hoja de cálculo y escribió:

Hallie: Son las 6 de la tarde y estoy saturada, intentando terminar para poder irme.

Antes de que pudiera añadir algo más, su teléfono empezó a sonar.

—Menudo capullo —masculló por lo bajo, antes de responder con un seco—. ¿Diga?

—Hola. ¿Cómo va el trabajo?

¿Cómo podía una simple voz provocar tal tumulto en su interior?

Echó un vistazo al reloj de la pared y dijo:

—Genial. ¿Qué quieres?

—¿Te gustaría salir a cenar esta noche? —preguntó él con voz seria.

Odiaba que se hubieran convertido en eso: dos personas serias que ya no hablaban.

—Esperaba que pudiéramos cenar para aclarar qué es lo que está pasando entre nosotros —continuó él.

Su cerebro gritó: «¡¿Dónde narices te has metido estas dos semanas?!».

Soltó un suspiro.

—Tengo todavía muchas cosas pendientes en el trabajo y quiero terminarlas. Lo siento.

—¿Qué tal mañana por la noche? —insistió él.

No supo qué le llevó a decir aquello, pero respondió con tono despreocupado:

—Mañana tengo una cita.

—Vaya. —Lo oyó aclararse la garganta—. ¿A través de la aplicación?

—Sí.

—Entonces, ¿sigues intentando ganar la apuesta?

«¡Qué va!». Ni siquiera tenía ganas de volver a tener una cita. De todos modos, ¿cómo se atrevía él a burlarse así de ella, como si siguieran siendo amigos?

Intentó parecer aún más despreocupada.

—Por supuesto que sí. Necesito unas vacaciones, Jack.

—No tanto como yo esa pelota de la Serie Mundial. ¿Te apetece que después vayamos al Taco Hut?

«¿Estás de broma?». Apagó el ordenador y dijo:

—Suena bien, pero creo que esta cita puede ser prometedora, así que quizá no necesitemos los tacos.

—¿En serio? —preguntó con voz ronca.

Hallie tragó saliva.

—Sí.

El silencio que siguió los envolvió como un incómodo y pesado manto. Hallie abrió la boca para decir algo, lo que fuera, cuando lo oyó comentar:

—Entonces, supongo que lo decidiremos sobre la marcha.

—Eso parece.

—¿Dónde es la cita? En Charlie's?

—Sí, pero…

—Nos vemos mañana, Hal —la interrumpió él antes de colgar.

Hallie volvió a dejar el móvil sobre la mesa y soltó un sonoro taco, aprovechando que la puerta de su despacho estaba cerrada. «¡Joder, joder, joder!». ¿Acaso había perdido la cabeza? Había aceptado encontrarse con Alex para hablar, pero no era una cita, y, desde luego, no quería ver a Jack.

«Mierda».

Debería haberle dicho que no, pero su cerebro había dejado de funcionar en el instante en que oyó su voz.

Jack

—¡Ay, Dios mío! —gritó Olivia, mirándolo como si le hubiera salido una segunda cabeza—. Entonces , ¿no has hablado con ella desde esa noche?

—Cállate, Liv —masculló, sacándole el dedo corazón a su hermana, cabreado por la absurda situación en la que se encontraba. Miró a Colin y dijo—: ¿Cómo consigues no darte cabezazos contra la pared todos los días al lidiar con ella?

Colin sonrió y miró a Olivia.

—Tengo mejores formas de canalizar mi agresividad.

—Voy a vomitar. —Jack agarró el botellín de cerveza—. En serio, qué puto asco.

Colin y Olivia se rieron. Por mucho que le costara reconocerlo, hacían una pareja estupenda. De alguna forma, sus diferencias los hacían perfectos el uno para el otro.

¡Qué cabrones!

—Así que estás enamorado de Hallie.

—No. —Soltó un resoplido—. A ver, más o menos… Vale, sí. Lo estoy.

—Pero ella solo quiere que seáis amigos —añadió su hermana.

—Puede que ni eso siquiera.

—Aunque os hayáis acostado mientras fingíais ser pareja.

—Perdona, pero ¿vas a seguir haciendo un resumen de mi situación? Porque es bastante molesto.

—Lo siento —se disculpó Olivia, riéndose—. Solo estoy intentando entenderlo todo.

—Si quieres saber mi opinión —intervino Colin—, creo que todo esto tiene que ver con ese payaso rubio.

—¿Qué? —preguntó Olivia.

—¿Qué? —repitió Jack, sorprendido porque ni siquiera les había hablado de la conversación que habían tenido después de la última vez que se habían acostado juntos. Había mencionado de pasada que Hallie se había topado con él en el aeropuerto, eso era todo.

—Todo iba bien hasta que ella vio a ese tío en el aeropuerto —explicó Colin. Dio un sorbo a su *whisky* y continuó—: Es evidente que, o siente algo por él, o está intentando averiguar si lo siente.

Desde la última vez que estuvieron juntos, había intentado enviarle un mensaje a Hallie como unas cien veces, pero al final se reprimía porque ¿y si había vuelto a salir con Alex?

No tenía ni idea de si ella estaba enamorada de él, pero había algo en su interior que necesitaba intentarlo una última vez.

—No, Jack, no le hagas caso —le ordenó Olivia—. Yo creo que lo que le pasa a Hallie es que no sabe qué hacer con lo que siente por ti.

—No me estáis ayudando en absoluto —se lamentó él. Se había pasado por allí porque no quería ir a su apartamento y estar solo, pero mientras estaba allí sentado, se dio cuenta de que tampoco se sentía mejor acompañado—. Me voy a casa.

—Tienes que decirle lo que sientes —dijo Olivia.

—Que Dios me ayude, pero creo que tiene razón —admitió Colin—. Solo dile lo que sientes. Vuestra amistad ya se ha ido a la mierda. Nunca volverá a ser como antes, así que no tienes nada que perder.

—¡Vaya! Esto se te da fatal —comentó él, aterrado de que Colin pudiera estar en lo cierto sobre su amistad con Hallie. Por irónico que pareciera, eso era lo que había temido desde el principio—. Ahora solo quiero irme a llorar sobre mi almohada.

—Todo va a ir bien. —Su hermana se dirigió a la nevera y abrió un cajón de la zona de congelador—. Acabo de hacer una tarta helada.

Dejó su cerveza sobre la mesa. Todo aquello era un asco, pero quizá la tarta helada le ayudaría a sentirse mejor.

¡Qué equivocado estaba!

Porque, en cuanto miró el cuenco que Olivia puso delante de él, recordó aquella vez en la que comió helado con Hallie en el suelo de su salón y cómo ella lamió el cuenco como si fuera un gato.

No había nadie como ella y le aterrorizaba haberla perdido para siempre.

Capítulo
TREINTA

Hallie

—Lo entiendes, ¿verdad?

Hallie asintió y sonrió a Alex con una efusividad exagerada, esforzándose por no buscar a Jack con la mirada.

—Sí. Tiene todo el sentido del mundo.

Podía oír la lluvia golpear el techo. Había sido uno de esos fríos días de otoño en los que no había parado de llover. Desde que se había despertado esa mañana, había pensado que era el clima ideal para su absurda no-cita.

Alex dio un sorbo a su vaso de agua antes de decir:

—Lo cierto es que fue una tontería.

—Bueno, todos tenemos nuestras expectativas... —el corazón empezó a latirle desaforado en cuanto vio entrar a Jack—, que esperamos que se cumplan.

Alex asintió.

—¿Verdad? No tenía sentido preocuparse tanto por eso.

—Es así y ya está —comentó ella, observando cómo Jack se dirigía al lateral de la barra. Llevaba unos vaqueros y un grueso jersey de lana, y se sentó en un taburete que lo dejó justo en su campo de visión, lo que era tanto una bendición como una maldición. Era tan atractivo, que ansiaba devorarlo con la mirada, pero también era la distracción más grande del mundo.

Sobre todo cuando la miró y la saludó con un gesto de la barbilla.

Hallie volvió a prestar atención a Alex.

—Mira, tengo que ser sincera contigo —empezó. No quería darle falsas esperanzas—. Me caes bien, en serio. Me pareces un tío estupendo, pero ahora mismo no quiero salir con nadie, y esto no tiene nada que ver contigo.

Alex la miró con el ceño fruncido, como si intentara entender qué estaba pasando, pero no parecía enfadado.

—De acuerdo. Entonces, déjame que te haga la misma pregunta que me hiciste en el aeropuerto. ¿Qué es lo que te ha hecho cambiar de opinión?

—Bueno... —No sabía muy bien cómo explicarlo—. Digamos que me he enamorado de otra persona. No ha funcionado, pero se me han quitado las ganas de tener más citas.

—Entendido. —Alex estiró el brazo y colocó una mano sobre la de ella—. ¿No será por algún casual tu mejor amigo, el que está en la barra?

Hallie lo miró a los ojos.

—¿Qué?

Él se encogió de hombros.

—Lo he visto entrar. De hecho, te he visto verlo entrar.

—Alex, lo siento mucho...

—No pasa nada. —Sonrió y dijo—: Noté algo en él las dos veces que coincidimos, así que no puedo decir que me haya sorprendido.

Hallie tragó saliva.

—No hay nada entre nosotros, te lo prometo. Y tampoco lo había cuando tú y yo estuvimos juntos.

—Lo sé. —Movió su bebida en el vaso—. Por cierto, ¿estás bien?

Hallie sonrió. Sí, Alex era un buen tío.

—Lo estaré. Ya sabes lo que dicen a veces sobre el amor, que es una mierda.

—Nunca se han dicho palabras más ciertas —afirmó él, devolviéndole la sonrisa—. De todos modos, podemos seguir cenando como amigos, ¿no? Creo que nos lo hemos ganado.

Ella levantó su copa de vino y asintió.

—Sí, nos lo hemos ganado.

Jack

—¿Me puede poner otro vaso de agua, por favor?

Jack empujó su vaso vacío hacia el camarero mientras intentaba calmarse. Después de haberse bebido un *whisky* de un trago al verla sonreír a Alex, decidió que era mejor cambiarse al agua si no quería acabar en un coma etílico.

¿Qué cojones estaba pasando?

Lo primero de todo, ¿cómo narices podía estar tan guapa y tan condenadamente feliz? Había supuesto que, al igual que a él, le estaría costando seguir adelante sin su amistad. Que lo echaría de menos, aunque solo fuera una fracción de lo mucho que él la echaba de menos a ella.

Pero parecía que todo le iba de maravilla.

No había organizado ninguna cita para esa noche; ¿qué sentido tenía quedar con otra persona cuando la única que le interesaba era Hallie? Pero había esperado que ella estuviera con algún desconocido, no con Alex. Y mucho menos que se mostraran tan afectuosos el uno con el otro, como si estuvieran pasándoselo en grande.

Siguió allí sentado, bebiendo agua, esperando a que ella diera señales de querer irse, pero el sonido de su risa se le clavaba como un puto machete.

Sacó el móvil y, cuando estaba a punto de enviarle un mensaje, la oyó reírse a carcajadas por algo que ese tío le había dicho; la misma risa contagiosa que soltó en el baño de la habitación del hotel de Vail cuando intentó hacer gárgaras. Y esa fue la gota que colmó el vaso.

«Se acabó», pensó.

Dejó un par de billetes en la barra, se levantó y se fue.

Hallie

«¿Se va?».

Hallie se levantó de un brinco, haciendo que la silla chirriara sobre el suelo. Miró a Alex y este le hizo un gesto para que se fuera tras él. Se dirigió a la puerta sin tener ni idea de qué le iba a decir. ¿Cómo podía dejarla plantada de ese modo?

Empujó la puerta para abrirla y salió a la calle. La lluvia cayó sobre ella al instante. Miró a su izquierda y vio a Jack de espaldas, alejándose.

—¡Espera! —Hallie comenzó a correr mientras gritaba—. ¡Jack!

Él se detuvo y se dio la vuelta. Tenía el cabello empapado.

—¡¿A dónde crees que vas?! —exclamó. Se paró cuando estuvo a medio metro de él—. ¿Te largas y ya está?

Jack la miró con el ceño fruncido mientras la lluvia torrencial los calaba a ambos.

—No parecías necesitarme para nada.

—Fuiste *tú* el que insistió en vernos, el que me llamó, ¿y ahora simplemente te marchas? ¿Otra vez? ¿Qué te pasa?

—¿Qué me pasa a mí? —La miró como si estuviera loca—. No me dijiste que tu cita de esta noche era con Alex. ¿Por qué me has hecho ir al bar? ¿Para ver cómo saltaban las chispas entre vosotros?

—¿Estás cabreado? —Estaba claro que el que había perdido el juicio era él—. ¿Conmigo?

—¡Claro que estoy cabreado! —gritó él—. Creía que íbamos a hablar de lo nuestro. Pero en lugar de eso estabas allí, ligando con ese tío justo delante de mis narices.

—¿Lo nuestro? —Le golpeó con un dedo en el pecho—. ¿A qué «lo nuestro» te refieres? No he sabido nada de ti en semanas, ¿y ahora te crees con el derecho de hablar de «lo nuestro»?

—Hallie...

—¿Por qué no me has enviado ni un triste mensaje? —Odiaba las lágrimas que se estaban agolpando en sus ojos—. Después de aquella noche, ¿por qué no me escribiste algo como «Hola» o «Te odio» o «Los ramen están de oferta en el puto supermercado»? Cualquier cosa que indicara que había algo entre nosotros. ¿Cómo pudiste dejarme así?

—Estaba intentando entender lo que siento, Hal. —Se echó hacia atrás el pelo mojado—. Quería estar seguro de mis sentimientos, antes de hablar contigo sobre lo que sientes tú.

—¿Qué narices significa eso?

—¡¿Sientes algo por Alex?! —le gritó a través de la lluvia.

—Jack...

—*¿Lo sientes?*

—No. —Negó con la cabeza y su pelo empapado le salpicó más agua en la cara—. Nunca he sentido nada por él.

Jack la agarró del brazo y la acercó al edificio frente al que estaban parados para que pudieran resguardarse debajo de una marquesina. Luego la miró y espetó:

—¡Jesús, Hal! No quería decírtelo así, pero creo que estoy enamorado de ti.

Jack

Observó cómo abría la boca de par en par, para luego cerrarla de golpe. Hallie clavó sus grandes ojos verdes en él, pero no pronunció palabra alguna.

Simplemente se quedó mirándolo.

—Deberías decir algo, Hal —declaró él.

—De acuerdo, diré algo. —Estaba tiritando un poco, pero su rostro reflejaba una ira candente—. Lo que acabas de soltar es horrible, imbécil.

Sus palabras lo golpearon como un puñetazo en el estómago. Intentó descifrar su expresión mientras se defendía.

—¿Te declaro mi amor y me llamas «imbécil»?

—No, no me has declarado tu amor; me has dicho que «crees» estar enamorado de mí —explotó ella con los dientes apretados y mirándolo furiosa, mientras seguía temblando bajo la fría noche—. ¿Quién te crees que eres? ¿Darcy bajo la lluvia, diciéndole a Elizabeth que la ama a pesar de pertenecer a una clase social inferior?

No tenía ni idea de qué responder a eso.

—¿Has estado dos semanas desaparecido para llegar a la increíble conclusión de que quizá estás enamorado de mí, pero no estás seguro al cien por cien?

«Joder». No podía haber elegido peor las palabras.

—Yo supe que estaba enamorada de ti en el momento en que nos caímos de ese puto cuarto de la limpieza en la cena del ensayo. No tardé quince días en «creer» que podría estarlo.

Aquello le devolvió la esperanza. Si había estado enamorada de él en la cena del ensayo, tenía que seguir sintiendo algo, ¿no? ¿Y por qué no le dijo nada aquella noche?

—Si yo soy Darcy bajo la lluvia, entonces tú eres el señor Smith, demasiado testaruda para escuchar lo que intento decirte mientras te quejas sobre cómo he expresado mis sentimientos.

Ella lo miró con el ceño fruncido.

—¿Quién narices es el señor Smith?

—Las patatas hervidas son una verdura ejemplar; ¡ese señor Smith!

—Un momento. —Hallie volvió a quedarse boquiabierta—. ¿Me estás comparando con el señor Collins?

Jack asintió.

—Estoy intentando decirte algo, pero estás tan absorta en tus propios pensamientos y opiniones sobre todo que no me estás escuchando, señor Collins.

Jack no podía creer que estuviera utilizando el peculiar lenguaje de Hallie, pero, como estaban hablando y ella por fin lo estaba escuchando, decidió seguir por el mismo camino.

Hallie

La mente de Hallie iba a toda velocidad mientras lo escuchaba insultarla de la manera más increíble. Seguía furiosa, pero algo en su interior estaba cambiando.

—Perdóname por no querer etiquetar mis sentimientos, pero no sé nada sobre el amor, ¿vale? Lo único que tengo claro es que has cambiado cada detalle de mi vida.

—¿En serio? —replicó ella.

—Sí. —Jack tragó saliva y continuó—: No puedo pasar delante de un Burger King sin pensar en patatas fritas en la cama, ni oír hablar a un inglés sin recordar tu espantoso acento; no puedo ver un anuncio de joyas sin acordarme de tu cara sonriente en el mostrador de Borsheim y ni siquiera puedo oír sonar mi teléfono sin desear que sea algún mensaje tuyo, por absurdo que sea.

—Jack... —Estaba un poco mareada. No era una confesión romántica de amor eterno, pero sí lo que siempre había deseado.

—Antes, mi vida iba sobre ruedas —siguió él—, pero ahora todo es diferente y es algo que odio.

—Yo también lo odio —dijo ella, acercándose un poco más.

Él le acarició la mejilla mojada con el pulgar.

—Siento mucho no haberte llamado.

Hallie se estremeció.

—Yo también lo siento.

—Sé que lo he estropeado todo, Hal —dijo mientras le apartaba el pelo mojado de la frente—. Pero te echo tanto de menos que me cuesta respirar.

—Yo también —repitió ella.

—Y sé que no lo he expresado de la mejor manera, pero estoy perdidamente enamorado de ti. Y no solo enamorado, que conste. Eres mi persona favorita del mundo. Eres divertida, inteligente y preciosa, y cada vez que me pasa algo, sea bueno, horrible o maravilloso, eres la primera a la que quiero contárselo.

Ella se rio mientras se le volvían a llenar los ojos de lágrimas.

—¡Ay, Dios! ¿Acaso nos hemos intercambiado?

Jack acercó la cara a la de ella y sus ojos brillaron al recordar la conversación que habían tenido sobre qué buscaban en una pareja.

—Entonces , ¿eso significa que crees que yo te completo?

No tenía pensado reconocerlo, pero, cuando vio la intensidad en sus ojos azules, se armó de valor, alzó la barbilla y respondió:

—Sí.

Jack hizo un sonido que estaba a medio camino entre un suspiro, una risa y un gemido, y luego la agarró de la barbilla con ternura y le levantó la cabeza mientras bajaba la suya. Cuando sus labios se encontraron y sintió su aliento, fue como volver a casa.

De repente, las cosas se pusieron muy calientes: dientes, lenguas, bocas ávidas buscándose... Hallie estaba dispuesta a todo mientras la lluvia seguía cayendo a su alrededor. Subió los brazos hasta sus hombros y se apretó contra él, empapada, necesitando estar más cerca, embebecerse de cada pequeño detalle de Jack Marshall.

Luego él se apartó un poco, la miró y dijo:

—Un poco más abajo hay un lugar estupendo de tacos. ¿Quieres ir a comer algo y a hablar?

Hallie asintió.

—Me encantaría.

Jack señaló una tienda de ropa alternativa Urban Outfitters al otro lado de la calle.

—¿Qué te parece si antes te compro algo de ropa seca?

—Sería todo un detalle por tu parte —respondió ella con una sonrisa. Jack la agarró de la mano y salieron de nuevo a la lluvia, caminando en esa dirección—. ¡Gracias! —le gritó por encima del estruendo del aguacero.

—¡Cuando quieras! —respondió él, también a gritos.

—Yo también te voy a comprar ropa seca —le informó ella—, pero tienes que ponerte lo que elija, ¿de acuerdo?

Como él no le respondió cuando cruzaron la calle corriendo, supuso que no la había oído por el estruendo de la lluvia. Pero en cuanto abrió la puerta de la tienda y entraron, él la detuvo, esbozó una amplia y radiante sonrisa mientras se retiraban el pelo de la cara y se secaban las caras empapadas, y le dijo:

—Hallie Piper, soy todo tuyo. Vísteme como te plazca.

Y ella se derritió por dentro.

Jack

—Creo que ya no vas a poder enfadarte conmigo nunca más. —Jack bebió un sorbo de su cerveza y ofreció una sonrisa educada a la camarera, que lo estaba mirando, tratando de contener la risa mientras les servía la comida—. Con esto me he ganado tu perdón eterno.

Hallie negó con la cabeza con gesto serio, aunque a él no le pasó desapercibido el brillo de diversión en su mirada.

—¿Crees que por llevar eso puesto ya estamos en paz?

Se puso de pie solo para que ella pudiera volver a contemplar su obra: *leggins* con estampado animal, *top* corto, *pashmina* fucsia, Converse amarillas y un sombrero de fieltro rojo con un parche que decía: «Cómeme». Giró sobre sí mismo con los brazos en alto, esperando una respuesta.

Hallie volvió a reírse.

—No me puedo creer que te lo hayas puesto.

—Por supuesto que sí. —Se sentó de nuevo y la miró. Sería capaz de ir vestido así todos los días con tal de estar con ella—. Te quiero.

Hallie puso los ojos en blanco.

—¿Seguro? —bromeó—. Quizá solo «crees» que me quieres.

Aunque le había costado mucho entender sus sentimientos, de repente todo estaba claro como el agua. Puede que fuera por no haberla tenido en su vida las últimas semanas, pero sospechaba que más bien se trataba del sentido común que llegaba con un poco de retraso.

—Mira, pequeña camarera. —Agarró el plato de nachos y lo puso frente a ella porque ambos sabían que le encantaba escoger el primero—. Me has hechizado en cuerpo y alma y te quiero hasta el infinito y más allá. Ahora, por favor, dime que tengo las manos frías para que así podamos seguir adelante con nuestras vidas.

Hallie cogió un nacho justo del centro, lleno de carne y queso, y lo levantó con cuidado, intentando no perder ni un solo trozo de cebolla roja (siempre se le caía alguno).

—¿Y si solo «creo» que las tienes frías, Jack? ¿Cómo puedo estar segura?

—Vas a seguir erre que erre, ¿verdad? —preguntó. Le encantó la sonrisa de suficiencia que le dedicó mientras le tomaba el pelo por su metedura de pata.

Ella asintió lentamente y su sonrisa se volvió más dulce, menos provocadora.

—Te lo voy a recordar durante mucho mucho tiempo.

Hubo una promesa implícita en sus palabras que hizo que se sintiera el hombre más afortunado del mundo.

Sacó el móvil.

> **Jack:** Estoy en medio de una cita y creo que ES ELLA. ¿Crees que es de mala educación meterle prisa en la cena porque estoy desenado llevarla al catre?

La vio sacar el teléfono del bolsillo, leer el mensaje y sonreír.

> **Hallie:** ¿Al catre? ¿En serio, capullo? Suena fatal.

¿Era raro que tuviera ganas de llorar de felicidad?

> **Jack:** ¿Qué tal: «Estoy deseando mojar con ella»?

> **Hallie:** Con el aguacero que está cayendo, no creo que sea la noche más indicada para hablar de «mojar».

> **Jack:** Entendido. Estoy deseando entregarme al placer del acto carnal con ella.

—Anda, guarda el teléfono antes de que me ponga a vomitar —dijo Hallie riéndose. Dejó su móvil sobre la mesa y le dio un mordisco al nacho—. Resulta que conozco a tu cita y me consta que está más que dispuesta a asaltarte después de cenar. Así que date prisa y come.

Dejo el teléfono y se sirvió la mitad de la ración de nachos en el plato.

—Que Ditka te oiga.

EPÍLOGO

Nochebuena

—¡Es increíble! —El padre de Jack no dejaba de mirar fascinado la pelota de béisbol, dándole vueltas para ver todas las firmas—. ¡No me puedo creer que me hayas conseguido esto, Jackie! ¿Lo has visto, Will?

Hallie y Jack intercambiaron una sonrisa desde el lugar donde estaban sentados en el suelo, junto al árbol de Navidad. Como habían encontrado a su alma gemela en la aplicación al mismo tiempo, él había ganado la pelota y ella los puntos de aerolínea.

—Sí, papá, lo he visto —dijo el hermano de Jack, mascullando «Jackie» como si fuera una palabrota.

—Te he hecho una bufanda con mis propias manos —protestó Olivia, fulminando a su padre con la mirada desde el sofá en el que estaba sentada junto a Colin—. Pero claro, lo increíble es una simple pelotita de béisbol.

—No lo entiendes —replicó Jack, negando con la cabeza—. No estabas allí.

—Porque no me invitasteis —respondió Olivia.

—Odias el béisbol.

—Eso no significa que no quiera que me llevéis con vosotros —señaló ella, poniendo los ojos en blanco—. Imbécil.

—¡Olivia, esa lengua! —intervino la madre de Jack, mirando a Hallie como si estuviera horrorizada por lo que había dicho su hija—. Por favor, no se lo tengas en cuenta.

—No pasa nada —dijo Hallie.

—Claro que no. ¡Pero si Hal sería capaz de sonrojar al más rudo de los camioneros! —bromeó Jack.

—¡Eso es mentira!

—Jackson Alan —le advirtió su madre—, para ya.

Hallie abrió la boca, sorprendida, antes de susurrar:

—¿Te llamas Jackson Alan? ¿Como el cantante de *country*, pero al revés?

—A mi madre le encanta la música *country* —confesó él, un tanto avergonzado.

Pasaron la Nochebuena con su familia y, cuando terminaron y estaban de camino a casa, le dijo:

—Tu regalo está en la guantera, por si quieres abrirlo ahora.

—¡Qué sofisticado! —Hallie abrió la guantera lo más rápido que pudo.

No había nada envuelto en papel de regalo, pero sí un sobre de manila con su nombre. Lo miró y dijo:

—Si me estás demandando por algo, Marshall, te juro por Dios que te estrangulo.

—Ábrelo —le animó él.

Rasgó el sobre con un dedo y luego metió la mano y sacó los papeles. Empezó a hojearlos de uno en uno y, cuando supo de qué se trataba, se le llenaron los ojos de lágrimas.

—¿Me llevas de nuevo a Vail? —Había reservado la misma habitación en la que habían estado durante la boda, solo que en esa ocasión irían en tren—. ¿Durante siete noches?

—Un viaje de diez días en total —explicó él. La miró de reojo y le puso una mano sobre la rodilla—. Han sido las mejores vacaciones que he tenido en la vida, salvo por el temor a perder a mi mejor amiga. Así que ¿qué te parece si volvemos sin todas esas preocupaciones, sin la familia y el exnovio?

—¡Es el mejor regalo del mundo! —exclamó ella, sujetando todos los papeles contra su pecho con una mano y colocando la otra sobre la de él—. Gracias, Jack.

«Esa es solo una parte del regalo», pensó él, recordando la caja con el anillo que tenía en su armario mientras ella le cubría la cara de besos. Quizá era demasiado pronto, pero no podía evitarlo. Hallie era todo lo que nunca había sabido que quería, y no le parecía sensato perder el tiempo cuando tenía a la mujer de su vida justo delante de sus narices.

—De nada —dijo él, viendo pasar a toda prisa las luces de Navidad del vecindario mientras conducía.

—Pero tú vas a tener que esperar a mañana por la mañana —añadió ella, subiendo el volumen de la canción de Michael Bublé que sonaba en la radio— para recibir el mejor regalo de todos los tiempos.

Y a la mañana siguiente, cuando se despertó bajo el árbol de Navidad con el gato de Hallie sentado en su cuello y la rodilla de ella en su espalda, supo que, sin duda, ya tenía el mejor regalo.

AGRADECIMIENTOS

¡Gracias a TI, lector, por leer esta novela! Eres parte de mi sueño hecho realidad y te estaré eternamente agradecida. En serio. No quiero parecer rara, pero te quiero.

Gracias a Kim Lionetti, por soportar mis correos electrónicos repletos de signos de exclamación y por ser una persona maravillosa a la que adoro. Superas con creces lo que jamás creí necesitar en una agente. Soy muy afortunada por tenerte.

Angela Kim, tu título debería ser el de «supereditora» o quizá algo como Vicepresidenta de Edición Asombrosa. (Tienes nivel de sobra para ser presidenta, pero quién querría un puesto así, ¿verdad?). Me encanta trabajar contigo y me alegra muchísimo que esto aún no haya terminado.

A todo el equipo de Berkley, sobre todo a Bridget O'Toole, Chelsea Pascoe y Hannah Engler; muchísimas gracias por trabajar tan duro. Y Nathan Burton, me encantan tus portadas. Por favor, nunca nos digas que «no» porque se me caerían unos lagrimones tremendos (soy de las que lloran a moco tendido).

Mil gracias a Bookstagram y BookTok. Sois creadores de contenido increíbles. Hacéis un trabajo asombroso con respecto a los libros. No os merecemos. Un agradecimiento especial a Hailie Barber, Haley Pham y Larissa Cambusano por tratar particularmente bien a mis bebés.

Y a las BERKLETES. Os quiero un montón y me parece increíble tener el privilegio de poder llamaros «amigas». No me echéis nunca de vuestro club, por favor.

Personas variadas que me alegran la vida: Lori Anderjaska, Anderson Raccoon Jones, Cleo, @lizwesnation, Caryn, Carla, Aliza,

Chaitanya; vuestros mensajes hacen que mis días sean más felices. Gracias por ser como sois.

También a mis parientes favoritos de Minnesota, los Kirchner. Me pareció que debía incluiros aquí porque nos lo pasamos genial visitándoos. Os queremos y os juro que no fue nuestra intención pegaros el COVID.

En cuanto a mi familia (Alexa, pon *We Are Family*, de Sister Sledge):

Gracias, mamá, por todo. Sin ti, nada de esto me habría pasado. Te quiero más de lo que nunca llegarás a imaginar.

Papá, te echo de menos todos los días.

MaryLee, eres sin duda la persona MÁS AMABLE del mundo, la hermana buena. Estoy deseando que hagamos otro viaje en carretera.

Cass, Ty, Matt, Joey y Kate, ¿os acordáis de aquella vez que os escuchaba solo a medias mientras trabajaba en mi portátil? Sí, lo siento. Por esa y por las demás veces. Pero estoy segura de que mientras soltaba esos «ajás» a diestro y siniestro, os salisteis con la vuestra muchas veces, así que estamos en paz, ¿vale? Sois mis personas favoritas y a todo el mundo les digo que somos los mejores amigos.

Y, por último, Kevin. Como te he dedicado el libro entero, no creo que tenga que añadir nada más, ¿verdad? Me gusta lo feliz que se te ve cuando lees al aire libre. Me gusta cómo me dices que conduzca con cuidado y que esté atenta a los conductores despistados CADA VEZ que salgo de casa. Me gusta lo poco que parece importarte que no se me den bien las tareas del hogar. Gracias por ser tan guay.

LYNN PAINTER vive en Omaha, Nebraska, con su marido y su enérgica tropa de niños. Colabora como columnista local para el *Omaha World-Herald*, además de ser una asidua bloguera en su sección de paternidad. Cuando no está leyendo o escribiendo, la puedes encontrar comiendo para calmar sus emociones y bebiendo latas de Red Bull como si no hubiera un mañana.

LynnPainter.com
LynnPainterKirkle
LAPainterBooks

¿TE GUSTÓ ESTE LIBRO?

escríbenos y
cuéntanos tu opinión en

f /Sellotitania   **🐦** /@Titania_ed

📷 /titania.ed

#SíSoyRomántica